成语重组 200 则

陈长林 著

文匯出版社

图书在版编目(CIP)数据

成语重组 200 则 / 陈长林著. —上海：文汇出版社，2015.7
ISBN 978-7-5496-1541-4

Ⅰ.①成… Ⅱ.①陈… Ⅲ.①杂文集-中国-当代 Ⅳ.①I 267.1

中国版本图书馆 CIP 数据核字(2015)第 171015 号

成语重组 200 则

著　　者 / 陈长林

责任编辑 / 甘　棠
装帧设计 / 王铁民

出版发行 / 文汇出版社
　　　　　　上海市威海路 755 号
　　　　　　(邮政编码 200041)
经　　销 / 全国新华书店
排　　版 / 南京展望文化发展有限公司
印刷装订 / 江苏省常熟市大宏印刷有限公司
版　　次 / 2015 年 8 月第 1 版
印　　次 / 2015 年 8 月第 1 次印刷
开　　本 / 890×1240　1/32
字　　数 / 250 千字
印　　张 / 9.5
印　　数 / 1－3000

ISBN 978-7-5496-1541-4
定　　价 / 28.00 元

题 记

世事沧桑
触目惊心；
既有成语，
力不从心；
大胆重组，
煞费苦心；
激浊扬清，
甘苦寸心。

目　录

序：一种崭新的杂文样式／朱大路　1
题记

为富亦仁／1
知恩忘恩／2
狐损虎威／3
扬短避长／4
鼠目尺光／5
见义智为／6
童言有忌／7
红袖添乱／8
倒背如锋／9
开棺论定／10
面目半非／11
何驴技穷／12
不白之缘／14
不治之证／15
不堪之论／16
天命关人／17
异国自乡／18
有歉同当／19
猫鼠同盟／20
首席以待／21
忠言顺耳／22
规不厌细／23
家人自扰／24
点金成铁／25
笑贫不笑摸／26
贼叫捉贼／27
作贼心实／28
明送秋波／29
望父成龙／30
一笑失金／31
知过不改／32
童谣无忌／33
眼见为虚／34
直言有讳／35
不乱坐怀／36
蓝颜知己／37
四体投地／39
助人为祸／41
杞人忧钴／43
一心多用／45

徒有实名 / 46
民不聊死 / 48
喜闻乐仿 / 50
有冥无实 / 52
文异其人 / 53
以毒排毒 / 55
死有余恨 / 56
同街操戈 / 57
骑牛难下 / 59
蛇显心肠 / 60
虎毒亦食子 / 61
谈死色变 / 62
谁死鹿手 / 63
四面谷歌 / 65
不祥之属 / 66
狗慑人势 / 67
前腐后继 / 68
亲密有间 / 69
鹦鹉学人 / 70
前无古鱼 / 71
悔之可矣 / 72
以身试书 / 73
燕肥环瘦 / 74
酒令智昏 / 76
人前月下 / 77
税加一等 / 78
妇唱夫随 / 79
有食无类 / 80
智人说梦 / 81

闻鸡起疑 / 82
语后春笋 / 83
沸反盈室 / 84
岂有此丐 / 85
呆若木人 / 86
代女受过 / 87
别有会耳 / 88
不公自破 / 89
师文扫地 / 90
山盟巧誓 / 91
以实传讹 / 92
以假证真 / 93
淫者见淫 / 94
秀色免餐 / 95
一句成名 / 96
男儿有泪堪轻弹 / 97
一名惊人 / 98
麻雀虽小　可鉴环保 / 99
有嘱无患 / 101
搬起馒头砸自己的脚 / 102
色令智昏 / 103
叟言无忌 / 105
讳名忌医 / 107
易子而仕 / 109
众望难归 / 110
与日俱难 / 111
斩草留根 / 112
满身春风 / 114
置于死地而益生 / 116

易粪而食 / 118
听其言而笑其行 / 120
入土难安 / 122
一字之失 / 124
养老防儿 / 126
恨爹不成刚 / 127
女大不嫁 / 128
开有益卷 / 129
兼听则暗　偏信则明 / 131
十面霾伏 / 132
祸从口入 / 134
文人相亲 / 136
放下屠刀,异地成佛 / 137
如愿算盘 / 139
自言共语 / 141
视睡如归 / 142
花不投机半朵多 / 144
臭不可逐 / 145
种瓜得豆 / 147
顾名思菜 / 148
死词复言 / 149
被被不休 / 150
行须更名　坐不改姓 / 152
旗开得讽 / 153
名正行顺 / 155
有钱人终成眷属 / 157
先整后奏 / 159
正中上怀 / 161
码失前蹄 / 163

名为心声 / 164
故意失荆州 / 166
美不胜守 / 168
徒占鳌头 / 169
郎才女态 / 170
窃而不舍 / 172
梦为己有 / 173
越俎代哭 / 175
缘木得鱼 / 176
强满民意 / 177
喜旧厌新 / 179
生同衾,死异穴 / 180
性致勃勃 / 181
千里之行,止于轮下 / 183
理屈词富 / 185
一碟知法 / 187
换名不换药 / 189
红颜活水 / 191
纸上谈蝇 / 193
三字词不离家常 / 195
姓名交关 / 197
名亡实存 / 199
段无虚发 / 201
人之将死,其言也鉴 / 203
碘到为止 / 204
福从天降 / 205
旧瓶装新诗 / 207
长篇小论 / 209
煞有界事 / 211

3

部门羹 / 213
祸从眼出 / 215
呵去呵从 / 216
举杯齐眉 / 218
人犹如此,树何以堪! / 220
捏东捏西 / 222
十目一行 / 223
随心所序 / 224
名存实变 / 226
语不惊人官不休 / 228
狗屁神通 / 230
谣相呼应 / 232
数可忍,孰不可忍 / 234
智者千语,必有一失 / 236
初恋不舍 / 238
国无生日 / 240
刀生尤物 / 242
凤飞蛋打 / 244
众口馈金 / 245
囫囵吞果 / 247
大义存亲 / 249
游文戏字 / 251

诗计民生 / 252
时光似箭,日月如偶 / 254
股惑人心 / 255
无错不成书 / 257
杯水车新 / 259
查无实语 / 261
死有余估 / 263
恃强称弱 / 265
货真价虚 / 267
的的不休 / 269
传穷接代 / 270
天目炯炯,疏而不漏 / 272
胆战熊惊 / 273
一锤乱音 / 275
义正词温 / 277
两小有猜 / 279
女为己容 / 281
行尸走骨 / 283
念念无词 / 285
鱼目成珠 / 286
物以类聚,人以剧分 / 288

一种崭新的杂文样式

朱大路

当陈长林的《成语重组》杂文,零零散散,在报纸上刚冒头时,我便有预感:这种形式,一旦与生活长期挂钩,"批量生产"的潜力极大。

果不其然。这两年,他对汉语的成语,屡屡重组,写出了大批类似的杂文。本书作品,除一少半陆续写作刊发外,超半部分系2013年以来所写。

于是,一种崭新的杂文样式——成语重组式,在陈长林手中,宣告诞生了!

自鲁迅以来,杂文的表现形式渐趋丰富:驳论式,散论式,小杂感式,辨析式,叙述式,抒情式,对话式,寓言式,荒诞式,文言式,互补式,故事新编式,编年体式,等等。近三十年来,流沙河的《Y先生语录》,朱铁志的"小人物"系列,陆春祥的《病了的字母》,分别以语录式、人物塑造式、字母分类式,给读者捎来惊喜。现如今,陈长林的成语重组式,异军突起,在杂文之林,闪耀新光泽。我始终认为,独特的文体,是作家"面对生活的姿势,挥洒个性的战术,出航远征的舟楫"。一个作家,能否拿得出与众不同的文体,不靠一时心血来潮,而靠他的审美趣味,知识结构,创新能力。我平时吃饱了饭,伸长头颈,常在观望:杂文界又有什么老朋友,在创作上"耍"出了新花样?说实话,新的文体,并不是隔三岔五,就能涌现的,但只要冒出芽尖了,评论界就应当给点阳光,施点肥。

汉语的成语,是千百年来,人们习用的定型词组或短句,折射出传统价值观,具有沿袭性,稳定性。但时代、生活,走着走着,就会出现一些异化,冲击传统价值观,让稳固的成语也错位、变形。陈长林敏锐地抓住这一点,根据生活实例,重新组装成语,或换一个字,或前后对调字眼,使原先的含义发生变化。表面上,是针对传统文化被颠覆,用重组的成语去适应生活,让形式追上内容;实质上,是在忧虑现实生活被扭曲,透过形式去拷问内容,对不合理的异化现象,给以针砭。

作为杂文,《成语重组》执行了它的社会批判的使命。

本书将原版成语和重组成语,两相比照,以凸显对比,昭示异同。看得出来,重组的活儿,做得自然,贴切,没有生硬之感。七岁的江苏男孩,对落水的五岁妹妹,既未施以援手,也未大声呼救,而是说:"活着那么苦,拉他干什么?"据此,把成语"童言无忌"改装为"童言有忌",顺理成章;江西一起灭门案的主犯之一,逃到杭州,以高僧面目出现。据此,把成语"放下屠刀,立地成佛"改装为"放下屠刀,异地成佛",浑然天成;河南杞县发生"钴60卡源事件",因当地封锁消息,致使人们无端担忧"核泄漏"而离乡背井。据此,把成语"杞人忧天"改装为"杞人忧钴",机缘巧合;国内动物园设有鹦鹉叼钞票表演节目,鹦鹉被训练成只肯叼美钞、港币和大额人民币,像人那样拚命敛财。据此,把成语"鹦鹉学舌"改装为"鹦鹉学人",讽喻顿现。有时,也在古老的立意中,掺兑新时代元素,将负面价值提升为正面价值。比如,把"为富不仁"改装为"为富亦仁",把"见义勇为"改装为"见义智为"。有意思的是,在把"坐怀不乱"改装为"不乱坐怀"时,作者议论道:"因为坐怀不乱,只是一种自律,全凭自觉;而'不乱坐怀',强化他律,建设制度,方为治世根本。"这是苦口婆心,在呼唤法治意识了!

陈长林的写作,真是得心应手,似有魔幻:左手一捏,一个"重组";右手一攥,一个"重组"——仿佛老天对他特别眷顾,专为他供应相关的生活原料,而他优游自若,在从事一种"私人订制"。他的文字,句式精短,音节浏亮;经传纲鉴,唐诗宋词,随手征引;抒情味道,幽默气息,一样不缺。

如果此公活一百岁,我疑心《汉语成语词典》从头到尾都可能被"重组"。

记得,有一天,我请他袒露一下"重组"的初衷,他突然诗兴勃发,吟哦道:"世事沧桑,触目惊心;既定成语,力不从心;大胆重组,煞费苦心;激浊扬清,甘苦寸心。"

我想,读者披阅本书,会触摸到这颗滚烫的心。

写于 2015 年 3 月 12 日

为富不仁

释义 为了发财致富,心狠手毒,没有一点儿仁慈的心肠。

出典 《孟子·滕文公上》:"为富不仁矣,为仁不富矣。"

示例 "自古道:~"(清·陈忱《水浒后传》第二回)。

重组

为富亦仁

据说中国人穷日子过惯了,破罐子破摔,所以在有些人心里,"仇富"情结便油然而生。冤有头,债有主,"仇富"情结谁先结?"阳虎曰:为富不仁矣,为仁不富矣",早被孟子记录在案(《孟子·滕文公上》)。当了富人就当不了善人?当了善人就当不成富人?环顾现实,不得不承认阳虎还真是个预言家。因为国内的富豪还没有谁肯率先打破这一怪圈,财富榜与慈善榜总是各榜各的,无法合二为一。本土富豪聚财之道不管真懂假懂,毕竟财富在手,胜者为王。但说起"散财之道",比起外国一些富豪,那可真是望尘莫及的。

《福布斯》网站 2006 年 7 月公布,盖茨赚钱速度堪与刘翔跨栏媲美,每分钟入账 6 659 美元,已连续 12 年高居全球富豪排行榜榜首。盖茨好像不曾表示过"裸捐",但他立遗嘱拟捐 95% 个人资产 400 亿美元,到那时,也就只剩一个裤头遮羞了。孤证难立,无独有偶。世界二富"股神"巴菲特也宣布从 2006 年 7 月起,将个人财富 85% 计 370 亿美元捐给盖茨和妻子所创慈善机构,暂时成为全球首善。

看来"为富不仁"作为成语,只能出于汉语,用于汉语,不能翻译到美国去。就算翻译过去,人家也不懂。想来想去,还是看看本土富豪们真成气候后会如何,但愿那时的阳虎会说一句"为富亦仁"。

知恩报恩

释义 知道了受人家恩惠就报答人家恩惠。
出典 元·王实甫《西厢记》第五本第三折:"俺家里有信行,知恩报恩。"
示例 "这虽是小事,也可见得他～的诚心"(清·吴趼人《二十年目睹之怪现状》四二回)。

重组

知恩忘恩

　　至少在相当长一段时间内,上大学者越多,需要资助才能完成学业者也越多;接受资助者越多,知恩忘恩者也越多。其中有何规律,不想探讨。只要留意一下媒体报道,就知此说不是胡说,不是戏说,而是实话实说。

　　深圳已故著名歌手丛飞,历时 10 年,耗资三百多万,资助 178 个贫困学生,缠绵病榻之际,前来看望慰问的受助者并不多,反倒有受助学生家长来电催款。台湾人殷昌杰来厦门用退休金资助贫困大学生,最多时达 21 名,因摔跤住院,没一个学生前去探望。吉林高健民曾在黄继光、邱少云所在部队服役,二十多年关怀资助一百三十多名学生,有联系并表感谢者不到 10%。四川劳模乐永亨 14 年出资 40 万帮助三百多名学生,只有十几人跟他保持过联系。

　　资助人从未要求受助者对等或加倍回报自己,他们所求有时不过是受助者一条短信,一封来信,一个电话,一个拥抱。可受助者总金口难开,欲谢还休,强调另有隐衷,请求社会理解。"树欲静而风不止,子欲养而亲不待"。等你有了成就,有了能力,有了心思,才想起感恩,恩人恐怕早去了另一个世界。"滴水之恩,当涌泉相报"。与其死后相报"涌泉",何如生时报以一瓶矿泉?

狐假虎威

释义 喻仰仗别人的威势或倚仗别人威势来欺压人。

出典 《战国策·楚策一》:"虎求百兽而食之,得狐。狐曰:'子无敢食我也。天帝使我长百兽,今子食我,是逆天帝命也。子以我为不信,吾为子先行,子随我后,观百兽之见我而敢不走乎!'虎以为然,故遂与之行,兽见之皆走。虎不知兽畏己而走也,以为畏狐也。"

示例 "居中的人还要扣些谢礼,他把中人就自看做一半债主,~,需索不休"(冯梦龙《警世通言》卷三一)。

重组

狐损虎威

某女,姑隐其名,因其父供职于某市公安系统,出入高档洗浴中心,如履平地。洗浴金卡在手,餐饮只须签单,一向自我感觉良好。一日到顶级洗浴中心夜来香洗浴,忽遇上级派员带队来店查涉黄涉赌涉毒,要求浴客逐一说明情况然后分别处理。

某女逢此怠慢不由火冒三丈,马上给老爹打去电话,似乎贞操遭损,受了天大委屈,要老爹速来为其出气。有其女必有其父:太岁头上动土,分明没把处座放在眼里。立马赶赴现场,欲查是何方神圣,竟敢如此无礼。

可惜此人职业敏感已经钝化,只觉执法者面孔有些陌生,未察出现场气氛与往日殊异。咆哮一阵无人理睬,直到有人请他跟着走一趟方觉不妙,结果因妨碍执行公务,职务一撸到底。消息传出,其女追悔莫及,亲朋扼腕叹息,百姓拍手称喜。

近水楼台先得月,狐假虎威,已成人间常态;反误了卿卿性命,狐损虎威,不过马失前蹄。如何不让老虎发威,如何不给狐狸机会,才是法治社会题中应有之义。

扬长避短

释义 发挥或发扬优点或有利条件，克服或回避缺点或不利条件。

示例 "选择这样一个题材来写作，既～，也施展了抱负"（秦牧《漫记端木蕻良》）。

重组

扬短避长

俗语常常能反映出人们爱憎好恶，是非分明。以武大郎为主人公者如"武大郎开店——比我高的免进，武大郎玩鸭子——啥人玩啥鸟、武大郎卖烧饼——人熊货囊……"没一个褒词。只因《水浒传》将武大郎描绘成五短身材，任凭武氏后人如何力辩武大郎也是堂堂七尺男儿，且有考古资料为证，百姓就是不买账。可见文学形象先入为主，足以使真实人物面目全非。

2006年8月2日，重庆万州大郎饮食文化公司打出招聘启事：招聘身高1.4米以下身残志不残员工，男女不限，侏儒、佝偻病患者亦可。意在引入"武大郎炊饼"这一文化概念，着力打造"中国第一炊饼"品牌。

俗话早就劝告说，打人别打脸，骂人别揭短。大郎公司专招小矮人卖"大郎烧饼"，看似高招实为损招。既然想为身残志不残者提供就业岗位，何必非得往这些人伤口上撒盐？小矮人本来平日里被人们歧视、鄙夷目光缠个半死，现在却要集中起来当猴耍给人看。就算心想事成日后果真把炊饼卖成"中国第一"，也不该扬短避长，越过道德底线，肆意践踏人与法律尊严。

成都有三个小矮人全力呵护一个18岁"白雪公主"，上演了安徒生童话现实版；重庆大郎公司偏要利用小矮人打造"第一炊饼"；两地空间距离不远，做人差距咋就这么大呢？

鼠目寸光

释义 形容目光短浅，没有远见。出典：清·蒋士铨《桂林霜·完忠》："俺主公豁达大度，兼容并包，尔反鼠目寸光、执迷不悟。"

示例 "寻章摘句，别类分门，凑成各样新书，刻板出卖，吓得那一般～的时文朋友，拜倒辕门，盲称瞎赞"（清·蒋士铨《临川梦·隐奸》）。

重组

鼠目尺光

提起黑社会，人们往往会想到旧社会，上海滩，黄金荣，杜月笙……专家却提醒说如今无论城市还是农村，黑社会性质组织势力已悄然壮大，据估计，中国黑社会性质组织成员至少有100万人左右。真是不说不知道，一说吓一跳。

通常以为黑社会组织为非作歹，急功近利，鼠目寸光，其实未必。2004年，山西警方在吕梁地区中阳县成功破获黑社会性质组织——"燕子帮"。"燕子帮"歃血为盟，街头火并，暴力敛财，官黑结合，无恶不作，被警方打掉并不稀奇；奇就奇在"燕子帮"共有15名骨干和外围成员考进了警校。电影《无间道》在警校上演真实版，惊出人一身冷汗。

央视主持人阿丘当时在节目中感叹说："帮主冯晓春没白站在金字塔尖上，站得高，看得远啊，懂得下棋。要下一盘好棋，恐怕光盯着黑是黑，白是白还不管用，还得懂得黑白相间的道理，懂得乘虚而入，懂得布局。那么，白棋子是不是有空子可钻？黑棋子还会怎么走？结局是不是应验了机关算尽太聪明，反误了卿卿性命？"

外国经验表明，为防止"黑社会"最终演变为"社会黑"，国家不但要和黑社会争夺政府官员，更要和黑社会争夺人心。不怕黑社会，就怕社会黑。当黑社会组织鼠目已具有尺光，开始在警察学校安排"卧底"，人们还不懂得严加防范，到头来，你不吃亏谁吃亏？

见 义 勇 为

释义 看到正义的事,就勇敢地去做。
出典 孔子《论语·为政》:"见义不为,无勇也。"
示例 "～真汉子,莫将成败论英雄"(明·冯梦龙《东周列国志》一四回)。
重组

见 义 智 为

有战士探亲途中遇到歹徒作恶。战士不露声色,机智化解困境,既避免了群众受害,又协助警察擒得歹徒。后来群众写信到部队给战士请功,部队觉得犯难。理由是战士见义有为,但不是勇为,不好记功。类似场景亦可切换,主角不一定是战士,可以是小保姆或公务员。反正见义不是勇为而是智为,表彰起来就有点名不正言不顺,好像有为者不让歹徒打得头破血流下肢瘫痪,那英雄花的颜色就有点浅。

依我看,这是老黄历,应该抛一边。"不战而屈人兵"才叫大智慧,见义智为更是可圈可点,可赞可叹。由于制度不够健全,忘恩又是人性普遍弱点,致使"英雄流血又流泪",悲剧一演再演。其实,不出手也是出手,不流血照当英雄汉,谁说见义智为非勇为,不便表彰不必弘扬,倒是建议去医院查查,如此死抠一个"勇"字,脑子里水分是否多了点儿?

童 言 无 忌

释义 对孩子的话不必顾忌,旧俗在吉庆场合,忌讳说不吉利话,但孩子说话不必忌讳,即使说了不吉利话也无妨碍。还可以说孩子语言幽默生动,让人捧腹大笑。

示例 "老太爷因为觉群在堂屋里说了不吉利的话,便写了'～,大吉大利'的红纸条,拿出来贴在门柱上"(巴金《家》)。

重组

童 言 有 忌

7岁江苏男孩刘辉和5岁妹妹同在自家渔船上玩耍,妹妹失足落水,刘辉既未施以援手,又未大声呼救,眼睁睁看着妹妹被河水吞噬。骨肉同胞竟成间接杀手,不能不让人探寻缘由,刘辉镇静解释说:"活着那么苦,拉她干什么?"(2006年4月27日《扬子晚报》)。妹妹生命之花悄然凋落,哥哥却视为一种解脱。

如今孩子早熟,"小大人"比比皆是,虽与年纪不相称,不妨屡屡语出惊人。但早熟到黄口小儿一句激愤语,与白头阿公此生处世叹异曲同工,不免让人心惊。

人心都是肉长的,谁让刘辉心结了茧?前些年父母离异,母亲改嫁去他乡,父亲酗酒闹事被劳教。兄妹全靠年迈爷爷奶奶拉扯度日,有时不得不到街上捡食果腹。如果不是早尝世态炎凉,从而对生活失去渴望,小小刘辉怎么会有这样一副铁石心肠?

尽管各地GDP一路鲤鱼跳龙门,好多地方最低生活保障还是一张破鱼网。刘辉撒手妹妹不觉心痛绝非个案,同样悲剧仍在不同地方酝酿,随时准备以不同形式开场。孩子要长成八九点钟太阳,自己心头须先有阳光。

清·王夫之《姜斋诗话》说:"以乐景写哀,以哀景写乐,一倍增其哀乐"。听7岁刘辉说出70岁老人也未必说的沉痛语,其沉痛又何止十倍百倍?

红袖添香

释义 旧指书生学习时有年轻貌美的女子陪读。
出典 清·魏子安《花月痕》第三一回:"从此绿鬓视草,红袖添香,眷属疑仙,文章华国"。
示例 "绿衣捧砚催题卷,～伴读书"(清女诗人席佩兰《天真阁集》附《寿简斋先生》诗)。
重组

红袖添乱

红袖添香夜读书,想场景温馨醉人,品况味和睦诱人:小蛮添香白居易,朝云添香苏东坡,柳如是添香钱牧斋……代不乏人。其境历历,其乐融融。

既称雅事,当有遗风。丙戌年四月初,江苏镇江某高校男生宿舍,一夜忽有 A4 纸打印广告飘门而入,上书"有美女陪读晚自习或四六级,早点联系早得美女"。联系不能白联系,中介费 30 元～50 元你得埋单。"美女"全部出自本校,月租费 150 元～200 元不等。考虑到青春少年样样红,力必多也旺盛,私人空间无穷小,日久难免生情,广告先打预防针"友情提醒":"若与美女出现暧昧关系,中介一概不负责任。"男生连夜开起卧谈会,讨论此事是否可行。多数人认为中介是拿陪读当招牌,巧赚男生钱财;也有不少"开明派"主张试一试,给咖啡加点糖胜过白水加柠檬。

后来中介也承认此举近乎炒作,其实未必可行。同窗共读须四载,互相激励是常情。撞出火花助学业,不花钞票照样灵。若是租个红袖来添香,岂不等于宣告自身魅力趋于零?"友情提醒"分明此地无银三百两,令人想入非非绝非素心经。如今年轻人不自立,陪吃陪玩陪游泳,陪唱陪睡陪聊天,要是连晚自习没人陪都上不下去,这书我看念不念都行。

倒背如流

释义 把书或文章倒过来背,背得像流水一样流畅。形容背得非常熟练,记得非常牢。

示例 "她把说明小册子的英文部分似乎已经读得～了"(郭沫若《苏联纪行·六月二十七日》)。

重组

倒背如锋

当年函谷关关长尹喜有些道行,见紫气东来,知老子欲隐,便要求老子写点什么作纪念。老子见尹喜诚心一片,就"道可道,非常道"一番,写下五千言。尹喜见好就收,没让老子背背看;若一味坚持,恐怕老子也出不了函谷关。

长江后浪推前浪,自古英雄出少年。11岁男孩李洪彬,往北大电教中心讲台上一站,双目微闭,侃侃而诵,把《老子》81章从头背到尾,复从尾到头再背一遍。掌声如雷可以理解,毕竟记忆力惊人;质疑如潮也是理所当然,剑走偏锋岂不是重温"葵花宝典"?

倒背如流是夸人功底深厚,经典烂熟于心自会不绝如泉。可若把倒背如流落实到《老子》身上,猴子吃麻花——满拧,不免给人添堵:可以表示惊讶,恭维却是打死也不敢。

《老子》不是回文诗,倒背起来无异于死记圆周率小数点后那些数字。背下来除了能证明记忆力出众,并无其他价值可言。就像李哩教授所说:"倒背经典的小男孩如同倒立练功的欧阳锋,既损坏了自己的资质,也伤害了经典的精神"。其实小学生本人未必长这心眼,说不定家长想扬名立万欲尝畸形快感,才采取这非常手段。叹可叹望子成龙从来一厢情愿,怕只怕古人"伤仲永"总是不绝现实版。

盖棺论定

释义 指一个人的是非功过死后才能做出结论。
出典 宋·林逋《省心录》："盖棺始能定士之贤愚,临事始能见人之操守。"
示例 "～,这个人一生不曾做过一件对人有益的事情,他活着只是为了自己"(巴金《谈〈憩园〉》)。
重组

开棺论定

1967年夏天,唐筼心脏病发作,濒临死亡,陈寅恪写下一副预挽爱妻对联:"涕泣对牛衣,卌载都成断肠史;废残难豹隐,九泉稍待眼枯人。"遗恨塞乾坤,悲雾缠华林。既是生挽,也是自挽。国人一向主张盖棺论定,开棺自挽,未免操之过急。今有青岛初一教师安排学生在作文中自拟悼词,引起家长不满。

媒体同仁卓群,负笈于美国密苏里新闻学院,第一节课老师琳达便出题:花5分钟给自己写一份悼词。可见大洋彼岸,对生挽并无禁忌。琳达问:有多少人写了自己家财万贯,让朋友们羡慕?无一人举手。又问有多少人成了首席主持人,声名远播?还是无人应声。待问到有多少人成为好记者受人尊敬,举手者已有一半。最后问有多少人写自己是个好丈夫、好妻子、好朋友、好兄弟、好姐妹?几乎全班都举起手来。

看着学生不明其意,琳达解释说:"你们的回答表明,很少有人希望别人记住他生前有多少财富,担任过多么显赫的职位。更多的人希望自己死后有亲友想念,受别人尊敬,希望自己的存在给别人带来了快乐,改变了一些东西……我让你们写下这些话,也是让你们意识到什么东西对自己最重要。"一旦诱惑来临,"你们都可以想想自己今天写的悼词,也许它会帮你们看清楚一些东西"。

面 目 全 非

释义 样子完全不同了。形容改变得不成样子。

出典 清·蒲松龄《聊斋志异·陆判》:"朱妻醒,觉颈间微麻……举手则面目全非。"

示例 "现在却~了,居民寥寥,即使偶有几间破屋,也无门窗,若有门,则是烂洋铁做的"(鲁迅《坟·杂忆》)。

重组

面 目 半 非

余读中学时,语文课文中选有闻一多《最后一次演讲》。文章感情饱满,语言铿锵,读来叫人血脉贲张,历久难忘。倒背没有尝试过,正背应无问题。一直以为课文所载就是文章全貌,却不知这样一篇文质俱佳演讲稿,也被编辑动过斧刀。

近年有细心读书人如黄波诸君,对照《闻一多年谱长编》所载,发现课文少了一段文字:"现在司徒雷登出任美驻华大使,司徒雷登是中国人民的朋友,是教育家,他生长在中国,受的美国教育。他住在中国的时间比住在美国的时间长,他就如一个中国的留学生一样。从前在北平时,也常见面。他是一位和蔼可亲的学者,是真正知道中国人民的要求的,这不是说司徒雷登有三头六臂,能替中国人民解决一切,而是说美国人民的舆论抬头,美国才有这转变。"

文章不是壁虎,尾巴断了能自动再生。文章一经删节,即使不是面目全非,至少有部分线条模糊,对作者、对读者、对历史,都是不负责任。

当初此话遭删,无疑同毛泽东名篇《别了,司徒雷登》有关。如今人们已承认司徒雷登对旧中国教育贡献不小,对查清李、闻血案也曾施以援手,如果《最后一次演讲》在中学课本中不能原貌呈现,岂非有篡改历史之嫌?可惜尊重历史之口,终难挡删节历史之手,令人气短。

黔驴技穷

释义 比喻有限的一点技能也已经用完了(讽刺一些虚有其表,外强中干,无德无才的人)。

出典 唐·柳宗元《三戒·黔之驴》:"黔无驴,有好事者船载以入。至则无可用,放之山下。虎见之,庞然大物也。以为神。蔽林间窥之,稍出近之,慭慭然,莫相知。他日,驴一鸣,虎大骇,远遁,以为且噬己也,甚恐。然往来视之,觉无异能者。益习其声。又近出前后,终不敢搏。稍近益狎,荡倚冲冒。驴不胜怒,蹄之。虎因喜,计之曰:'技止此耳!'因跳踉大㘎,断其喉,尽其肉,乃去。"

示例 "打了一年多的锣鼓,仅仅凑集了三十多名臭傀儡,没有办法,勉强准备登台,在日本人也可以说是~了"(郭沫若《汪精卫进了坟墓》)。

重组

何驴技穷

( )驴技穷?连小学生都难不住。黔驴技穷,是标准答案,更是千古冤案。

谓若不信,尽可溯源,白纸黑字,铁证如山。且看柳宗元《三戒·黔之驴》开篇:"黔无驴,有好事者船载以入。"一时派不上用场,遂放到山下休闲。老虎一见,"庞然大物也,以为神"。"驴一鸣,虎大骇,远遁"。老虎几经试探,发现此物本领只限于"蹄之",便毫不客气"断其喉,尽其肉",来顿美餐。

寓言所寓何意,大可抛开不谈。单是这标题,就离事实甚远。既云"黔无驴",技穷者只能是"川之驴"、"滇之驴"、"晋之驴"、"陕之驴",与黔无关。只因柳宗元亦"好事者",才使贵州人蒙冤千载,欲辩无言。只要成语"黔驴技穷"还有人使用,冤案就无从"平反"。抗议也是白抗议,以雪填井;喊冤更是白喊冤,以云筑坛。

"秦砖汉瓦"本是通行说法,几乎可当建筑材料历史坐标看。2006年考古工作者发掘秦都雍城制陶作坊时发现,先秦时制瓦技术已相当先进,同时期方砖却粗糙易碎,实用性一般般。故选取更科学表述,"秦砖汉瓦"应让位于"秦瓦汉砖"。不管"秦瓦汉砖"如何科学,终究无法阻止"秦砖汉瓦"谬误流传。不知贵州人是不是可凭此聊以自慰:张冠李戴古已有之,难兄难弟结伴而行,怕甚形只影单?

不白之冤

释义　没有得到辩白或洗刷的冤屈。
出典　明·余继登《典故纪闻》:"年月既远,事多失真,遂使漏网终逃,国有不申之法;覆盆自苦,人怀不白之冤。"
示例　"未老先生一生廉介,正直无私,今被嗣子洪儒白又李奸情,词涉其姊,若非屡次验明,则其姊受～"(清·夏敬渠《野叟曝言》卷一八)。
重组

不白之缘

　　如今整个社会千方百计促进和谐,本城公交公司自然也不遗余力。不知从何时起,就连车内报站提示语,也开始讲究亲和力。熟能生巧,也能生疑:每当听到音箱里传出"我们有缘乘坐同一辆车"如何如何,心里就嘀咕,公交公司是不是在汽油里加乙醇同时,也开始往"缘"里注水?

　　缘是什么?佛家有佛家说法,民间有民间解释。佛家惜缘,着眼于时间:"十年修得同船渡,百年修得共枕眠。"甚至说前生五百次回眸,才换得今世一次擦肩而过。想想人活天地间,生年不满百,就可以感悟佛家所谓有缘,其实意味着无缘。

　　民间惜缘,落脚在空间:"有缘千里来相会,无缘对面不相逢。"既重空间能否遇合,更念心灵是否相通。不然即使擦肩而过,也会交臂失之。正是缘来不可求,缘去不可留,才令人怦然心动,格外珍惜。

　　公交车线路固定,乘客居处固定,一方是别无分店,一方是别无选择。低头不见抬头见,错过前车坐后车。若谓此为"缘",岂不缘来太易,缘味太淡,缘分太浅?

　　注水牛、注水猪、注水鸡、注水鱼、注水蛋……食物被注水早已见怪不怪,惟余一个"缘"字,可遇不可求,理应存盘于精神层面。如今竟被稀释得面目全非,即使是时值三伏,想一想还是浑身鸡皮疙瘩乱串。

不治之症

释义 医治不好的病。也比喻无法挽救的祸患。
出典 明·冯梦龙《醒世恒言》卷一〇："太医诊了脉,说道：……此乃'不治之症'。"
示例 "假使她们真'知道立国数千年的大中华民国'的国民,往往有自欺欺人的～,那可真是没有面子了"(鲁迅《二心集·以脚报国》)。
重组

不治之证

"鱼儿离不开水呀瓜儿离不开秧",这歌已不大有人唱。人不是鱼证件不是水,一旦外出忘了带,夜里只能住澡堂。

在下证件寥寥,满打满算不出一巴掌。年过半百,觅不见出生证;当了学生家长,找不到学生证;未驻军营,掏不出军人证;不会开车,揣不上驾驶证;不炒股票,翻不着股权证……

有证走遍天下,无证寸步难行。过去是英雄不问出处,如今是只问证件不管英雄。证件社会,全民认证;正道难得,邪路易行。北京上海,天津重庆,通都大邑,边陲小城,凡有自来水处,就有139、138、137、135、130手机联系号码,手写狗爬一律办证。不分红墙、黄墙、白墙,不拘公地、私地、禁地,不计铁栏、木栏、石栏,不懈广告牌、车站牌、警示牌,不厌电话亭、报刊亭、冷饮亭……触目皆是,不视不行。据说现有学历证书,近三分之一来路不明。看人受用有滋有味,替人担心非义非情。有钱能使鬼推磨,有权办证也顺风。明知"办证"不合法,购销两旺唱升平。

只是有一点想不大开,办证既是非法行为,肯定见不得阳光,为何敢堂而皇之,招摇在大街小巷？成语有"魔高一尺,道高一丈",说的是邪气总压不过正气,这话从历史发展规律看,可以坚信不疑;以"办证"电话无孔不入论,难免半信半疑。

不刊之论

释义 比喻不能改动或不可磨灭的言论，用来形容文章或言辞的精准得当，无懈可击。

出典 汉·扬雄《答刘歆书》："是悬诸日月不刊之论也。"

示例 "学问之士，倡其新理，事功之士，窃之为术，而有大功焉。故曰：民智者，富强之原，此悬诸日月～"（清·严复《原强》）。

重组

不堪之论

做人要讲底线，做文章要讲角度，做广告要讲诉求点。

一种胃病药品发布媒体广告，竟然用"胃病传染！7亿人不能接吻"作标题，出语惊人，诉求骇人。

中国是个人口大国，常见病、多发病群体庞大，统计数字惊人。不过先前只听说高血压患者过亿，乙肝病毒携带者过亿，没听说总人口半数以上人群患同一种病。广告正文又说"接吻可以传播幽门螺杆菌而引发胃病！这就意味着，目前在我国将有7亿胃病患者，他们会由接吻传播幽门螺杆菌，致使其他人患上胃炎、胃溃疡和十二指肠溃疡！"看来中国人不仅曾听《同一首歌》，为了驱逐病魔，还得吃同一种药呢。

爱抚诚可贵，接吻价更高。若为生命故，二者皆可抛。反正眉目传情、暗送秋波是传统，不能接吻就不吻吧。不过疑团依旧未解：倘若7亿人因胃病不能接吻，还有3亿儿童不需接吻，上亿老人不必接吻，加上艾滋病患者、乙肝患者、肺结核患者、性病患者等，合起来怕也要过亿，医生同样忠告不可接吻。难道偌大中国，只剩下数对情侣为商品馈赠而狂吻不成？

不知此类思路有无问题，我只知道天文数字与天方夜谭之间，有时只有一步距离。

人命关天

释义 指有关人命的事情关系极其重大。

出典 元·关汉卿《拜月亭》第四折:"召新郎更拣选,忒姻眷不得可将人怨。可须因缘数定,则这人命关天。"

示例 "你不去?现在可是～"(老舍《赵子曰》二三)。

重组

天命关人

英国女王伊丽莎白二世说:"我想我没有什么特别喜欢的生日礼物,如果生日当天能够拥有一个阳光灿烂的好天气,然后可以出去晒晒太阳,那就是最好的礼物了。"看来女王八十大寿心情如何,须看老天脸色。不过若以重庆綦江县2006年8月16日44.5摄氏度高温为礼,相信女王只能掩面而退,从此不思"晒晒太阳"。

天有不测风云,人有旦夕祸福。偏偏不测风云,决定旦夕祸福:重庆2006年旱灾已确定为百年一遇,受灾人口突破2100万。持续时间之长,强度之大,水源之少,范围之广,损失之重,历史罕见。台风名字个个温和好听,发威时无不毁财害命,福建、浙江等地至少有2000多人风口丧生。

人有病感冒发烧,天有病大旱大涝。天命关人,天病怨人:气候异常缘于全球变暖,全球变暖缘于温室气体过量排放。世界卫生组织官员称,全球变暖导致每年超过10万人死亡,100多万个物种可能在未来50年内灭绝。英国科学家说,到本世纪末,如果全球平均气温上升3摄氏度,地球将失去一半以上森林,4亿人面临饥饿,30亿人将无淡水可喝。

"活"以水为偏旁,人以水为命脉。"天作孽,犹可恕;自作孽,不可活。"如果人类不约束自己,谁敢说重庆今日,不是地球明天?

异国他乡

释义 指远离家乡在异地。

示例 "当他终于逃出虎口时,他已经成了残废,从此流落～,靠行乞度日"(周国平《落难的王子》)。

重组

异国自乡

男裸上身,女着比基尼,几个老外居民在上海一处花园小区绿地晒日光浴,不少同区吾国同胞难以接受。国人认为老外"有伤风化",老外则自觉"如鱼得水"。因为同一时段到欧洲去,满大街都是赤膊客和三点式,没人觉得难为情。此乃文化差异,并非民族劣习。

好东西,民族的也是世界的。老外把异国当作自乡,恰好是对上海生活环境的一种认同。坏毛病,民族的就是民族的,不管走到哪都得自己埋单。

也许是墨尔本、罗马,也许是曼谷、东京,当你发现"请勿随地吐痰"、"请不要大声喧哗"、"不要往马桶里扔杂物"之类标语,全球都用中文书写时,你会不会亲切感不知去向,羞耻感油然而生?人家不是故意鄙视你,要怪只能怪国人不自重。

说起中国经济发展、社会开放,老外一个劲点头称赞;说到中国旅游者不文明,老外却是一味摇头叹息。脏:不修边幅,不讲卫生;乱:不讲礼仪,不守秩序,不遵法规;差:不爱护环境和公共设施,喜欢大声喧哗。是老外眼中永远的病,国人却未当作心中永远的痛。总把异国作自乡,让老外笑话不说,还污损了民族形象。

不守公德必酿公害,不堵蚁穴必坍华堂。"礼仪之邦"若名实相符,不知还需耗去多少时光。

有难同当

释义 苦难共同分担,患难与共,和衷共济。

出典 清·李伯元《官场现形记》五回:"还有一件:从前老爷有过话,是'有福同享,有难同当'"。

示例 "我们约他做攻守同盟,本想彼此提携,有福同享,有祸同当,不料他倒先来沾我们的光了"(茅盾《子夜》一八)。

重组

有歉同当

68岁澳大利亚游客汉思手戴一枚印有"同心"字样戒指来上海,欲到同心路上逛个开心,不料被一名骑车人撞得手脚流血。汉思欲同那人理论,撞人者却扬长而去,煞是闹心。幸好在理发店遇到王女士,颇为热心;找来翻译,弄清原委,又连续3天陪汉思到医院去打吊针。

汉思不止一次感叹:"上海人对游客很热情,你们都对我太好了,但是那个撞我的人怎么连句道歉的话都没有呢?"王女士于是给《新民晚报》打电话,希望撞人者出来道个歉,别让汉思带着遗憾回国。

消息传出,众多读者给报社打电话,表示如果撞人者没有勇气站出来,他们愿意代撞人者向汉思道歉。传统只讲有难同当,上海人偏要有歉同当。从集体无意识到集体有意识,主人翁意识,社会公德意识,集体荣誉意识……尽在其中,想来蛮有意思。

更有意思是撞人者王先生(来沪务工人员)看了报道,致电报社,希望借此机会向汉思说对不起,使汉思不带遗憾回国。尽管当时未道歉确实失礼,不过知过即改、公开道歉,仍不失男子汉一条。汉思先生收下道歉,烦心既除,温馨顿感,甚至想请王先生一起撮一顿。

到境外随地吐一口痰,人家会把账记到所有中国人头上;撞人者若不道歉,汉思对上海境遇自然喜忧参半。礼貌本是城市名片,每个市民兜里都该揣上几张。

猫鼠同眠

释义 比喻官吏失职,包庇下属干坏事。也比喻上下狼狈为奸。

出典 《新唐书·五行志》:"龙朔元年十一月,洛州猫鼠同处。鼠隐伏,象盗窃;猫职捕啮,而反与鼠同,象司盗者废职容奸。"

示例 "一个使的丫头,和他～,惯的有些褶儿,不管好歹就骂人,说着你嘴头子还不伏个理"(明·兰陵笑笑生《金瓶梅》七六回)。

重组

猫鼠同盟

"我爱你,就像老鼠爱大米",是情歌新喻;老鼠爱大猫、母猫给老鼠喂奶,是世间传奇。初听赵本山小品"这年月太疯狂了,耗子都给猫当伴娘了",以为戏剧语言难免夸张;若以人间事来做参照,又觉得无非道出了一种实况。

猫是老鼠天敌,天经地义;警察是小偷克星,职业分工。一旦猫鼠同盟,现实版"无间道"必演连续剧,2005年10月,成都审结一起"警贼勾结案",堪称典型。

犯罪团伙"宜宾帮",长期固定作案于成都火车站,每人每班交给当班警组400元～600元,叫"进场费",又称"班费"。每次扒窃金额超过500元～1 000元,要和警组对半分成,叫作"烤火费",又称"返点费"。每月向涉案警务队长交"队费"。警组撑起保护伞,"宜宾帮"为非作歹,肆无忌惮。

收人钱财,替人消灾。若有旅客报案或当场抓获窃贼,警务组先安抚旅客,再销毁资料,并将报案金额作为收取"返点费"依据。涉案警组有人清点窃贼数,有人清算每日"进场费"、"返点费",分工明确。窃贼将赃款打入警组银行卡,每日结清。

此案虽以13名涉案民警被判刑而告终,"警匪一家"毕竟有过铁证。赞应赞车站民警眼如苍鹰叫小偷无处遁形,怕只怕"睁一只眼闭一只眼"猫鼠同盟暗结成。

虚席以待

释义 比喻空着尊位恭候别人或以优厚的待遇招揽人才。也作虚左以待。

出典 汉·司马迁《史记·魏公子列传》:"公子于是乃置酒大会宾客。坐定,虚左,自迎夷门侯生。"

示例 "那绫边上都题满了,却剩了一方,继之指着道:'这一方就是虚左以待的'"(清·吴趼人《二十年目睹之怪现状》四○回)。

重组

首席以待

"首席"云云,纯属舶来品。西土多见于首席小提琴手、首席大法官。移至本土,已似燕山雪花,席卷众多领域。"首席执行官"、"首席财务官"、"首席营运官"、"首席技术官"、"首席市场官"、"首席品牌官"比比皆是。方家说这些词译得不伦不类,令人啼笑皆非。谁知对的没人理会,错的无翅乱飞。从科学家、评论员、教授,到记者、编辑、员工、班主任、工人,一律"首"而"席"之,铺天盖地。

不过"首席"无论规格大小,终不脱官方色彩。天下没有不散的筵席,偏偏有私设的"首席"。安徽宣城市委原副书记杨枫,收受贿赂70多万,同时包养情妇7人,运用MBA知识,设"首席情妇"管理。二人联手分析众情妇性格,分门别类,各司其责,有的用于公关,讨好上级;有的从事经营,共享利益。有"首席情妇"统一调度,众情妇相安无事,皆大欢喜。

情妇,情妇,名为情妇,实为财妇。鸟为食亡,妇为财存。杨枫任命邹某为"首席",邹某所为当之无愧。可惜此女智商太低,竟给杨另外介绍吧女,害得自己从"首席"沦为"末席",虽曾割腕抗议,终未夺回"首席"。只好找到纪委,毁掉杨枫官席。

贪官身败名裂,咎由自取;情妇醋海翻波,功不可没。培根说:知识就是力量;不才言:知识还有方向。

忠言逆耳

释义 正直的劝告听起来不顺耳,但有利于改正缺点错误。

出典 《孔子家语·六本》:"孔子曰:'良药苦口而利于病,忠言逆耳而利于行。'"

示例 "孔厚出营叹道:~,替这等愚夫决策,原是我错"(清·俞万春《荡寇志》八五回)。

重组

忠言顺耳

"离开你的情人有50种借口,但离开这架飞机却只有8个出口。请在找情人之前,先找到出口"。如果登上新西兰航空公司所属飞机,听到空姐用此开场白来介绍安全知识,就算你刚同情人吻别,恐怕也得认真打量一下出口,毕竟空姐提示既有道理,又具温情;忠言顺耳,如沐春风。

听惯了逆耳忠言,再来感受忠言顺耳,不由人不感慨万千。如北京街头"严禁闯灯越线,违者罚款",被"司机一滴酒,亲人两行泪"、"不要着急,红灯亮了歇口气"取而代之,人们遂恍然大悟:即使是忠言,也不必逆进耳去。

神州大地,不良标语一度横行,比如计划生育是基本国策,可是一些地方宣传口号却说得难听无比:"谁不实行计划生育,就叫他家破人亡!""宁添十座坟,不添一个人"、"上吊给绳,喝药给瓶"、"结贫穷的扎,上致富的环"、"一人结扎,全村光荣;一人超生,全村结扎"……

作为警示语言(标语、口号),义正词严、声色俱厉远远不够,还须考虑到如何诉诸心灵,春风化雨,才会春华秋实。构建和谐社会,标语口号理当和谐先行。一旦宣传标语(口号)充满霸气、匪气和火药味,不仅达不到预期目的,反会激化群众不满情绪;那就不是以民为本,而是与民为敌了。

脍不厌细

释义 肉切得越细越好。形容食物要精制细做。
出典 《论语·乡党》:"斋必变食,居必迁坐。食不厌精,脍不厌细。"
示例 "一个饥饿的人,赶紧吃上一顿肉就能活命,这时候你不可能也做不到~,只能端上一碗颤巍巍的红烧肉"(柴静《看见》)。
重组

规 不 厌 细

国家"道路交通安全法"出台后,各地均辅以配套细则,其中浙江规定女士穿高跟鞋开车要受罚,最耐人寻味。

平时感受法律粗放既惯,面对如此细则难免不适。为何不准女士开车穿高跟鞋?想必有碍踩刹车,易出事故。不知有无女士抱怨,说不穿高跟鞋自毁形象。形象跟生命比孰轻孰重,答案自在人心。其实车内备鞋一双,开车可守法规,下车自树形象,除了麻烦一点,没什么大不了的。此举意义在于,法不厌精,规不厌细,一个人举手投足、穿着打扮也受法律制约,法律意识深入人心才不至于落空。

用西红柿袭人该当何罪?相信百姓多不以为然,何况法官。殊不知这事曾使德国东部科特布斯市地方法院左右为难。2004年9月,有人以西红柿"袭击"总理施罗德,按照量刑标准,如果柿子熟软,故意伤害罪相对较轻;如果柿子青绿,人身伤害罪相对较重。偏偏闯祸西红柿颜色为黄,上述两种情形均不适用。法院发言人说,最终定罪还得以西红柿硬度为依据。

他山之石,可以攻玉;一西红柿,堪称教材。袭人柿子是红是绿都由法律界定,法律法规之细可想而知。法治社会,让法律意识深入人心是题中应有之义;如何深入人心?不妨从法规细化做起。完善法律框架可能耗时百年,规范人们行为只能始于一点一滴。

庸 人 自 扰

释义 指本来没事,自己找麻烦。
出典 《新唐书·陆象先传》:"天下本无事,庸人扰之为烦耳。"
示例 "事情早已过去了,谣言早已传遍全城了,何必~,看做了不得"(茅盾《虹》)。
重组

家 人 自 扰

天下本无事,庸人自扰之。换成家人也一样。世人不分男女,一谈恋爱智商准降低。恋爱过后成夫妻,智商未必会反弹。

重庆男人宗先令,名含外币实缺人民币,人到三十不见而立,害得妻子蒋小花抛家别女京城打工去。眼瞅着女儿已到上学年纪,丈夫希望妻子回家来打理,好话说了三千六,妻子还是带搭不理,夫妻关系全凭电话来维系。蒋小花不仅不回渝,忽一日一则短信发到丈夫手机里:考考你,这是一封感人的情书——584,5682177778,12234,1798,6868,587129955,829475。翻译不出来,就不要再烦我。

别看宗先令没有破译经验,却知道这是最后通牒,为免却8年夫妻情分一朝断送,破译只能成功,不敢失败。求助20多位亲朋好友,只猜出前6位数字是我发誓(584),我无法(568),后36位数字百思不得其解。只好求助于媒体,希望有人助一臂之力,帮他唤回心野爱妻。

其实这组数字网上早有答案,一种是:我发誓,我来伴你一起出去走吧,与你爱相随,一起走吧,溜达溜达,我不求与你朝朝暮暮,被爱就是幸福。报道说宗将答案发给小花,夫妻有过3分钟通话,不知彼时丈夫是不是幸福已压过酸楚。

点 铁 成 金

释义 原指用手指一点使铁变成金的法术。比喻修改文章时稍稍改动原来的文字,就使它变得很出色。

出典 宋·黄庭坚《答洪驹父书》:"古之能为文章者,真能陶冶万物,虽取古人之陈言入于翰墨,如灵丹一粒,点铁成金也。"

示例 "真是~,会者不难,只改二三十个字,便通篇改观了"(清·吴趼人《二十年目睹之怪现状》四三回)。

重组

点 金 成 铁

贾平凹是文坛大家,尝以"吝皮"(抠门)闻名。老朋友张敏揭发道:有外地朋友到西安会他,到了吃饭的当儿,他自然要请朋友们吃顿饭。通常,他只请朋友们去吃葫芦头泡馍。饭菜端上桌子,他便自问:"你们知道葫芦头是什么吗?"然后自答:"葫芦头就是猪痔疮。"一语既出,四座皆惊,印象虽深,胃口却倒。顿时给主人省钱不少。香港某女记者来访,态度极不友善,贾平凹如法炮制,款待以葫芦头。待食近尾声,乃据实相告。女士狂吐不止,拂袖而去;平凹不动声色,镇定如来。多少美味,可快朵颐,不可说破。一旦说破,点金成铁。贾平凹故意杀风景,自有其狡黠与智慧,与考据家考证不可同日而语。

王维那首"红豆生南国,春来发几枝,愿君多采撷,此物最相思",小学生人人会背。服装厂用作品牌,艺人用作艺名,皆看重其纯洁美好。就连陈寅恪晚年著《柳如是别传》,也与他抗战时在昆明偶然购得常熟白茆港钱宅一颗红豆有关,所谓"灰劫昆明红豆在,相思甘载待今酬",后来果然如愿以偿。偏偏有人考证出"刚采下来的成熟红豆,形象酷肖处子阴蒂",叫人大跌眼镜。如此折腾一番,情诗顿成"艳诗",红豆象征性器。谁若继续吟咏"书似青山常乱叠,灯如红豆最相思",岂不成了色情狂独白?

笑贫不笑娼

释义 嘲笑穷人,不嘲笑娼妓。也指只批评表面现象,不揭发更隐蔽、更肮脏的事情。

出典 未详。

示例 "很多人写文章、发议论时,为了抨击世风日下,很爱用一句话:这是一个'～'的时代"(连岳《笑贫不笑娼是正常的》)。

重组

笑贫不笑摸

徐志摩《再别康桥》是新诗经典,时逢"恶搞"年代,注定在劫难逃。已见过"温情人流"版、"有约不至"版,"股市"版,更好笑是"小偷拎包"版:"悄悄的我走了,正如我悄悄的来;我挥一挥衣袖,带走你所有的钱财"。

其实小偷才没闲心研究什么康桥、赵州桥呢,悠悠万事,"该出手时就出手"为大。安徽枞阳作为国家级贫困县不算知名,横埠镇出小偷却远近闻名。"他们把偷叫作摸分。在横埠有些村庄,有些姑娘找女婿都要问一下男方家里有几个摸分的,如果男方说摸分的有好几个,那女方竟会很中意,为什么?摸分的多,说明这家肯定富裕呗。你要是回答没有摸分的,那对不起了,拜拜!"

只因媒体对此已有披露,南方百姓颇为警觉。"摸分"者随即北伐,足迹已达大兴安岭。北国小城辽源与四川县域昭觉,八千路云和月,也被小偷轻松跨越。失手小偷面对警方坦言"摸分"初衷,竟与横埠村情形如出一辙;即使从业多年,民警亦深为震惊。

旧闻"笑贫不笑娼"乃生活所迫,今见"笑贫不笑摸"难说时代特色。"摸分"向来为人不齿,更为法律明禁,偏偏有人乐此不疲,或迟或速必翻车。最可惜那些姑娘家,项链品种再多也不选,偏要缠条毒蛇在肩窝。到头来小偷大盗皆落网,昔日所求顿作一枕黄粱一梦南柯。

贼喊捉贼

释义 比喻坏人为了自己逃脱,故意制造混乱,转移目标,把别人说成是坏人。

示例 "～,明明自己是匪,还扛着剿匪的旗号,到处剿匪"(陈登科《赤龙与丹凤》第一部)。

重组

贼叫捉贼

坏人干下坏事,总要混淆视听,转移目标,嫁祸于人,以求逃避惩罚,故贼喊捉贼是常态。不过,小偷行窃时若被发现,也会主动报警,宁可受警察处治,也不愿听由失主和群众随意处治。贼叫警察捉自己,时有所闻有意思。

湖北人冯某在河南省荥阳市崔庙镇赶集,发现一名老妇兜里有钱,伺机下手,悄然得手,还未来得及高兴,就被一个年轻人死死抓住,怒骂道:"你这个找死的小偷,居然偷到我妈头上了,你不是找着挨揍吗?"周围人们迅速围拢来,有的厉声斥责,有的主张痛打,形势岌岌可危。恰好有警察巡逻至此,冯某大声喊叫:"警察,我是小偷,快把我带走吧!"原来,冯某曾听说有人因偷钱被打成重伤,害怕自己也受此"礼遇",于是便主动公开自家小偷身份。

警察乃小偷克星,贼唤捉贼,岂不自投罗网?小偷暗打小算盘,两罚相较取其轻。试想:众人打小偷,是一时气愤,不光后果难以预计,而且法不责众;就算小偷被打得皮开肉绽,也是哑巴吃黄连。警察就不同了,打小偷是滥用职权,刑讯逼供可以上告,甚至要求国家赔偿。

由此看来,尽管小偷偷窃行为违法,心中法律意识却未见得就比失主差。小偷求助警察,与公民求助法律,表象殊异,本质同一。

作贼心虚

释义 指做了坏事怕人知道，心里老是不安。
出典 《五灯会元·龙门远禅师》："问：'有句无句，如藤倚树时如何？'师云：'作贼心虚。'"
示例 "看你这～的劲儿"（曹禺《北京人》第一幕）。
重组

作贼心实

人常说作贼心虚，看报道方觉小偷胆儿肥。

本市一贼，凌晨四点入室行窃，居然敢从户主枕下拽手机。女主人下意识欲大喊，陌生男子竟冲她作手势"嘘——"然后大摇大摆离开。遇贼入室莫喊叫，生命比财产更重要，警方提示发自贼口，既错位又搞笑。

小偷组建"公司"，以前只听过相声。文艺创作，理应高于生活。没想到邻市真有人组建"小偷公司"，中有"员工"14人，其中未满14岁者3人。"公司"由"大哥"一手掌控，长幼合作，一切赃物要归"公"，"员工"论功行赏。看来"小偷公司"，竟然源于生活。

外地小偷作贼心实，一点不比本地逊色。泉州有小偷行窃未果，逃跑时被大货车撞成骨折，竟状告失主及车主，部分获胜。南京一名小偷偷内裤时被发现，主人追赶意欲讨回，反被小偷打得一劲求饶。北京刘先生小卖部连续4天被撬，遂留纸条劝小偷罢手，不想梁上君子回复："若想永平安，拿出50元。"锦州有小偷潜入豪宅体验富人生活，主人回来发现一地狼藉：衣被穿，酒被喝，海参、鲍鱼不见影，惟余排骨炖在锅。

老鼠过街，人人喊打。只喊不打，鼠胆日大。作贼心实，情形类此。事已至此，理应遏制。若法律惩治不足以构成威慑可以修订，若是百姓宽容还须自作检讨，破财未必免灾，贼手还会重来。

暗送秋波

释义 旧时比喻美女的眼睛像秋天明净的水波一样。指暗中眉目传情。
出典 宋·苏轼《百步洪》诗之二："佳人未肯回秋波，幼舆欲语防飞梭"。
示例 "对张（作霖）则～，对曹（锟）尤密切勾结"（蔡东藩、许廑父《民国通俗演义》一二四回）。

重组

明送秋波

残疾歌手李琛凭《窗外》一曲成名："今夜我又来到你的窗外，窗帘上你的影子多么可爱。悄悄地爱上你这么多年，明天我就要离开。/多少回我来到你的窗外，也曾想敲敲门叫你出来。想一想你的美丽我的平凡，一次次默默走开。/再见了心爱的梦中女孩，我将要去远方寻找未来。假如我有一天荣归故里，再到你窗外诉说情怀。/再见了心爱的梦中女孩，对着你的影子说声珍重。假如我永远不再回来，就让月亮守在你窗外"。歌中故事听来煞是感人，不过谁要信以为真，拿来作为行动准则，恐怕会丢了意中人，变成失意人。

缘分不停留，像春风来又走。等你荣归故里，人面早就不知何处去了。绣球该抛你不抛，空留两手捡忧愁。暗恋如果不及时转化为明爱，秋波难免会物化为"秋天的菠菜"。

姜还是老的辣。深圳曹君辉女士，60岁那年在公司网站上公布一封求爱信给国际奥委会主席萨马兰奇，词句竟然"火辣辣"。又送萨翁生日礼物"中华和钟"，以示"钟情"。别看有情人未成眷属，明送秋波，勇气绝对可嘉。

深圳还有一位河南打工妹吴木兰，想找个外国人再嫁，也借网络明送秋波。聊来聊去，竟和波兰总统候选人交上朋友，结为夫妻。看来这秋波明送，说不定会波到成功。

望子成龙

释义 意指盼望儿子成长为有出息、有作为的人。
出典 清·文康《儿女英雄传》第三六回:"无如望子成名,比自己功名念切,还加几倍。"
示例 "德公～,一会想送他上英国,一会又想叫他去美国,在香港读了一点书,又叫回上海"(周而复《上海的早晨》第四部)。
重组

望父成龙

重庆人陈永国做生意失败,一度靠打工维持生活,月收入不足千元。有段时间竟连这笔收入也没了。这天女儿小佳欲去修理小灵通,陈永国提醒她要照看修理摊,没想到小佳脱口而出:"就因为你没钱,心痛花费,这么热的天还要我晒太阳!"

陈永国当众打了小佳一巴掌,小佳负气出走,翌日返家后,从厨房拿把菜刀冲出来,连砍父亲两刀,一刀在背,一刀在右小臂。还边哭边骂:"你为什么不出去找工作,活得这么窝囊,害得我也难过?"

有道是"穷人的孩子早当家",有多少穷人的孩子怨爸爸?人穷不可怕,怕只怕志短。可怜天下父母心,望子成龙,不遗余力;可叹天下儿女心,望父成龙,坐享其成。

就算小佳日后上了大学,也未必能理解父母艰辛,顿生悔意。中国药学大学镇江校区一名大学生,母亲从河北赶来探望,竟被他拦在校门口,一篮家乡粽子也原封不动带回去。因母亲衣着破旧,怕自己丢脸,为免同学"笑话",坚决不让母亲到校园看看,到宿舍坐坐。

此类故事绵绵不绝,流传不止半个世纪;再过半个世纪,也甭奢望绝迹。"狗不嫌家贫,儿不嫌母丑",是老话更是老黄历,年轻人没谁会往心里去。别看年轻人喜欢养狗,却很少从狗身上悟出做人道理。

一笑千金

释义 形容美人一笑很难得。

出典 汉·崔骃《七依》:"回顾百万,一笑千金。"

示例 "借得山东烟水寨,来买凤城春色。翠袖围香,绛绡笼雪,～值"(明·施耐庵《水浒全传》第七二回)。

重组

一笑失金

空姐职业表情首推微笑,给人第一印象也是微笑。一笑千金,名副其实:浅笑盈盈,薪水几千。还有韶华宜人、面容醉人、体态可人、前景迷人之类潜台词,尽贮莞尔中。

2006年8月,四川航空公司招聘空姐,初试有2 000人报名,结果有近300名美女因微笑不过关被直接淘汰。常言道,谁笑到最后,谁笑得最好。笑不到最后,笑不比哭好。推多米诺骨牌,第一张最重要。"一笑"一旦过不了关,"千金"也就打了水漂儿。

婴儿尽管用哭声宣告问世,不出几个月准一脸微笑。别看不少食品爱标榜"纯天然",空姐微笑靠"纯天然"却未必能达标:须用亲和力拌加感染力泡,露8颗牙不能多也不能少。不知未过关者会不会痛定思笑,刻意调整肌肉,柔化线条。

塞翁失马,安知非福。微笑虽然是空姐职业表情,其实微笑无关职业更好。不然极可能白天强颜欢笑,回家就大吵大闹,另寻发泄渠道。现实中不是精英不抑郁,崔永元满腹真诚一脸坏笑,全靠重走长征路才把抑郁症赶跑;香港明星台上风光无限,九成人有不同程度抑郁,比例不可谓不高。具体事物具体分析端的有理,居然有一类抑郁症患者常常满面微笑。与其逢人硬露桃花面,莫如笑随心境水涨船高。

笑一笑,十年少。开心就好,何必千金?

知过必改

释义 知道了过错,必定改正。

出典 南朝·周兴嗣《千字文》:"知过必改;得能莫忘。"

示例 "姻缘合该,今朝相待,鱼水和谐。似这等不枉了教人害,苦尽甘来。古人言～,不由人兜在心怀"(元·白仁甫《东墙记》三折)。

重组

知过不改

没有金刚钻,敢揽瓷器活:李宇春评世界杯涉嫌抄袭,一家门户网站搞调查,大多数网友建议"咨询一下郭敬明"。黑色幽默,不露声色;"抄级男生",印象匪浅。盘点2006,"抄袭"亦是文化新闻关键词,小郭则是关键之关键。花儿乐队被指抄袭,毕竟只限舆论层面;郭敬明《梦里花落知多少》被控抄袭,纠纠缠缠,已过两年。5月间法院终审判决郭抄袭罪名成立,赔款21万元,并公开道歉。结果赔款如数到账,道歉却迟迟未兑现。郭敬明借博客表态,钱咱不缺,赔你就是;歉不能道,爱咋咋的。

额滴神啊,这小郭也忒胆大了吧,对法律判决也敢挑挑拣拣?旧时纨绔子弟,闯祸后才是这副嘴脸。无知者可以无畏,郭敬明好歹也算知识青年,难道想靠蔑视法律,来捍卫自身尊严?

若搁过去,小郭早就身败名裂了,不承想小郭却身价飙升,工作室升级为文化传播公司,"岛"主升格为董事长,外加《最小说》杂志执行主编。人入了作协不说,还成了2007年度中国作家富豪榜"No.1"。怪不得郭敬明说:"不道歉,是因为我相信自己的能力和才华"。粉丝说:"就算他是抄袭的,我也一样喜欢"。出版社说:"是否抄袭还值得商榷"。

人非圣贤,孰能无过?过而能改,善莫大焉。知过必改,君子风采;知过不改,小人姿态。小郭如今还算偶像,只不过"呕像"元素已潜滋暗长。

童 言 无 忌

释义 对孩子的话不必顾忌,旧俗在吉庆场合,忌讳说不吉利的话,但孩子说话不必忌讳,即使说了不吉利的话也无妨碍。还可以说孩子语言幽默生动,让人捧腹大笑。

示例 "老太爷因为觉群在堂屋里说了不吉利的话,便写了'～,大吉大利'的红纸条,拿出来贴在门柱上"(巴金《家》)。

重组

童 谣 无 忌

童谣"另类",年年岁岁。安徽合肥一些小学生,口中念念有词:"李白乘舟将欲行,忽听扑通跳水声,一个猛子扎下去,捞起一看是汪伦。""考试复考试,考试何其多。我生待考试,万事成蹉跎。"孩子吟唱,有口无心;家长听罢,不免担心。

江山代有童谣出,过去老太太教唱"小小子,坐门墩儿,哭着喊着要媳妇儿",如今孩子们自己动手,改编经典,乐此不疲。唐诗名篇,就地取材:"日照香炉生紫烟,李白来到烤鸭店,口水流下三千尺,一摸口袋没有钱。""春眠不觉晓,处处蚊子咬,夜来巴掌声,蚊子死多少"……均属此类。

大人对此关注可以理解,担忧似大可不必。"另类童谣"看起来是恶搞,其实未必有恶意,大不了是一种情绪宣泄,自娱自乐,无伤大雅,反倒有一股童趣浸润其中,创造力不容小瞧。

卢梭说过:"如果你不先培养活泼的儿童,你就绝不能教出聪明的人来。"就算"另类童谣"不能让儿童聪明,至少能让儿童快乐。书包太沉,学业太重,大人又不是不知道,"减负"喊了多年,成效知多少? 只有天知道。既然大人创作不出合格童谣,就莫怪孩子自己创造"另类童谣"。连大人都知道"笑一笑,十年少",人家本来就是少年,顺其自然,爱咋笑就咋笑,有何不好?

眼见为实

释义 谓亲眼看见的比听说的要真实可靠。

出典 刘向《说苑·政理》："夫耳闻之,不如目见之;目见之,不如足践之。"

示例 "～,耳听为虚,听人说的靠不住"(周立波《山乡巨变》上五)。

重组

眼见为虚

先前到餐馆吃饭,付完钞票即可走人。现在小有麻烦,服务员收下百元大钞,还要记下你所付钞票后四位号码,以便收银台鉴别真伪。眼见为实,难以成立;眼见为虚,随处可见。

吃罢饭路过书店,见溥仪回忆录《我的前半生》,42年后又出全本,值得一观。此前读过是书,惜是删节本,一删竟是16万言。全本则该补的补,该添的添。比如婉容那个私生子,书中说:"婉容也许至死还做着一个梦,梦见她的孩子还活在世上。她不知道孩子一生下来就被填进锅炉烧化,她只知道他的哥哥在外边代她养育着孩子,他哥哥是每月要从她手里拿去一笔养育费的。"理应属实,皇宫传奇"狸猫换太子",不会代代重演。皇后与人私通,本是奇耻大辱,既然生下"孽种",岂可容留世间?

不料2006年12月间,忽有长春市民王某找到媒体,指出另一本《末代皇帝和皇妃》有差错。书有差错不奇怪,怪在王某称自己是溥仪与婉容亲生儿子,3岁被立为太子。专家说,此说根本不值一驳,大量史料和人证可以证实,溥仪根本没有生育能力。溥仪侄媳杨景竹也说,溥仪只有3个侄子,从来没有儿子。

这事恐怕用不着检验DNA就能明白八九不离十。这位王某以前还说自己是抗联英雄后代呢。长春伪满皇宫博物院研究员王文锋近年接到许多自称清皇室后裔来信,没一个真的,老熟人王先生也不例外。

眼见为虚,有物为证,不足为奇;有人为证,拍案惊奇。

直言不讳

释义 说话坦率,毫无隐讳。
出典 《晋书·刘波传》:"臣鉴先征,窃惟今事,是以敢肆狂瞽,直言无讳。"
示例 "我是个无党无派的人,才敢这样~"(梁斌《红旗谱》)。
重组

直言有讳

卖淫嫖娼是一种客观存在,毋庸置疑。不过,媒体上却常见"嫖客",不闻"妓女"。

如何称呼妓女,一向不知官方有何说法。卫生部原副部长王陇德曾表态说,首先我不赞成使用"小姐"、"性工作者"等称呼。前者把一个普通称呼"特殊化",容易引起误会;后者则等于承认了这一"职业"的合法性。我称之为"商业性行为人群",这是一个客观存在、在艾滋病防控中不可忽视的群体。

部长造词,用心良苦,指代不清,先天不足:"人群"前置定语,既可以指"商业/性行为"(特指当为本意),也可指"商业性/行为"(泛指意向含糊)。词形冗长,难获认同,后天失调:"商业"、"性行为"、"人群"叠加堆成新概念,生硬、啰嗦、费解,远不及旧词"妓女"简洁明快,没有歧义。

官员也好,媒体也罢,所以挖空心思、另起炉灶,纷纷给出妓女"自定义",无非觉得妓女属于丑陋事物,新中国成立之初已宣布铲除,重现江湖是一种耻辱,直言不讳有损社会制度。

其实,妓女群体不会因称"性工作者"而无限扩大,也不会因称"商业性行为人群"而自行缩小。为尊者、贤者讳,虽是一种传统,未必值得发扬光大,而为妓女讳,绝对背离社会主义精神文明建设,大可不必。欲解决妓女问题,何妨从径称"妓女"做起?

坐怀不乱

释义　形容男子在两性道德方面情操高尚,作风正派。
出典　传说春秋时鲁国柳下惠夜宿郭门,遇到一个没有住处的女子,怕她受冻,抱住她,用衣裹住,坐了一夜,没有发生非礼行为。见《荀子·大略》。
示例　"据这光景,舅兄竟是柳下惠～了"(清·李汝珍《镜花缘》三八回)。
重组

不乱坐怀

　　名人轶事古今流传,柳下惠和"坐怀不乱",始终同乘一条船。千古佳话在,历史尊柳为道德标杆;本世纪初海南省公开选拔副厅级干部,有道面试题即要求考生分析这一故事对从政者有何启示。千年悬案悬,诋柳者不待坐怀,坐地已乱,柳下惠若非"性无能",岂有不乱之理?2006年,柳下惠家谱突现京城,柳氏后人,已过百万,柳宗元、柳公权、柳永皆谱上有名,"性无能"说不攻自破。不过姓氏专家声称,因相关细节出现太晚,坐怀不乱只能作故事观。

　　其实,坐怀不乱,名声不错,效法挺难。当年颜叔子与某寡妇各独守一室,相邻无事。一夜寡妇房子为雨所毁,来求庇护,颜叔子让其进屋,秉烛到天明。事后犹悔自己不够审慎。鲁人遇此情形,坚决闭门不纳。人诘其故,鲁人说,男女不到60岁,不可同处一室。你我都年轻,所以不行。寡妇说:你怎么不学人家柳下惠?鲁人说,柳下惠行,俺不行。俺只能用不开门,来学习柳下惠坐怀不乱。孔夫子对此评论道,要说学柳下惠呀,没有谁比这位鲁人学得更好。

　　学习柳下惠,为何鲁人最到位?因为其深知人性颇有弱点,与其事中克制,不如事先防范;与其坐怀不乱,不如"不乱坐怀"。因为坐怀不乱,只是一种自律,全凭自觉;而"不乱坐怀",强化他律,强化制度建设,方为治世根本。

红颜知己

释义 指男性精神上独立、灵魂上平等,并能够达成深刻共鸣的异性朋友。

出典 《汉书·外戚传》有"既激感而心逐兮,包红颜而弗明"。此处"红颜"代指汉武帝宠妃李夫人。曹植《静思赋》:"天何美女之烂妖,红颜晔而流光",高适《别董大》:"莫愁前路无知己,天下谁人不识君"。后演变为"红颜知己"。

示例 "于荣光说,小凤仙在剧中实际上是蔡锷的~"(黄晓雅《于荣光版蔡锷展现别样风采》)。

重组

蓝颜知己

男人时常梦想自己拥有三个女人,妻子、情人、红颜知己:妻子是避风港,情人是打火机,红颜知己是按摩师。女人也不示弱,身边欲有"三结义":老公是太阳,情人是月亮,蓝颜知己是星星。

既知己,且红颜,天下好事若此,男人怎不"相见欢"?红颜知己,令人心动,催人行动。"生当作人杰",男人巴不得青史留名;实在不成器,"赢得青楼薄幸名"也中。红颜安抚男人肉体,同时慰藉男人心灵。

男人追求红颜知己,多半在延续一种习惯;女人渴求蓝颜知己,往往是演绎一种时尚。"男人可以有红颜知己,女人为什么不可以有蓝颜知己?"言之有理,21世纪本来就是"她世纪"。旧时女性知己已难觅,蓝颜何从谈起?如今女性经济上独立,精神上自立,蓝颜知己提上追求日程,也算水到渠成。

徐志摩到底算不算林徽因蓝颜知己?如果一时心里没底,改口说金岳霖是林徽因蓝颜知己,绝对不容置疑。可见女人能否拥有蓝颜知己,早已不成问题。君不闻:老婆占有男人,情人分享男人,红颜知己塑造男人。亦可道:老公占有女人,情人分享女人,蓝颜知己塑造女人。却原来,不论红、蓝,没有雷锋境界,想当知己也难。蓝颜知己定位于朋友之上,情人之下,比友谊多许多,比爱情少不少,分寸只在一线间。知己持情人通行证,情人竖知己墓志铭。一旦越轨,红蓝俱毁。

五体投地

释义 两手、两膝和头一起着地。古印度佛教一种最恭敬的行礼仪式。比喻佩服到了极点。

出典 《梁书·中天竺国传》:"今以此国君臣民庶,山川珍重,一切珍重,一切归属,五体投地,归诚大王。"唐·玄奘《大唐西域记·三国》:"致敬之式,其仪九等:一、发言慰问,二、俯首示敬,三、举手高揖,四、合掌平拱,五、屈膝,六、长跪,七、手膝踞地,八、五轮俱屈,九、五体投地。"

示例 "屡闻至论,本极佩服,今日之说,则更~"(清·刘鹗《老残游记》六回)。

重组

四体投地

学人潘光旦,有次在西南联大演讲时,谈及孔子,潘光旦说自己对孔子实在是佩服得"五体投地",语未毕,他看了一眼自己缺失的右腿(潘因跳高致右腿伤残,治疗不及时,成了"独腿客"),立即更正道:"讲错了,应该是四体投地。"引得听众大笑。而他凭一个单拐练习打篮球的身影,更是让无数师生感佩不已。身有病残,坦然对待,自强不息,倍增可爱。

据郑逸梅《世林散叶》记载,艺坛名流身残志坚,从容以待者,大有人在:吴湖帆有一只鼻孔经常窒塞,医治无效,只得任之,"遂镌一印:一窍不通。"既是纪实,也是自嘲。寄禅诗僧口吃,自号"吃衲"。江都李毓如,眇一目,称"了然先生"。姚茫父晚年中风,一手偏废,"用白居易《新丰折臂翁》句刻一印:'一肢虽废一身全'。"陈作霖晚年双目失明,自号"盲和尚"。而郑逸梅本人则"予齿日益堕落,自称'无耻(齿)之徒'。予昔任教职,却多外骛,自称不务正业。又鳏居无偶,可谓'独夫'。每晨以腐乳佐粥,可谓'腐儒'"。陆澹安失足,伤尾闾骨,自谓"马失前蹄"。陆生于甲午年,生肖属马。女画家周炼霞,一目明,一目较眊,乃请来楚生刻"一目了然"印;又请高络园刻"眇兮予怀"印。胡朴安晚年中风,半身不遂,自署"半边翁"……

诸如此类,不一而足。事在人为,胜在心态。残障在身,不湮风采。

助 人 为 乐

释义 帮助人就是快乐。
出典 未详。
示例 "在我们的新社会里,这种～的新风尚,可以说是天天在发生,处处在发生"(冰心《咱们的五个孩子》)。
重组

助 人 为 祸

　　看见一位老人摔倒在地,扶,还是不扶?先前只是一个道德问题,现在稍不留神就会变成一个法律问题。前车可鉴,"恶例"在先:2006年11月20日上午,南京徐老太在公交站点摔倒,小伙彭宇好心将徐老太扶起,却被徐老太及家人指认是他撞倒的。尽管有目击者证明事实并非如此,鼓楼区法院还是以"你不误伤她,就不会送她上医院"为由,判决彭宇赔偿徐老太4.5万元。网民对此评价道:"做好人,苦不苦,扶个老太四万五;做好事,累不累,助人为乐是犯罪","你走我走大家走,看人跌倒,忧患意思心中有;你让我让大家让,不扶老太,生活才能有保障"。

　　2008年8月21日,郑州大学生李凯强骑电动自行车被一辆自行车撞上后轮,一位老太太坐在地上。李凯强立刻扶起老太太,老太太却抓住小李称他撞伤了自己的腰。二七区法院因无法查证李凯强是好心扶人还是骑车撞人,"按照公平原则",判决李凯强赔偿老太太9.7万元。消息传出,立刻有网友马上将MSN签名改成:"以后兜里不揣个十万八万的,还真不敢做好事。"

　　南京"徐老太案"流毒甚广,数十年来苦心教育和大力宣传,几乎被这一纸判决抵消殆尽。社会学专家认为,中国百姓很聪明,不用啃书本,不用看制度,只从生活实践中学习经验,吸取教训,就知道遇事该怎么做。一朝被蛇咬,十年怕井绳。李凯强表示再遇到此类事会走开不再理睬。更有老人摔倒,众人多袖手旁观,不敢施以援手,时见报道。解铃还须系铃人,只有推翻"恶例",树立"良例",公众才会对社会良知重拾信心,不妨翘首以待。

杞人忧天

释义 比喻不必要或缺乏根据的忧虑和担心。
出典 战国·列子《列子·天瑞》:"杞国有人忧天地崩坠,身亡所寄,废寝食者。"
示例 "纵令消息未必真,～独苦辛"(清·邵长蘅《守城行纪时事也》)。
重组

杞人忧钴

河南杞县不愧为成语之乡,2 000年前就因贡献出成语"杞人忧天"而名闻天下。2 000年后,"杞人忧钴"事件,使杞县再次名声远扬。《南方都市报》岁末特刊《忘不了》,盘点2009年中国网络语文,"杞人忧钴"获得提名。提名理由为:"就是杞人忧天的杞国、而今的杞县,两三千年后,杞人再次担忧。从忧天到忧钴,杞人并非自古以来就喜欢庸人自扰。无论是忧天,还是忧钴,都是人们在信息缺乏抑或不对称的情况下所作出的本能反应。"

2009年6月7日,杞县利民辐照厂发生钴60卡源事件。本来生产过程中,发生事故不足怪,怪的是过了一个多月,社会上、网络里传言汹涌澎湃,恐慌情绪早已蔓延开来,当地政府却封锁消息,迟迟未作表态。到7月17日上午,"杞县发生核泄漏"、"杞县核泄漏造成多人死亡"等谣言"井喷",通过互联网和手机短信广泛流传。当天下午,一些群众携家带口从多个方向逃离家乡,前往附近县市"避难"。当晚9时,开封市政府再次举行新闻发布会,环保部专家通报称未发生辐射源泄漏,百姓遂陆陆续续重返家园。

央视新闻栏目有"第一时间",杞县政府一度不通报情况,不接受采访,不允许报道,使公众了解真相错过了"第一时间",导致一起寻常事故演变成公共事件。"豫人忧艾"、"沪人忧磁",情形与此相类。真相与谣言赛跑,就看谁后谁先:真相在前,官民心安;谣言抢先,头焦额烂。一旦真相缺位,谣言必然占位,政府纵使全力应对,扭转局面,公信力这笔账,还是怎么算怎么亏。

一心两用

释义 把精力同时放在两样事物上。

出典 宋·朱熹《答或人(其七)》:"答曰一面么扩,一面体认则是一心而两用之,亦不胜其烦且扰矣。"

示例 "夫一心无两用,既能专于此,必不牵于彼"(唐·李贤《上中兴正疏》)。

重组

一心多用

现行人教版小学六年级语文教材,从《孟子·告子》中选取了一则寓言《学弈》,说善弈者弈秋授徒二人,"其一人专心致志,惟弈秋之为听;一人虽听之,一心以为有鸿鹄将至,思援弓缴而射之"。编者用心,不言而喻,一心两用,做事大忌。

美国犹他大学一项研究表明,擅长同时做几件事者,占总人口比例不超过2.5%。相传凯撒大帝能边看书边口授内容完全不相干文件。经济学家张五常在芝加哥大学求学时,常应邀到经济学家夏理·庄逊家去闲谈。庄逊口跟张五常谈天说地,笔在纸上转动,次晨,论文稿一字不改交到打字员手上,打好了即寄出去发表。张五常感叹:"以写学术文章而论,这样的本领,史无先例吧?"既称"史无先例",自然少而又少。

自从有了互联网,一心一意难上难。电脑一开,网事自然来:即时新闻岂能错过,新到邮件及时浏览,网友招呼不可怠慢……正事耗神,网事分心,从早到晚,手忙脚乱。一心多用,疑似分身,不限白领。菜市场里卖烟女,领子不白也不蓝;两耳不闻叫卖声,DVD里且流连。

俄罗斯专家研究表明,大脑同时做两件事只是一种幻觉,其实是不断从一件事转换到另一件事。转换时间通过练习可以缩短,但不能短到任意小数值。开车打手机、操作机床分神,危险显而易见;互联网"撕碎"专注力,福兮祸兮,不宜以偏概全。

徒有虚名

释义 空有名望,有名无实。
出典 《北齐书·李元忠传》:"计一家不过升斗而已,徒有虚名,不救其弊。"
示例 "却说司马懿回到寨中,使人打听是何将引兵守街亭。回报曰:'乃马良之弟马谡也。'懿笑曰:'～,乃庸才耳!'"(明·罗贯中《三国演义》九五回)。
重组

徒有实名

据说男人为显示派头,有三件东西离不开,其一便是裤腰带。许多书商推己及书,也给书籍配条"裤腰带",于是无书不腰封,泛滥成灾。

男人扎腰带,名牌最理想,顶不济也来一条"山寨";书商则不分男女,腰封狂打名人牌。读者若无孙悟空火眼金睛,往往会被雷个外焦里嫩,还不知祸从何来。在商言商,书商难免会辩白,腰封就是广告牌,不夸张哪能受青睐?但夸张向前走一步,没准就当笑话待。

近年来风行实名制,如储蓄、手机、火车票、网络等,统统实名,少有例外,连上海世博会、广州亚运会期间,买菜刀也要实名登记。腰封上那些名人实名荐书,似乎顺理成章,无可非议,其实未必。据业内人士披露,名人荐书,情形有三:一种看过,为数极少;一种借名,名人知情;一种盗名,名人无奈。

作家陈村说:"所谓的名人推荐根本就是狗皮膏药!"书商又不是江湖郎中,为何热衷于卖名人荐书这帖"狗皮膏药"?说到底,还是看中了名人推荐有影响力,只求印数上去,且盗名人名义。腰封夸张过度,推荐有名无实,无疑会传递虚假信息,构成虚假宣传,最终误导读者。

法治手段施于其他领域,可能立竿见影;用来治理腰封,有些无能为力:何为适度夸张,何为虚假误导,法官欲作明断,须先修炼成语言学家才成。故此议有合理性,无可操作性。

既然他律难达目的,只好寄希望于自律:名人要自重,免得被利用;书商当自爱,莫盗名人牌;读者须留神,实名不可赖。

民不聊生

释义 指老百姓无法生活下去,形容人民生活困难。
出典 汉·司马迁《史记·张耳陈余列传》:"百姓罢敝,头会箕敛,以供军费,财匮力尽,民不聊生。"
示例 "在上荒淫无度,在下~"(夏衍《秋瑾传》)。
重组

民 不 聊 死

旧时民间常用祝寿联是"福如东海,寿比南山"。"福"有"线路图",民谣已绘好:"生在苏州,长在杭州,食在广州,死在柳州;""寿"却无"时间表",越长越好:冯友兰赠金岳霖对联云:"何止于米,相期以茶"。"米寿"是88岁,"茶寿"是108岁,虽说能享者少之又少,毕竟是个长寿目标。

幸福"线路图",所以"四州"相伴,无非是景色秀丽,城市宜居,美食可人,葬具精致,令人神往。生老病死,四季交替,皆属自然规律,不可违背,无可逃避。坐井观天,"四州"可谓尽善尽美,可一旦"冷眼向洋看世界",就得承认英国伦敦才是"好死"之地。数字时代,指数澎湃:晴有紫外线指数,阴有降雨指数,动有晨练指数,静有呼吸指数,生有幸福指数,死有死亡指数……由新加坡连氏基金会和英国经济学家智库2010年7月联合发布之"死亡质量指数",以不久于人世者受照顾程度,来给40个国家排名,俄罗斯排名第35位,中国第37位,巴西第38位,印度第40位,"金砖四国",难兄难弟,彼此彼此。而英国所以排名首位,澳大利亚、新西兰、爱尔兰紧随其后,是因为这些国家在公众意识、有无相关培训、能否获得止痛药品以及医患关系透明度等指标上,得分较高。

中国文化一向视死亡为不吉利事,讳莫如深,先天失分;医患关系空前紧张,"白色谎言"横行无忌,失分尤甚;"临终关怀"需求很大,供给不足,实际享受服务者不足需求者千分之一,更难得分。

如今只听说某地为提升幸福指数而出台多项措施,不闻为提高死亡质量指数而做出多少努力。其实,就算一个人死亡后幸福指数归零,总得承认死亡质量指数也是幸福指数有机组成部分,别忘了幸福指数最高那些北欧国家,社会福利可是"从摇篮到坟墓"呢。

喜 闻 乐 见

释义 喜欢听,喜欢看。形容很受大众欢迎。
出典 明·王守仁《王文成公全书》:"仆诚喜闻而乐道,自顾何德以承之。"
示例 "他的卧薪尝胆的故事,两千多年来为人民所～"(吴晗《卧薪尝胆的故事》)。
重组

喜 闻 乐 仿

　　判断一部文学作品或一种表达方式有无生命力,可以有多种角度。是否被不同时代读者所乐于模仿,便是其一。如鲁迅杂文《记念刘和珍君》,被网友仿写成"中国股市版",《论雷峰塔的倒掉》,被仿写成"三鹿奶粉版"。

　　溥仪15岁那年仿《陋室铭》写过《三希堂偶铭》:"屋不在大,有书则名;国不在霸,有人则能;此是小室,惟吾祖馨。琉珠影闪耀,日光入纱明。写读有欣意,往来俱忠贞。可以看镜子、阅三希。无心荒之乱耳,无倦怠之坏形。直隶长辛店,西蜀成都亭,余笑曰:'何太平之有?'"发表于上海《逸经》杂志。

　　台湾文学界前辈齐邦瑗教授回忆录《巨流河》中写她当年在重庆读中学,日军飞机常来轰炸,"南开没办法在平地上修防空洞,只能在空袭警报时立即疏散,每次周会就领学生念口诀:一声警报,二件衣裳,三人同行,四面张望……"虽未忆到"十",已知是仿"十字令"编写。而"十字令"结构严谨,语言风趣,常编常新,流传甚广。

　　格律诗因句子整齐,音韵和谐,常被仿写;而自由诗若篇幅短小,特点突出,也容易被仿写。如余光中一首《乡愁》,竟被众人仿成"乡愁体":"小时候/低俗是一盘小小的磁带/我在这头/丽君在那头;后来啊/低俗是一团窄窄的纸条/我在后头/女生在前头;长大后/低俗是一张薄薄的光盘/我在这头/电视在那头;而现在/低俗是一条短短的信息/我在里头/警察在外头。"//"小时候/中华是一管白白的牙膏/我在这头/笑容在那头;上学了/中华是一支细细的铅笔/我在这头/考卷在那头;/工作了/中华是一条红红的香烟/我在这头/领导在那头;结婚了/中华是贷款买的轿车/我在这头/而奋斗的路/还在那头……"

原仿对照,各显其妙。捧腹之际,共鸣顿生。

有名无实

释义 光有虚名;并无事实。指实际上并不是那么好。

出典 《国语·晋语八》:"吾有卿之名,而无其实。无以从二三子,吾是以忧,子贺我何故?"

示例 "多数政治,在将来或有做到的日子,但现在却是～的"(清·梁启超《新中国未来记》第三回)。

重组

有冥无实

太阳系此前有九大行星:金星、木星、水星、火星、土星、地球、天王星、海王星、冥王星。祖辈、父辈、吾辈三代教科书上都是这么说的。2006年8月24日,国际天文学代表在捷克首都布拉格投票表决,把冥王星逐出了行星行列。别看人类精简自身行政机构不大算数,屡减屡增,时有反弹,精简太阳系却是易如反掌,全球教科书都得重编。

这事说起来多少有点"野蛮"。想当初,冥王星并未提出任何申请,人类就把它派到太阳系挂职,一挂就是70多年。若是在中国,干部到基层挂职锻炼,作家到乡下挂职体验,或许等不到"七年之痒",干部已连升三级,作家至少拿出两部长篇。相形之下,冥王星有点懒惰,70多年才走了不到1/4圈。

太阳系此次"大选",扩编还是缩编一度争论激烈,不过形式上倒挺民主,先是修改行星定义,然后再进行票选。冥王星虽惨遭降职,被打入"矮行星"另册,比起其他兄弟姐妹来,名分上仍旧星光灿烂。谁混得脸熟谁出名快,冥王星按理不该抱怨。可它要是质问地球人凭什么自己已将地球弄得千疮百孔,还有闲心给太阳系行星排座次,地球人怕也会哑口无言。

文 如 其 人

释义 指文章的风格同作者的性格特点相似;现也指文章必然反映作者的思想、立场和世界观。

出典 宋·苏轼《答张文潜书》:"其为人深不愿人知之,其文如其为人。"

示例 "古人每爱说'~',然如像光慈的为人与其文章之相似,在我的经验上,却是很少见的"(郭沫若《革命春秋·创造十年续篇》)。

重组

文 异 其 人

中外文坛,文如其人,可圈可点。文异其人,屡见不鲜。

美国作家沃勒20世纪90年代写了本《廊桥遗梦》,风靡全球。小说男女,人到中年,激情不减。好聚好散,令人叹惋。沃勒解释说:"主人公罗伯特·金凯有一段话:'我是大路,我是远游客,我是所有下海的船'。小说讲述了'大路'或者说是'命运'与责任的冲突。许多人,不管是男人还是女人,都从他身上看到了自己,或者从生活周围看到了像他这样的人,因此引起了感情上的共鸣。"

读者动心,挡不住作者花心。沃勒未像女主人公弗郎西丝卡那样挥剑斩情丝,却爱上了自家农场打工妹、离异女子琳达·鲍尔。妻子乔治娅离婚申诉生效,小镇居民同情乔治娅舆论一边倒。连其独生女儿雷切尔也承认:"我是女人,我也感到被出卖了。"

台湾作家林清玄,未离婚时,读者奉若"林圣人";一旦离婚,粉丝怒斥两面人。偕新婚太太上电视大侃"另一半",招来匿名电话辱骂;在"林清玄教育文化基金会"门口,台湾妇女团体烧其书,骂他是"骗子";甚至有人准备给他来个"蛋洗"。有人曾评价说:"如果不是那场婚变,林清玄几乎就是个完人"。

林清玄我行我素,无意做"完人"。近年其新书重回台湾畅销书排行榜。有媒体认为婚变已获原谅,问林清玄怎么看。林清玄说:"其实人没有改变,改变的是对事的看法。"文异其人,若仅限个人婚姻层面,不无获谅解可能;一旦涉及国家民族利益,将永世不得翻身。汪精卫、周作人,即是铁证。

以毒攻毒

释义 本指用含有毒性的药物治疗毒疮等疾病,比喻用不良事物本身的特点、弊病反对不良事物,或利用一种坏东西抵制另一种坏东西。

出典 元·陶宗仪《南村辍耕录》卷二十九:"骨咄犀,蛇角也,其性至毒,而能解毒,盖以毒攻毒也。"

示例 "～,反而证明了反对白话者自己的不识字,不通文"(鲁迅《且介亭杂文二集·从"别字"说开去》)。

重组

以毒排毒

原先人多明白砒霜有毒,现在人被告知身体有毒。就算喜欢独往独来,毒还是无处不在。汽车尾气,甲醛残留,"外毒"无冬无夏;生活压力,上火生气,"内毒"无孔不入。内外夹击,百毒缠身。叹我同胞,好日子没过上几天,摇身变作移动"毒气弹",防止自杀式爆炸,刻不容缓。

有毒宜攻毒,谁开"解毒丸"?"体内毒素,不排则乱",言之凿凿;安内攘外,你排他排,乱作一团。"排毒"专家唾沫横飞,"排毒"标兵现身说法,"48小时排完五年毒"广告随处可见;"排毒"产品更是满坑满谷,吃喝穿戴一应俱全。

吃有"排毒餐",蔬菜放首位,红薯最受宠。其实人对营养各有所需,众口品一谱,显然不靠谱。还有"排毒"保健品,言过其实不可信。用有排毒枕头、排毒仪,仪器排毒忽悠人。洗肠排毒只对病人有好处,正常人频繁洗肠不能排毒只会伤身。所谓"排阴毒"云云,更是无稽之谈。

事物存在自有合理之处,"排毒"流行却看不出什么道理。西医并无"排毒"一说,中医"排毒"之说与此大相径庭。"排毒"风行,不等于科学昌明,到头来,免不了与"鸡血疗法"、"甩手疗法"殊途同归。

西哲早有警示,本土更有实例,人们更多时候不是死于病,而是死于药。体内有"毒"不可怕,可怕只在"排毒"术。

死有余辜

释义 形容罪大恶极,即使处死刑也抵偿不了他的罪恶。
出典 汉·班固《汉书·路温舒传》:"盖奏当之成,虽咎繇听之,犹以为死有余辜。"
示例 "吾以为平生负此一欤,～"(明·邵景詹《觅灯因话·丁县丞传》)。
重组

死有余恨

不同历史时期,会涌现不同"最可爱的人";无论哪个时期,小偷多半难逃"最可恶的人"。面对"最可恶的人",人们连恨还恨不过来,哪有工夫报以恻隐之心?于是近年时有报道,地隔千里,起因各异,一样结局:小偷仓皇逃命,跳入水中,或不会游泳,或体力不支,无人施救,溺水身亡。

不救遇险小偷,不难找到理由:小偷死有余辜,谁救谁犯糊涂;小偷不劳而获,不能重演"农夫与蛇";救普通人是见义勇为,救小偷则不辨是非……小偷生命"不值钱",观念由来已久,中外皆然。其实,小偷也有生命权,同样值得尊重与保护。而小偷生命权能否得到妥善保护,恰好可以凸显一个社会文明程度。

小偷一旦被迫跳水,水面顷刻变成试纸一张——检测良知是否泯灭,检测人性是否闪光。当今人们常把"献爱心"挂在嘴上,连营救被困阿猫阿狗,都有电视台去录像播放,小偷分明是个大活人,怎么就借不上同胞爱心一点光?难道仅仅因其有偷盗行为,就眼睁睁看着他走向死亡?

尊重生命、珍视生命、生命高于一切,观念日渐深入人心;小偷被追,虽然落水,幸得失主相救,活命一条,也时有所闻。小偷溺水,群情冷漠,表明道德谱系尚缺时代要素,亟待补充;小偷遇险,得人相助,说明古国道德老树,萌发文明新叶,可喜可贺。

同室操戈

释义 指内部斗争。

出典 春秋郑徐吾犯之妹有美色,公孙楚与其从兄公孙黑争娶之。楚已纳聘,黑欲强夺,公孙楚"执戈逐之,及冲,击之以戈"。事见《左传·昭公元年》。又见《后汉书·郑玄传》:"康成入我室操吾矛以伐我乎?"

示例 周恩来为"皖南事变"《题词》:"千古奇冤,江南一叶;~,相煎何急?"

重组

同街操戈

早年乡下过夏天,淘小子上身光光,下身一抹裤头兜裆,无腰带可系,有尴尬须防:小伙伴爱搞恶作剧,一不留神被扒掉裤头,他人哄笑,自家蒙羞。淘小子长大成人,按说没理由再扒同伴裤子,己所不欲,勿施于人。不过,万一当上城管队员,难说恶作剧不会重演。

2006年7月31日,深圳市属城管人员与龙华街道办城管人员发生执法冲突,市属城管6名队员当街被打,裤子被扒下,人被扭送到当地派出所。事后,有关方面解释说此乃一场"误会"。

大水冲了龙王庙,一家人不认一家人,乍看挺像"误会";"公安管坏人,工商管富人,城管管穷人",边界清楚,分工明确,仔细一想难说"误会"。同为城管,管你市里还是街道,"吃的是一锅饭,点的是一灯油",怎好同街操戈,大打出手?尽管打人一方当街扒裤,有点成人意识,留了底裤,但身为执法者,知法犯法,突破文明底线,既损害社会民主法治秩序,又给行业留下可耻纪录。

同街操戈,"误会"是标,"利益"是本。"吃的是一锅饭",你多吃我就得少吃,你吃光了我就没得吃;"点的是一灯油",你耗油多了我灯就不亮堂,你把油耗光了我灯就点不着。根本矛盾不解决,按下葫芦起来瓢。

2008年1月7日,湖北天门人魏文华因拍摄当地城管粗暴执法,被城管暴打致使心脏病突发身亡,涉案城管达24人。4月初有人"百度""城管",发现其释义竟然是:"① 名词:专门欺压弱势群体的黑社会组织。② 形容词:形容残暴、血腥、恐怖。③ 动词:等同于打、砸、抢……"以偏概全人人知,事出有因惹人思。

骑虎难下

释义 比喻事情进行到中途,迫于形势既不能继续又不能停止,只好硬着头皮干下去。

出典 《晋书·温峤传》:"今之事势,义无旋踵,骑猛兽安可中下哉!"(唐人讳"虎"为兽)

示例 "都成了～之势,我们只有硬着头皮干到那里就是那里了"(茅盾《子夜》)!

重组

骑牛难下

美国纽约华尔街,标志雕塑是铜牛。五湖四海观光客,骑牛留影抢镜头。这一天中国游客"王二小"扮得正开心,北京电视台某女主持看了挺闹心,博文记其事,照片证其形。"倒骑派"万炮齐轰:"丧风辱国"、"斯文扫地"、"将国人的脸坍到了华尔街",痛心疾首。

不料,很快有网友贴出各国游客照片,老外竟然也骑牛,"挺骑派"顿时改话头。"原来骑在雕塑上照相,是全世界人民的共同爱好"。看不惯国人骑牛,是不知此"国际惯例"。先前那些批评,"辱骂同胞,妄自菲薄","源于他们内心极度自卑和崇洋媚外"。

"挺骑派"未必是阿Q同乡,心理逻辑却和阿Q没什么两样。阿Q扭人家小尼姑脸蛋,受到斥责后却狡辩:"和尚动得,我动不得?""挺骑派"底气再足,大不了也是:老外骑得,中国人骑不得?老外来华日久随我同胞闯红灯,谁能说闯红灯合情合理,理直气壮?

尽管"挺骑派"口若悬河,自我感觉良好;骑牛者却始终不出一声,可见举手投足文明不文明,不惟别人眼里有面镜,自己心里同样有杆秤。国人腰包鼓起来,周游世界不是梦。消费能力叫人点头堪自豪,行为举止叫人摇头须自省。如果心理上不抛弃阿Q逻辑,免不了骑牛难下,积习难除。

蛇蝎心肠

释义 蛇与蝎子,比喻做事阴险狡诈,心肠狠毒的人。
出典 唐人逸诗:"蛇蝎性灵生便毒"(宋·赵令畤《侯鲭录》八)。
示例 "便是～,不似恁般毒害"(元·无名氏《抱妆盒》第二折)。
重组

蛇显心肠

《北京科技报》(2005年8月31日)曾介绍《四米巨蟒为何当保姆》,图文并茂,令人拍案惊奇。事隔一年以后,几乎是同一时段,本埠一家晚报刊发综合消息《蛇爱上农夫》,主人公还是农夫和蛇,只是男主角生活空间有变:前文说是海南,后文说是浙江,不知何故。好在情节主体未变,无碍解读。

农夫黄开宁10年前(1996年8月间)一日到槟榔园去锄草,发现一条小蛇受伤,轻抚其体,不见反感,遂带回家中延医疗伤。10年间,小蛇已长成4米长、50多公斤重大蟒,主人为之起名叫黄兴财。黄结婚生子后,孩子常将蟒当马骑。大蟒亦乐于从命,当起孩子保姆。此蟒还有两件事最为当地人津津乐道,一是有小偷夜里潜来欲窃槟榔,被蟒死死缠住;二是蟒与孩子同到河中戏水,将一溺水儿童带回岸上。邻居时来探望,用鸡犒劳,十几只鸡被一扫而光。

邻里乡亲都说这蟒与人相处日久,有了灵性。专家却说蛇是低级冷血动物,大脑发育不全,不比猫狗类哺乳动物,不可能认识人。不过是长期受人抚摸、喂食,形成条件反射,失去凶狠野性,不再攻击人而已。

百姓不懂此中道理,宁愿相信蟒蛇也有情感,不会开口谢恩,就用行动报恩。呵呵,蟒蛇对人,已显心肠;人待动物,稍逊心肠。

虎毒不食子

释义 比喻人皆有爱子之心。
出典 宋·释普济《五灯会元·杭州龙华寺灵照真觉禅师》:"山僧失口曰:'恶习虎不食子'。"
示例 "你爹爹既往洛阳,一时未归,待异日我自慢慢劝他,虎毒不食儿,孩儿切莫寻短见"(明·杨珽《龙膏记·藏春》)。
重组

虎毒亦食子

老虎本是兽中之王,在人类最喜爱动物榜中高居榜首。唐人聂夷中诗云:"饿虎不食儿,人无骨肉恩";鲁迅诗赞:"知否兴风狂啸者,回眸时看小於菟",后人遂用"虎毒不食子"来喻指人皆有爱子之心。

2010年六一儿童节前夕,武汉动物园雌性东北虎秀秀顺利产下四只小老虎,不料三只小老虎相继失踪。专家经仔细观察,终于发现是母虎食子,无奈将仅剩小虎交由狗妈妈代养。

母虎为何打破"虎毒不食子"定律,上演"虎毒也食子"惨剧?原因颇多:如人工饲养东北虎无育儿经验;动物笼舍靠近马路,噪声干扰大;小虎身上沾有人气息;母虎认为孩子多了养不活等,都会将幼崽吃掉。

初听网络歌手汤潮演唱《狼爱上羊》"爱得疯狂",人们多以为他患上了"爱情妄想症"。讵料2008年4月4日,数百游客在四川南充市白塔公园动物展览园见证了现实版"狼爱上羊":狼兄羊妹同居一室,形影不离,恩爱无比。狼与羊本来隔窗相望,相安无事。同年3月5日早晨,管理人员一时疏忽,狼兄趁机闯入羊妹闺房,未见血光之灾,反显儿女情长。3月10日,狼羊正式"同居",闲来无事,打闹嬉笑,相互挠痒。狼兄羊妹耍同行,寝同席,可惜狼食荤,羊茹素,践行分食制,无法共进餐。

如果不是长期笼养,野性丧失殆尽,狼就不会寂寞难耐爱上羊;同理,如果不是养尊处优,生死置之度外,羊也不会爱上狼。狼爱羊,羊爱狼,虎食子,既是奇闻,更是悲剧。

谈 虎 色 变

释义 比喻一提到可怕的事就情绪紧张起来,连脸色都变了。

出典 宋·程灏、程颐《二程遗书》卷二上:"真知与常知异。常见一田夫,曾被虎伤,有人说虎伤人,众莫不惊,独田夫色动异于众。若虎能伤人,虽三尺童子莫不知之,然未尝真知。真知须如田夫乃是。"

示例 "它今天不再使人~了"(巴金《谈〈寒夜〉》)。

重组

谈 死 色 变

申城小学生一度流行"死亡留言",在同学录上互送"希望你死得好惨"、"最好我能砍死你"一类留言,被专家认为孩子语言环境受污染,心态过早成年化。本该全说祝福话,为何多见诅咒语?尽管孩子们是在开玩笑,却能折射出"死亡教育"待深入。

自从孔夫子"不知生,焉知死"定下基调,后世教育便看重人生观而忽略人死观。书店里成功类书籍铺天盖地,死亡教育读本邈然难寻。都说民族性格特征含有勇敢成分,可人们连"死"字谐音都是能回避就回避。许多高档楼盘,不见4楼、14楼、24楼踪迹,统统以-5楼、-15、-25楼代替。更好笑某城市交警队,将带4字车牌号一律取消。香港李锦记家族企业第三代传人李文达,一有机会就带孩子去参加葬礼受教育,若放在大陆,说不定会有人怀疑他神经出了问题。

其实,从20世纪60年代起,"死亡教育"便从西方起步。80年代以来,美国、瑞典等国家,规定中小学教育中必须实施"死亡教育"。90年代以来,"死亡教育"被大规模引进台湾地区,日渐普及。开展"死亡教育"目的,在于帮助学生科学理解人类生死关系,理性面对死亡。

时间孕育了人类,人类葬身于时间。死亡既不可回避,听之任之,何如从容待之?"死亡教育"不会改变死亡事实,却能防止谈死色变,避免精神崩溃,有望"生如夏花之绚烂,死如秋叶之静美"。

鹿死谁手

释义 原比喻不知政权会落在谁的手里。现在也泛指在竞赛中不知谁会取得最后的胜利。

出典 《晋书·石勒载记下》："朕遇光武,当并驱于中原,未知鹿死谁手。"

示例 "古人把争天下比做'逐鹿中原'。也只有稳据中原,才能定～"（姚雪垠《李自成》第二卷）。

重组

谁死鹿手

中国学日本,近年开展年度"汉字盘点",开盘利好。尚未学韩国,用成语盘点年度,或可期待。如果借助成语盘点2008年,"谁死鹿手"众望所归,理应夺魁。此成语虽属山寨版,却比原始版更有冲击力和震撼力。

2008年,悲欣交加;天灾人祸,应对不暇。谁死鹿手,有感而发。鄢烈山在花城版《2008中国杂文年选》前言中写道："行业性的毒奶粉事件更令国人蒙羞、世人震惊,将中国人民耗费巨赀盛情承办北京奥运赢得的赞誉和喜悦,几乎化为乌有,即香港《东方日报》所谓'千载道行一朝丧',乃至给回春转暖的两岸关系也投下了阴影……"

谁死鹿手？祖国花朵,未及含苞已凋谢;国产品牌,多年信誉一朝亡;官员失职,难辞其咎丢乌纱;国家形象,百口莫辩遭涂黑;三鹿员工,自陷困境叹悲凉……

盲人歌手周云蓬曾经悲愤地吟唱："不要做克拉玛依的孩子,火烧痛皮肤让亲娘心焦／不要做沙兰镇的孩子,水底下漆黑他睡不着／不要做成都人的孩子,吸毒的妈妈七天七夜不回家／不要做河南人的孩子,艾滋病在血液里哈哈的笑……"现实非要逼他再续上两句：不要做中国人的孩子／毒奶粉喝得他撒不出尿。

民以食为天,食以安为先。食品安全"专项治理整顿",几乎长年不断,可是风声过后,涛声依旧,食品安全仍然像中国足球走向世界那样遥远。好在"食品安全法"已开始实施,人们有理由期待食品安全面貌从此改观。

四面楚歌

释义　比喻陷入四面受敌,孤立无援的窘迫境地。
出典　西汉史学家司马迁《史记·项羽本纪》:"项王军壁垓下,兵少食尽,汉军及诸侯兵围之数重。夜闻汉军四面皆楚歌,项王乃大惊,曰:'汉皆已得楚乎?是何楚人之多也'。"
示例　"我同胞处于～里,犹不自知"(清·秋瑾《普告同胞檄稿》)。
重组

四面谷歌

尽管有人宣称"内事不问老婆,外事不问谷歌",还是无力阻挡谷歌渗透生活,恰如人们对感冒从来不感冒,感冒患者却总是一拨接一拨。如今专家已将网瘾定性为"一种精神疾病",大概没理由落下那些"谷歌(或百度)依赖症"患者。

进入新时期,国人隐私意识越来越强;冲浪互联网,隐私泄露愈演愈烈。"人肉搜索"所向披靡,隐私挖掘常显成果。"人肉搜索",即网友参与提供信息,借助网络传播,查找当事人身份,追寻事情真相,外国媒体称为"中国特色网上追捕"。面对"人肉搜索",一味称赞"很好",无疑失之片面;不管正面负面,总得承认力量"很强大"。于是有人夸张描述:"如果你爱一个人,就'人肉搜索'他,你很快就会知道他的一切;如果你恨一个人,也去'人肉搜索'他,他很快就会失去一切。"

南京江宁区"最牛房产局长"周久耕,"威胁"说要"查处降价房地产商",激起民愤。网友一"人肉","搜索"出其吸1 500元一条天价烟,戴10万元名表。纪委出面查,买烟用公款,锒铛终入狱,事发纯偶然。

"人肉搜索"寒光闪,总是一把双刃剑,伤及无辜,屡见不鲜。其实,不管现实生活还是虚拟世界,接受法律制约、恪守道德规范,是最起码底线。倘若一意孤行,从四面谷歌到四面楚歌,为期不远。

不祥之兆

释义 比喻不吉利的预兆。
出典 《战国策·秦策一》:"襄主错龟数策占兆,以视利害。"北魏·郦道元《水经注》卷一:"汝之生,不祥之证。"
示例 "吴学究谏道:此乃～,兄长改日出军"(明·施耐庵《水浒全传》六〇回)。
重组

不祥之属

年年换生肖,属相不能挑。悠悠两千载,有人想变招。2006年6月,有网友发帖倡议:"十二生肖中的鼠、蛇、鸡、猪人们不大喜欢,它们是否应该'下岗',从十二生肖中淘汰出去",让狮、鱼、凤、鹤"上岗"?引发一番热议。

鼠、蛇、鸡、猪稳坐生肖宝座两千年,为何要"下岗"?发帖者认为它们具有"鼠滑、蛇奸、鸡荒、猪懒"四大负面因素,而狮是兽中之王,鱼寓年年有余,凤宜龙凤呈祥,鹤可松鹤延年,不妨取而代之。

生肖动物何德何能,居然与人相伴终生?华东师大陈勤建教授说得好:"生肖的动物,都是与我们远古祖先的生活生存有密切关联的,受到我们祖先敬仰关注。牛马羊鸡狗猪兔自不必再说,龙蛇虎本身就是民族融合中占主流的图腾信仰。龙虽是虚拟的,但它的神秘的权威性在六七千年前就与我们民族的生存息息相关了。猴类是动物中唯一与人相似的动物,对其示礼,也势在必然。至于鼠,它的德行虽然口碑不佳,但要知道,在远古,面对行动敏捷,双眼骨碌碌会转的生性聪颖的鼠类,人们束手无策。"今日网友手执鼠标呼吁汰鼠,策是有了,敬意全无。

属相不过是个民俗符号,犯不上往性格命运上套。就连那些称职生肖,毛病也是一挑一堆。作为"非物质文化遗产",生肖还是全盘继承为好。

狗仗人势

释义 比喻坏人依靠某种势力欺侮人。

出典 明·李开元《宝剑记》第五出:"(丑白)他怕怎的?(净白)他怕我狗仗人势。"

示例 "你就～,天天作耗,在我们跟前逞脸"(清·曹雪芹《红楼梦》七四回)。

重组

狗慑人势

家乡城市出了个盗窃犯,窃贼哪都有,不足为奇。此贼专挑大型宠物犬下手,并非全国首创,仍不足为奇。惟此贼作案方式别具一格,不能不令人称奇。原来此贼几年前偶然发现众狗皆怕他,一见他面大气儿都不敢喘,噤若寒蝉。于是他白天骑自行车踩点,记下大型观赏犬所在位置,待家中无人或夜半进院,牵狗就走,择机脱手。生猛如哈尔滨军犬基地退役犬,体长近1.7米圣版纳犬,均乖顺如猫随意牵。猛犬缘何变乖猫,作案人至今一头雾水。

做案人不知,旁观者可证。友人邓君,有过一段知青生涯。初到集体户,路上有邻村狗数十条,前呼后拥,狂吠不已。后因生活清苦,知青们暗捕周边家犬下饭,邓君一马当先。几年下来,食犬上百。后来邓君重过邻村,群狗不知何故,野性全无,痛ази前吠,夹尾呜咽而去,状甚可怜。

旧事重提,邓君断定邻村群狗,一定是从已成盘中餐或将成盘中餐同伴那里获得了相关信息。否则就无法解释众狗对他先前金刚怒目,如今菩萨低眉。识时务者为俊杰,识捕手者为灵犬。狗既通人性,未必只通善,不通恶。人之将死,其言也善;畜之将亡,其行也乖。零距离时,恶信息可凭本能感知,牛羊被宰前总是热泪盈眶;远距离时恶信息如何传递,还是待解谜团。

前仆后继

释义 前面的倒下了,后面的紧跟上去。形容斗争的英勇壮烈。
出典 唐·孙樵《祭梓潼神君文》:"跛马愠仆,前仆后踣。"
示例 "～人应在,如君不愧轩辕孙"(清·秋瑾《吊吴烈士樾》)。
重组

前 腐 后 继

"前腐后继",原型有二,一是"前赴后继",二是"前仆后继"。原本用来形容英勇斗争,不怕牺牲,如今贪官一演绎,旧貌换新颜:"前腐后继",屡见不鲜。

前车可鉴,事不过三。前腐后继,接二连三。仅以媒体曝光"三连冠"为例,足以触目惊心:重庆市巫山县三任移民局长,安徽阜阳中院三任院长,中国银行广东开平支行三任行长,河南省交通三任厅长,河南省漯河市三任市委书记……

近年贪官受到惩罚者不可谓少,十八大以来就有六十二名省部级高官被清除,甚至还有国家级贪官被处理,该抓的抓,该杀的杀,措施常出新,力度已空前,为何前腐后继还会频繁出现,至少在短时期内人们不敢奢望戛然而止呢?

一曰理念滞后。国内廉政口号,最广为人知者,莫过于"反腐倡廉"。"倡"即倡导、鼓励,可为可不为,全凭自愿。而从政者必须廉洁,不廉洁者不得为官,本属刚性规范;既然立意"反腐",岂能默许不廉?想来令人扼腕。

二曰制度缺失。贪官落马,不无震慑、劝谕效应,但作用毕竟有限;贪官只要践行"厚黑",照样捞个盆满钵满。他国反腐经验表明,寄希望于贪官"手莫伸",远不及借助制度严加防范。想一想国内官员连财产公示制度都未能建立,谁不觉反腐败任重道远?

亲 密 无 间

释义 形容关系十分密切,没有丝毫隔阂。

出典 东汉·班固《汉书·萧望之传赞》:"萧望之历位将相,藉师傅之恩,可谓亲昵亡间。及至谋泄隙开,谗邪构之,卒为便嬖宦竖所图,哀哉!"

示例 "似乎他们之间,过去没有发生什么纠纷和不愉快,从来就是～的"(冯德英《迎春花》)。

重组

亲 密 有 间

唐代女诗人李冶写六言诗《八至》时,大约没有想到千年之后,人们会将诗中"至亲至疏夫妻",演绎成一种"半糖夫妻"。教育部《中国语言生活状况报告(2006)》给出定义:"半糖夫妻:说的是同城分居的婚姻方式——两个人婚后并不生活在一起,而是过着'五加二'的生活——五个工作日,两个双休日。即夫妻在工作日独自生活,周末共同生活。"

小资和白领们所以青睐"半糖夫妻",身体力行,是因为他们坚信"距离产生美"。结婚缩短了生理距离,也缩短了心理距离。亲密无间,没有距离,恰恰会导致爱死无葬身之地。爱既需双方付出,同时也彼此消耗。与其耳鬓厮磨,"审美疲劳";不如事先防范,追随候鸟。欲防执子之手,一点感觉也没有,干脆周周有"小别",平时不牵手。婚姻城堡犹在,被包围感却大为少。"半糖夫妻"并未悖离婚姻本质,说不定更符合人性。

流浪者既然奉三毛那首《橄榄树》为"圣歌","半糖"一族也有理由视S.H.E所唱《半糖主义》为心曲:"我要对爱坚持半糖主义,永远让你觉得意犹未尽,若有似无的甜才不会觉得腻。我要对爱坚持半糖主义,真心不用天天黏在一起。爱情来之不易,要留一点空隙,彼此才能呼吸。"只是"半糖"虽好,浓度难调。一旦"无糖",前景不妙。此中诀窍,无人可教。

鹦 鹉 学 舌

释义　比喻人家怎么说,他也跟着怎么说。
出典　宋·释道原《景德传灯录·越州大殊慧海和尚》:"如鹦鹉只学言,不得人意。经传佛意,不得佛意而但诵,是学语人,所以不许。"
示例　"这不是真的,这是～"(浩然《艳阳天》第131章)。
重组

鹦 鹉 学 人

　　林子大了什么鸟都有。鹦鹉们因善学舌一向受人青睐,现在又因能帮人敛财让人笑口常开。如今国内已有多家动物园设有鹦鹉叼钞票表演项目,通常是驯鸟师要游客备好纸钞,等待鹦鹉们飞来先识后叼。那鹦鹉个个鬼精鬼灵,先挑美刀、港币下口,轮到人民币,面值至少5元以上才肯当一回"君子"(君子动口不动手),小额钞票一律不要。

　　这世间只有人类才见钱眼开,若说鹦鹉们也见钱眼开,分明是污鸟清白。杂文家章明在美国洛杉矶"寰球影城"看过同类表演,女驯鸟师发出信号,好几只鹦鹉飞过来,把1元、2元、5元、10元美钞叼走了。她再发一次信号,鹦鹉们又叼走不少钞票。等她第三次发出信号,鹦鹉们飞来飞去,把刚才叼走的钞票一张张送还原主,直到送完为止——它们不光认得钞票,而且认得人。章明因为见过国内鹦鹉叼钱不还,遂问身边中年黑人观众,鹦鹉还钱是出于何种动机,对方一语道破天机:"如果不送回去,那就不合法了!"

　　同为鹦鹉,为何在大洋彼岸只扮演娱乐开心工具,到了本土却充当"巧取不豪夺,谋财不害命"帮凶?实在是怪不得鹦鹉,要怪只能怪人。鹦鹉们再精明,大不了对钞票只会口动不会心动。中外纸币,花花绿绿,到头来,免不了被人代保管、代使用了去。鹦鹉叼钞票不过是条件反射,人们敛钞票却总是不择手段。鹦鹉学舌,鹦鹉不知;鹦鹉学人,人当反思。

前无古人

释义 指以前的人从来没有做过的。也指空前的。
出典 唐·陈子昂《登幽州台歌》："前不见古人,后不见来者。"
示例 "二者皆句语雄峻,～"(宋·洪迈《容斋四笔》卷二)。
重组

前无古鱼

每逢岁末,盘点年度人物,总是各路媒体拿手好戏。若有媒体别出心裁,评选2010年度动物,"预言帝"章鱼保罗肯定稳居首席。如今保罗尽管已走下神坛,走上祭坛,但论起生前辉煌,身后哀荣,堪称前无古鱼。

保罗之前,没听说哪条鱼死了,会被媒体称作"仙逝"。"仙逝"岂能等同于凡死? 于是奥博豪森水族馆为保罗办葬礼、降半旗、建祭坛,并在官方声明中盖棺论定:"没有谁比保罗在世界杯上预测得更准了,它是世界足球的明星。通过电视,保罗走向了全球,甚至俄罗斯和日本人都想出高价买走它。保罗的生命终结了,可它仍是幸运的,它的同类们大多数都沦为了鲸鱼的食物。"

此鱼只应天上有,八猜八中世所稀。就算无脊椎动物中顶数章鱼聪明,拥有三个心脏两套记忆系统,且具学习能力,可保罗预测精确度超过专家,令人叹为观止,难怪"乌鸦嘴"贝利都心悦诚服,顿萌拜师之念呢。

人们总是最关心什么,就最想让保罗预测什么,俄罗斯让保罗预测普京和梅德韦杰夫谁来当总统,结果须待大选揭晓后公开。中国网民缅怀保罗,特意编排其临终细节,不是选定"房价永不下降"而昏迷不醒,就是因预测不到中国队何时进世界杯含恨九泉。

既然保罗因预测精准博得一世英名,缅怀保罗也不妨带点预测色彩:多少年以后,球迷也许会忘掉C罗,却不会忘掉保罗。

悔之晚矣

释义 后悔也来不及了。

出典 明·沈受先《三元记·错认》:"你这样人,言清浊,人面兽心!好好还我,养你廉耻;若不肯,执送官司,那是悔之晚矣!"

示例 "自然,倘有远识的人,小心的人,怕事的人,投机的人,最好是此刻致'革命的敬礼'。一到将来,就要'～'了"(鲁迅《三闲集·"醉眼"中的朦胧》)!

重组

悔之可矣

欧美商家视顾客如上帝,本土上帝却常受商家气。网络购物本来省时又省力,不承想时观调包戏,一旦眼睛一眨——老母鸡变鸭,不知到哪儿说理去。2013年修正的《消费者权益保护法》,已赋予消费者反悔权。如果商品不称心,可在指定日期内退货,且不用承担任何费用。信息传出,一石激起千层浪,买卖双方打嘴仗。

买家喜得"保护伞",网购从此心放宽。由于非现场购物有局限性,往往给商家以次充好、以假乱真洞开方便之门,若无法律撑腰,消费者只能哑巴吃黄连,无权反悔,无力反悔,无从反悔。而消费者享有"反悔权",可以激活商业诚信法则,有助于创造诚信交易环境。

卖家高挂"免责牌",下有对策先出台。"后悔权"刚刚传出意向,一些卖家已专设"买家必读"条款,对退货几乎一口否定。他们或诱导,或强制,让买家纵有后悔意,难使"后悔权"。所以如此,确有苦衷:有些产品如图书,看过就退难避免,还有药品、水果、化妆品等不宜退货,至于是否影响再次销售,"公说公有理,婆说婆有理",由谁裁定,也是问题。

没有一种法律一经颁布就尽善尽美,不然修改法律就纯属多余。既然欧美发达国家消费者广泛享有"后悔权",中国消费者享有同一种权利,也是人心所向,大势所趋。再说消费者相对处于弱势,而保护弱者,本来就是法律题中应有之义。

以身试法

释义 试着亲身去做触犯法律的事。指明知故犯。

出典 汉·班固《汉书·王尊传》:"太守以今日至府;愿诸君卿勉力正身以率下。……明慎所职,毋以身试法。"

示例 "哼哼,他倒敢～吗"(清·李伯元《文明小史》六〇回)?

重组

以身试书

张悟本一度被封为"京城食疗第一人",其起家"吉祥三宝"有绿豆、长条茄子和白萝卜,再加上黑豆,就成了"看家四宝"。张悟本从力挺长条茄子到自家"瘪茄子",好时光仅仅半年多一点,不过他那本《把吃出来的病吃回去》,6个月卖出300万册,不能不说是个奇迹。

天上不会掉馅饼,忽悠却能创奇迹:北京一家图书销售公司投资上百万,先搞定两家图书网站,确保此书被推荐;后让此书在一些大型书城销售榜名列榜首;再打响媒体攻坚战,让张悟本电视里混个脸熟。不管内容多糟糕,书名抓人就好销。策划人一琢磨,市面养生畅销书如《求医不如求己》、《手到病自除》,书名亲切,可操作性强,如法炮制,后来居上。

于是,《把吃出来的病吃回去》横空出世,"最好的医生,是自己;最好的医院,是厨房;最好的药物,是饮食;最好的疗效,是坚持。"信不信由你。

不信怎能对得起脚下这块土地?毕竟鸡血疗法、红茶菌、甩手疗法都曾一度风靡。上当受骗,前仆后继,谁让张悟本"头衔"挺刺眼,谁让媒体宣传铺天盖地,谁让高额医药费叫人不寒而栗,谁让有关部门监管不力……张悟本跌落神坛,并不意味着"神医"从此绝迹,还有"王悟本"、"李悟本"、"赵悟本"正等待时机。以身试书太沉重,热衷养生者千万要提高警惕。

燕瘦环肥

释义 燕：汉成帝皇后赵飞燕；环：唐玄宗贵妃杨玉环。形容女子体态不同，各有各好看地方。也借喻艺术作品风格不同，而各有所长。

出典 宋·苏轼《孙莘老求墨妙亭诗》："杜陵评书贵瘦硬，此论未公吾不凭。短长肥瘦各有态，玉环飞燕谁敢憎。"

示例 "有的妆台倚镜，有的翠袖凭栏，说不尽～"（清·李伯元《文明小史》四〇回）。

重组

燕肥环瘦

许多人一见燕肥环瘦字眼儿，就怀疑是不是错得离谱：盖赵飞燕虽然未入沉鱼落雁闭月羞花四大美人之列，但飞燕上马马不知，身轻如燕能作掌上舞，身材迷你无碍权顷后宫。杨玉环尽管体态丰腴，贵妃上马马不支，偏偏被唐玄宗"三千宠爱在一身"，"六宫粉黛无颜色"。于是燕瘦环肥，并行不悖，竟显风流，各美其美。

风采越千年，今朝忽易位。河南孟州、沁阳等地养猪户，养得"健美猪"拱背收腹，屁股浑圆，肌肉结实。出栏时，个个身如环肥；宰杀后，头头肉比燕瘦。燕肥环瘦，前所未有。

人欲健美，吃尽苦头，少食多动，孜孜以求；猪欲健美，有心插柳，多食少动，添"药"侍候。人动歪心思，猪长含毒肉；加了"瘦肉精"，燕肥环也瘦。"瘦肉精"对人体有危害，长期食用可能诱发恶性肿瘤。近年"瘦肉精"致人中毒甚至死亡案例时有发生。国家明令禁止在饲料和动物饮用水中添加"瘦肉精"，且对生产、销售、使用者追究刑事责任，为何养猪户还要一用再用？一曰有收益，每头可多卖几十元钱，铤而走险，在所难免。二曰有市场，迎合市民需求，连大名鼎鼎大名双汇子公司都收购含"瘦肉精"猪肉呢。三曰监管不力，表面看，生猪从养殖到餐桌，每个环节都有部门管,实际上,一旦哪个部门只顾自扫门前雪,问题猪肉照样过五关斩六将,进入市民消化道。如今各地大谈特谈百姓幸福指数,民以食为天,餐桌上有红烧肉,无"瘦肉精",也该算幸福指数一个构成要素吧。

利令智昏

释义 贪图私利使头脑发昏,丧失理智。

出典 汉·司马迁《史记·平原君虞卿列传》:"鄙谚曰:'利令智昏。'平原君贪冯亭邪说,使赵陷长平四十余万众,邯郸几亡。"

示例 "赵以上党之地,代韩受兵,~,轻用民死,同日坑长平者过四十万"(宋·洪迈《容斋随笔·战国自取亡》)。

重组

酒令智昏

2011年5月9日,高晓松因醉酒驾车,造成4车相撞4人轻伤,被法院判处拘役6个月,罚金4 000元。高晓松摆弄音符是才子,鼓捣文字也不示弱,完全认罪不说,还在纸条上写下"酒令智昏,以我为戒"。先前已见利令智昏,色令智昏,一字之改,有笔神来。

从《同桌的你》到"酒桌的你",从"达人秀"评委到醉驾肇事者,角色转换,可圈可点。高晓松评点选手,持专业角度;道歉认罪,见诚恳态度。他在自我辩护时说:"我愿意接受国家的法律和社会舆论的制裁,彻底反省,今后首先做一个守法的公民,争取做一个有社会责任感的艺术工作者;我愿意以最大的诚意赔偿这次事故中的所有损失;我愿意做任何的义工工作,宣传不要酒醉驾驶;我愿意义务拍摄宣传片,告诉每一个爱喝酒的朋友'酒令智昏,以我为戒,尊重法律,尊重生命',珍惜短暂的生命给予我们的一切。"四个"愿意",坦露诚意。高晓松,实在是高。

高晓松醉驾肇事,被一些网友戏称为"酒驾形象代言人",从特定角度来看,这个"代言人"算得上名实相符,没有让人失望。近年明星既不管自身形象,又不顾社会影响,动辄撒野动粗,言语失当,举止失态,人们早已见怪不怪,懒得理会。高晓松醉驾既追尾,就认罪,认包赔,纯爷们儿。同时,法律也没让人失望,没有对名人网开一面,值得嘉许。

花前月下

释义 本指游乐休息的环境。后多指谈情说爱的处所。

出典 唐·白居易《老病》诗:"昼听笙歌夜醉眠,若非月下即花前。"

示例 "～,几度销魂,未识多情面,空遗泪痕"(明·胡文焕《群音类选·红叶记》)。

重组

人前月下

  红男绿女,一朝结为情侣,不光智商会阶段性降低,传情达意也时常越过传统藩篱。本来花前月下,方宜卿卿我我,偏有青年情侣,发乎情,逾乎礼,硬将人前作花前,火辣接触不分场合,亲昵行为不问境地。

  酷暑逼人,路人萎靡,唯有情侣,搭背揽肩,情同"连体",谈笑风生,旁若无人。可见爱情神奇,能增强人体耐受力;大学食堂,亦有情侣,你喂饭来我张口,勺子往返甜蜜蜜。就算墙上贴着"不准喂饭"警示语,视而不见,置之不理。感叹爱有魔力,"时空隧道"平地起,伊甸园直通幼儿园。

  时代发展,社会进步,"非礼勿听,非礼勿视"似乎成了老黄历,但个人行为,哪怕是情侣间私密行为,毕竟要受制于公序良俗,不可无视社会公德,否则就与现代文明格格不入了。人从动物进化而来,没有理由退化到动物水平。

  现代人特别看重身体权利,对"性骚扰"深恶痛绝,而情侣们在公共场合"亲密接触",对于他人视觉与心理而言,与"性骚扰"何异?个体受到"性骚扰",尚可诉诸法律,捍卫自身权益;公众遭遇"性骚扰",只能借助舆论呼吁,寄希望于情侣们自行中止亲热。

  高校将在教室接吻拥抱情侣开除,或不准男女生同桌就餐,尽管情侣亲密失度在先,还是显得反应过度。有人说中国不比外国,所以亲热要注意场合。其实公德没有国界,跟国度关系不大。法国人浪漫全球闻名,可法国为防止逃票和误车,照样禁止情侣在月台吻别。

罪加一等

释义 指对罪犯加重处罚。

出典 清·彭养鸥《黑籍冤魂》第五回:"你为着吃烟,这才犯法,我们来拿你,倒来吃你的烟,本官知道,办起来罪加一等。"

示例 "旗人当汉奸,～"(老舍《茶馆·第一幕》)。

重组

税加一等

"巴菲特"这个名字,通常意味着财富:比尔·盖茨是"首富",巴菲特是"二富"。如今还是这个"巴菲特",似乎又可以代表觉悟:2011年8月14日,巴菲特在《纽约时报》上刊登倡议书,呼吁给富人(当然包括他自己)增税。如果以为这不过是巴菲特心血来潮,纯属个案,难免低估了欧美富豪觉悟。倡议书一出,法国、德国、加拿大、意大利一些富豪纷纷表示赞同,可谓振臂一呼,应者云集。

平素那些富豪,尽管富得流油,但若让他们痛痛快快献出财富,相当于与虎谋皮,如今欧美富人为何一百八十度大转弯,愿意多纳税,拿我开刀,向我开炮?还是巴菲特看得透,说得好:在当今社会,富豪们只需动动手指就能获得巨额利润,但他们却在现行体制下享受远比大众更多的优惠。只有加税,既可增加政府收入,又不损害99.97%美国纳税人利益。既然政府财政赤字不堪重负,收支平衡难以恢复,对年收入超过100万美元者增加税率,对年收入超过1 000万者,进一步提高税率,兼顾经济效益与社会公平,何乐而不为?

巴菲特们深知,他们身为现行社会政治、经济机制最大受益者,维持这个体制运转和延续,对他们来说,是"最不坏的选择"。当年提出裸捐者,是巴菲特;如今建议增税者,还是巴菲特。世界盯准巴菲特财富者,不知有多少,可欲在思想、觉悟、理念上与其并驾齐驱者,亦不知有多少?

夫唱妇随

释义 旧指妻子必须服从丈夫,后比喻夫妻和好相处。

出典 周·尹喜《关尹子·三极》:"天下之理,夫者倡,妇者随。"

示例 "春郎夫妻也各自默默地祷祝。自此上下和睦,～"(明·凌蒙初《初刻拍案惊奇》卷二〇)。

重组

妇唱夫随

人说21世纪是"她世纪",体现于家庭已开始突破"男主外、女主内"传统格局。北京、上海、广州、深圳四地28岁到32岁男性白领中,分别有22%、73%、34%、32%的人愿意当"全职先生"。《文汇报》刊发这一调查时,题目为《"全职先生"主内相妻教子》,将男白领"绝对隐私"公开揭秘。

民间传说当年山东军阀韩复榘游泰山,诗兴大发,口占一绝曰:"远看泰山黑糊糊,上边细来下边粗。有朝一日倒过来,下边细来顶上粗"。用"全职先生"替换"全职太太",观念转变之大,不亚于泰山倒过来。

传统社会,女人"主内"。既是社会角色,更是性别职责,天经地义,不容置疑。如今男白领不在意"女主外"越位,不在乎"男主内"错位,不是良心发现大发慈悲,而是乖乖接受时代定位。

男白领们选择"全职先生",多少有点"同世界接轨"意味。美国许多男青年认为,"成功男人"定义中,有一项是做一个好父亲。耶鲁大学做过跟踪调查,发现孩子由"家庭妇男"一手带大,智商更高。

"上海男人"多为世人诟病,可73%上海男人愿做"全职先生",说明"上海男人"无比聪明,上海进入"她世纪",有望提前半个世纪。既然"男主内"有益于女性解放,有利于社会发展,有功于家庭和睦,有助于孩子成长,何苦死要面子活受罪,何妨爽爽快快去"主内"?

有教无类

释义 不因为贫富、贵贱、智愚、善恶等原因把一些人排除在教育对象之外。
出典 《论语·卫灵公》："子曰：'有教无类'"。
示例 "他的教书有一个特别的地方，就是'～'"（朱自清《经典常谈·诸子第十》）。
重组

有食无类

孔夫子主张"有教无类"，广东人大而化之，成了有食无类。易中天总结道："草原吃羊，滨海吃蟹，广州人吃崩了自然界"。崩者，崩盘、崩溃也。尤以吃野生动物，最遭人诟病，当年"非典"祸起广东，就被证实与爱吃果子狸不无干系。

2006年一项调查结果表明，全国食用野生动物15个主要省会城市，过去一年未食用过野生动物者达71.7%。其中"因为食用野生动物是疾病传染源而不吃野生动物"者，在广州占到了70.4%。

七成广州人告别野味，意味着穿山甲、山瑞、巨蜥、蛇等野生动物，可以从此安享天年。野生动物即使吃来味道鲜美，由于其体内寄存着许多不明病毒，威胁人类健康，稍有不慎，就可能身染重症而不治。"拼死吃河豚"固然是一种风流，一语成谶未免代价过高。想当年国人如何谈非（典）色变，就知道口腹之欲该如何收敛。

东风化雨，移风易俗，远不及一场灾难更能让人痛定思痛而痛改前非。"非典"来袭，对国人饮食观念习俗产生冲击波，有理由影响到整个世纪。七成广州人告别野味，不过是其冲击波延续。其余三成广州人告别野味，乐观说未必是遥遥无期。告别野味，也就是告别野蛮，走向文明，走向科学，为保护环境、维护生物链条，做了自己一份贡献。制定法律、法规确有必要，而告别野味最大动力，应该缘于人们内心觉醒。

痴人说梦

释义 现用来形容愚昧的人说荒诞的话。

出典 宋·惠洪《冷斋夜话·痴人说梦》第九卷:"僧伽,龙朔中,游江淮间,其迹甚异。有问之曰:'汝何姓?'答曰:'姓何。'又问之曰:'何国人?'答曰:'何国人。'唐·李邕作碑,不晓其言,乃书传曰:"大师姓何,何国人。'此正所谓对痴人说梦耳。"

示例 "甚至此书一出,群书皆废,何至如此,可谓~"(清·李汝珍《镜花缘》十八回)。

重组

智人说梦

重庆男人姜汤,早有"情感教父"美誉。香港才女张小娴,也被粉丝视作"情感教母"。

张小娴说:"一个男人每晚都睡得好,做他的女人,会比较放心。有爱情滋润,才会睡得那么甜吧? 如果他常常睡得不好,我会很没安全感。他身体那么虚弱,会不会比我早走一步? 不如去找个睡得好一点的男人。""跟一个经常失眠,又睡得不好的男朋友出去,活像带了一头大熊猫去散步"(《酣睡的男人》)。呵呵,此时大熊猫已非国宝,竟连一条京巴也不如了。

张小娴还说她"比较喜欢那些能够酣睡的男人",一个"那些"叫人心惊。此说引起共鸣不难,难在实际操练。一个男人是否睡得好,无法听信男人自我表白,终须睡过才能检测,舍此别无他法。经比较而分高下,岂非代价太大? 李碧华可是说过:一个女人"要吻上很多很多青蛙,才有一个变成王子,中间好些吻,花得冤枉。"如果此说成立,同理可证:一个女人要睡过好多好多男人,才能遇上一个酣睡者,中间好多觉,等于白睡。

梦是睡之插曲,睡是梦之主弦。痴人说梦,屡见不鲜;智人说梦,司空见惯。

闻鸡起舞

释义 闻鸡起舞,听到鸡啼就起来舞剑,后来比喻有志报国的人及时奋起。同时比喻意志坚强,有毅力有耐心的有志之士。

出典 《晋书·祖逖传》:"中夜闻荒鸡鸣,蹴琨觉,曰:'此非恶声也。'因起舞。"

示例 金·元好问《木兰花慢·对西山摇落》词:"不用～,且须乘月登楼。"

重组

闻鸡起疑

古人闻鸡起舞,意在砥砺意志;今人闻鸡起疑,欲辨字典是非。

南方出版社2003年1月出版了一本《汉英对照新华字典》,"专为新世纪的中小学生编写,收录大量新词新语,富有时代气息"。深圳一名小学生小莲(化名)2006年8月14日查阅字典,觉得对"鸡"字解释"奇怪"。妈妈看后大吃一惊:原来"鸡"字第二个解释是:妓女的贬称。有的地方叫"鸡婆",年纪小的叫"小鸡仔",年纪大的叫"老鸡婆"。

正方说:字典不是"道德规范手册",释"鸡"为"妓"不过说了句真话。字典中让孩子费解、让家长难堪词条岂止一"鸡","妓"、"娼"、"婊",对孩子解说照样费力,难道都要开除"典"籍?

反方说:向中小学生泼秽语,就是滥用成人话语暴力,对孩子成长很不利。将"妓"说成"鸡",不光贬损人,而且侮辱鸡。万一家有属鸡女,自述生肖没底气。初闻此言很尊重动物权利,细一琢磨怕是存在联想过度问题。如果此说成立,牛头马面岂不是轻牛又蔑马?狗彘不如岂不贬狗又损猪?虎头蛇尾岂不亵虎又渎蛇?……十二生肖谁能幸免?

字典专为孩子而编,保护孩子无可置疑,不过只有打过疫苗,才会有免疫力。

雨后春笋

释义 春天下雨后,竹笋一下子就长出来很多。比喻新生事物迅速大量地涌现出来。

出典 宋·张耒《食笋》诗:"荒林春雨足,新笋迸龙雏。"

示例 "国内废科举,兴学校,好像～"(毛泽东《论人民民主专政》)。

重组

语后春笋

有位母亲,因听不懂儿子满口"偶稀饭 KPM,酱紫"一类网络语言,一怒之下,扯了网线;一名教师,教过十多年语文,同样为看不懂小学生作文中"GG 的 GF 一个劲儿向我妈 PMP,酿紫真是好 BT。7456"而摇头叹息。

时代日新月异,新词雨后春笋,而网语,不过是春笋丛中一簇新芽而已。《纽约时报》说,"没有流行语的政坛,就像没有数字的数学和没有明星的运动一样"。其实不止政坛,社会生活方方面面,都有流行语,只不过流行广度与深度有差异而已。

除了流行语,还有新词汇。《汉语新词语》编年本(1991 年起编),以每年数百条到上千条速度递增。新词来源,有舶来:如 PHILIPS、XO、巴士、托福、健美、迷你裙、T 恤衫、耐克鞋,卡拉 OK、BP 机、VCD……有贩来:如牛仔裤、美食城、度假村来自港台;的士、炒鱿鱼、发烧友、电饭煲、收银台来自粤语;大兴货、解套、割肉来自沪语,侃大山、大腕儿、傍大款来自北京话;忽悠来自东北方言等。有归来:如股票、老板、经纪人、太太、小姐、保镖,旧词又获生机。

自从"超女"、"快男"开启"全民 PK 时代",PK 便一跃成为国人最乐用之"第五个英语热门单词"。可喜处在于众多新词与原有词汇无须 PK,你死我活;共存共荣,更显得母语生机勃勃。

沸反盈天

释义 声音像水开锅一样沸腾翻滚,充满了空间。
出典 清·李宝嘉《中国现在记》:"刚刚到门,听见里面哭的沸反盈天。"
示例 "你自己荐她来,又合伙劫她去,闹得～的,大家看了成个什么样子"(鲁迅《祝福》)?
重组

沸反盈室

中国人嗓门高,地球人都知道。柏杨先生打趣说:"如果你从外太空突然降落到地球上某家餐厅,发现客人喧哗震天,用不着算卦,准可以肯定它是一家中华料理。如果客人都在静静用餐,那你可别讲中文,保证不会有人听得懂"。聚餐所以愿订包房,图的就是说话省点力气。

降低国人嗓门儿,无为而治没戏,柏杨主张制定"口腔噪音惩罚条例"来治理。凡公共场合大呼小叫,火车、汽车上用手机高谈阔论,朋友小聚独霸市场,猜拳行令呼喊叫嚣,台上苦讲台下喧哗,婚礼上吵成一窝蜂,葬礼上无哀思尽寒暄,悄悄话说到行人也听得见,都该打屁股。

英雄所见略同,李光耀治理新加坡,靠罚款把新加坡人嗓门儿给压了下去。警察手持电子测量器,听到哪里音量可疑,过去就测,超标即开罚单。新加坡人起初很不适应,天长日久,嗓门儿自然放低。柔性手段,同样也有用武之地。在澳大利亚一些公共场所,家长们经常会将右食指放在嘴上,发出"嘘……"声,提醒孩子们保持安静。"公共场所高声说话会侵犯他人权益"理念,悄悄融入孩子血液中。

法治社会,举手投足,皆受法律约束,不足为怪。同时,欲增加民族安宁基因,不能不从娃娃抓起。什么时候,国人公共场所嗓门儿低了下来,文明水平才算升了上去。

岂有此理

释义 哪有这个道理。指人言行或某一事物极其荒谬。
出典 《南齐书·虞悰传》："郁林废，悰窃叹曰：'王徐遂缚绔废天子，天下岂有此理邪？'"
示例 "大心，～，你简直在骂人了"（巴金《灭亡》第七章）。
重组

岂有此丐

人一旦沦为乞丐，所乞无疑越多越好。不过2003年8月17日下午，成都花牌坊街"好又多"超市旁，出现一位乞丐，逢人只讨一角，决不多要。

乞讨老翁叫姚富华，年逾花甲。因打工儿子断了音信，前来成都寻子。不想公司破产，儿子去向不明。盘缠用尽，只好乞讨度日。为何只讨一角，姚翁自有打算："大家挣钱都不容易，一角钱对别人来说不多，对我来说已经足够了。不管好心人给多少，我都只收一角钱，这是我要钱的原则。"

世有"原则"众口传，至今已觉不新鲜。新鲜处在于乞丐也讲原则。姚富华是乡下人，没见过大世面，日子过得中规中矩，社会角色往往从一而终。如果不是寻子出了岔子，也犯不上扮演乞丐角色。一个人若身无分文，流落街头，乞食为生，免不了心理失衡，怨天尤人；姚翁虽身处困境，悲天悯人情怀不改，时刻想着"大家挣钱不容易"，为自己定下乞讨原则，恪守不渝，足以证明世上确有操守在身，"贫贱不能移"之人。只不过体现在乞丐身上，有些出人意料。

人生在世，都有原则需要恪守，终生不渝；只是随着生存压力增大，这些原则遂被淡化处理，模糊对待。所谓"人在江湖，身不由己"。姚翁言行似可提醒人们：既然乞丐都有原则可以坚守，所谓"身不由己"云云，不过是一种托词。

呆若木鸡

释义 来形容一个人有些痴傻发愣的样子。
出典 战国·庄周《庄子·达生》："鸡虽有鸣者,已无变矣,望之似木鸡矣;其德全矣,异鸡无敢应者,反走矣。"
示例 "匪首侯殿坤,在得知这个噩耗之后,特别是知道了老妖道的落网后,当即～"(曲波《林海雪原》二八)。
重组

呆若木人

陈丹青2002年首次在"美术同盟"网站与艺术青年在线交流,网友克雷问:"您平时有什么业余爱好啊?"陈丹青以两个字作答:"发呆。"

乍听以为陈丹青是在"逗你玩儿",其实,陈丹青是给你支招儿。发呆并非丑态,反是一种享受,那一刻,我的时空我做主,放开所有,抛弃烦恼,卸载忧愁。心理专家说发呆属于正常人一种心理调节,无伤大雅,有益健康。因为发呆能创造纯净自我空间,冥想可促进血液循环,为组织器官输送大量氧气和营养,可以减少焦虑,减轻压力。

如果说,小时候,"多少的日子里,总是一个人面对着天空发呆",多多少少带有一些被动色彩,迹近无奈;那么,工作后,寻找一个度假村,自我隔绝,主动发呆,则是一种时尚追求,显露本能。发呆者择时择地发呆,意在扫除生活烦恼,埋葬情绪垃圾,收拾心情上路,重新应对压力。

美国《预防》杂志介绍过八种简单方法,有助于增加人体免疫力:"充足的睡眠;保证30分钟的运动;定期健康按摩;适量的维生素C与维生素E补充;不乱用抗生素;每天饮酒量不超过一杯;有三五知己畅叙心思,每天做几分钟白日梦。""做几分钟白日梦",外在表现不就是发呆吗?因此千万不可小瞧那些时常发呆者,说不定人家才是养生达人呢!

代人受过

释义 替别人承担过错的责任。
示例 "各省系军阀慑于人民的巨大力量,都不肯～,曹锟也就不敢一意孤行"(陶菊隐《北洋军阀统治时期史话》)。
重组

代女受过

老话说"天下未乱蜀先乱",如今是天下反腐蜀争先。四川省委办公厅2003年出台新规定,要求不得为男性领导配备女秘书。此规定本意是防止男领导与女秘书之间萌生暧昧情感,发生暧昧关系,产生"生活作风"问题,却体现出一种"有罪推定"思维,其隐含意为:我和你,男和女,产生瓜葛是难免的。

秘书性别本来不成问题。就算女秘书想违法乱纪,也得在同领导有了"作风问题"之后,而且能否达到目的,还得由领导来敲定。就算女秘书是"白骨精",领导还可以做孙悟空嘛。成克杰、胡长清皆有情妇,却不是女秘书。现在可倒好,为了避免成为男领导猎物,女秘书连饭碗都没处端了,这岂不成了"窦娥冤"现代版?

有人建议说,此规定要真正落到实处,至少还要制定两条细则:一、不允许干部搞同性恋;二、女领导也不能配备男秘书。循此思路,麻烦多了去了:女司机、女打字员、女清扫工……统统回家才会天下太平。

与其废女秘不如管男官。既是自己定力不够,千万莫怨"红颜祸水"。欲解决领导干部生活作风问题,除了加强制度建设,使党政机关"透明"起来,使领导干部(不论男女)处于人民群众监督之下,没有别的路好走。如果"秘书"有朝一日不再成为"问题",秘书是男是女自然也不成问题。

别有会心

释义 形容人于事于理有独到的领会与理解,与众不同。

出典 南朝·宋·刘义庆《世说新语·言语》:"简文入华林园,顾谓左右曰'会心处不必在远,翳然林水,便自有濠濮间想也'。"

示例 "此人议论虽偏,但他~,不肯随人俯仰之意已见"(清·陈森《品花宝鉴》四)。

重组

别有会耳

手机铃声千百种,何种最神奇?若让广州一些中小学生来推选,说不定"神奇铃声"会排第一。"神奇铃声"有何奥妙?据说是成年人往往听不到,只有中小学生才听得到。有学生用此铃声拨打同学手机,老师课堂上竟然毫无觉察。

尽管这"神奇铃声"单调刺耳不好听,却不能不承认它是一项科技新发明。其发明人为英国科学家哈沃德·史泰波顿,且凭此发明获得2006年搞笑诺贝尔奖和平奖。他研制出一种装置,可以发出一种高音频,青少年听得声声入耳,大多数成年人则东风吹马耳。

英国一家公司据此技术发明了一种"青少年超驱逐器",用来驱赶商店门口不良少年。不良少年受不了高音刺激,只好掩耳走避;店内顾客可以不受干扰,安心购物。发明神奇手机铃声,也是根据同一技术。这种铃声于2006年被引进国内。

"神奇铃声"虽然能满足学生好奇心,颇受年轻人追捧,却遭到医学专家质疑:人脑细胞对高音频率相当敏感,长期听必然损害听力。偶尔为之,不成问题;长此以往,追悔莫及。

硬币无单面,发明有利弊。"神奇铃声"除了破坏课堂纪律,影响同学听课,损害学生听力,更大危害在于:扭曲学生人格,助长投机心理,培养作弊恶习。"神奇铃声",犹如海妖歌声,能使人偏离航线,误入歧途,与其听在耳里,不如抛到垃圾箱里。

不攻自破

释义 不用攻击就自动破灭。形容情节、论点虚谬,经不起反驳、攻击。
出典 唐·顾德章《上中书门下及礼院详议东都太庙修废状》:"是有都立庙之言,不攻而自破矣。"
示例 "这是安人心之策。如有谣言,也~"(陈白尘《大风歌》第一幕)。
重组

不公自破

  法治社会,公证日多,多属正话;一旦泛化,准出笑话。有人签署纳妾协议,有人向老婆保证今后不嫖娼,当事人志在必得,公证员哭笑不得。此类公证尽管"另类",拒绝起来不难答对;还有一些"公证",表面诸如此类,实则不伦不类,拒之门外,往往要花费一翻口舌。

  法学院毕业王某承诺爱女友一辈子,若有变心,愿赔偿所有财产,前去公证。公证员心热头不热,告知公证不能约束承诺兑现,财产关系只能由法律调整。爱情神圣,谁敢公证?四川泸州公证员康某不听邪,硬是公证了一份"爱情忠贞协议",结果受到惩戒。

  若说永州未婚女子因妇检损伤处女膜,请求公证多少还算事出有因,昆明未婚女子只为避免同事议论,也想做处女公证,叫人不大好理解。是处女不公证还是处女,非处女公证了仍非处女。

  更有留美博士归国后,要求公证每周夫妻生活数量及质量,虽有专家称其是社会进步,公证处只能望而却步。因为夫妻生活属于"绝对隐私",不可能有第三者现场监督。幸好公证书不曾开出,不然《吉尼斯世界纪录大全》上就会多一项荒唐纪录。

斯文扫地

释义 指文化或文人不受尊重或文人自甘堕落。
出典 《论语·子罕》:"天之将丧斯文也,后死者不得与于斯文也。"
示例 "巡检作巡抚,一步登天;监生作监临,~"(清·徐珂《清稗类钞·三十四》)。
重组

师文扫地

或语言失度,或肢体接触,近年来高校教授和学生时起冲突。不过若论恶劣程度,学生所为与教授相比,多少有点小巫见大巫。

北师大教授季广茂因专著受到一位同行批评,"放下身段,做回畜生",连续发多篇博文谩骂对方——《做回畜生》、《患上脑便秘,难免满纸都是屁》、《"痔疮教授"乎?"屁眼教授"乎》……标题已满眼污秽语,一派"畜生"言。男女易性,时有所闻,功归医学进步;人畜"换位",闻所未闻,堪证师德滑坡。

教授是精英群体,有责任彰显社会文明。民谣描画某些人"白天文明不精神,晚上精神不文明",不忘以教授为标杆,说:"白天像教授,晚上像野兽"。可见"教授"受推崇,"野兽"遭唾弃。教授比一般人有学识,有修养,整个社会有充分理由期待他们言行很雅很绅士,偏偏季广茂表现得"很俗很泼妇",硬将"教授"与"野兽"合二而一,"师"文扫地。学术批评,本该良性互动,回应不逾学术底线;泼妇骂街,成何体统?

季教授本以为"偶尔做回畜生,也不失为人生的调剂",却不得不为这一"调剂""有损北师大的形象,有损所有教授的形象,有损知识分子的形象"而表示歉意,博文中那些过激言词也一并删除。"学为人师,行为世范"明明是北师大校训,不晓得季教授想起时会不会痛悔早知今日,何必当初?

山盟海誓

释义 多指男女发誓真诚相爱,永不变心。
出典 宋·赵长卿《贺新郎》:"终待说山盟海誓,这恩情到此非容易。"
示例 "他将言～,向罗帏锦帐眠"(元·无名氏《碧桃花》第三折)。
重组

山盟巧誓

外国电影婚礼场面那段经典版结婚誓词,"不管是贫穷还是富有,不管是健康还是疾病……直到死亡将我们分离",如今在美国有了升级版:"只要爱存在我将永远忠于你"、"当婚姻对彼此是一种幸福时,我们将朝夕相伴"、"我愿意直到我不愿意为止"……朱莉娅·罗伯茨手写婚誓,包括承诺"深爱、支持但不服从"其第二任丈夫丹尼尔·默德尔,爱有余地;桑德拉·布洛克嫁给一个以修摩托车出名的男子时,竟然发誓"在我们的发动机熄火之前我将一直爱你"。美国职业婚庆机构一项调查表明,2005年美国260万场婚礼,只有半数选择教堂,同时仅有1/5使用经典版婚誓。其余则自行更新了誓词或个性化创作犹如"大话西游"。

经典版婚誓山盟海誓、海枯石烂,升级版婚誓明修栈道,暗度陈仓。一旦红杏出墙,梅开二度,海再枯一次,石再烂一次,不如将誓词提前升级一次。让现代人恪守一份情感终身不变,其难度不亚于用大海把沙漠染蓝。

理想主义者,视婚誓为紧箍咒、保险箱;现实主义者,拿婚誓当安慰剂、安全套。爱到极处,便幻想永不分离;害怕分离,便幻想用婚誓捆住对方。害怕经典版婚誓不留余地,索性来个改造升级。用心良苦,苍天可鉴。

以讹传讹

释义 把本来就不正确的东西又错误地传出去,越传越错。
出典 宋·王柏《默成定武兰亭记》:"讹以传讹,仅同儿戏,每窃哂之"。
示例 "这两件事虽无考,古往今来,～,好事者竟故意弄出这些古迹来以愚人"(清·曹雪芹《红楼梦》五十一回)。
重组

以实传讹

凡名人多有轶事流传,名气越大,轶事越多。即使是同一桩轶事,也会有不同版本。比如李嘉诚所丢那枚硬币,足以编成一道测试题进央视《开心词典》。

此则轶事最常见情节是:李嘉诚取汽车钥匙时掉落一枚硬币,怕汽车开动,币落水沟,俯身欲拾,旁边一名印度籍值班,手疾眼快,代为拾起。李嘉诚收回硬币,酬谢那人100元。请问这枚硬币面值是:A. 2元;B. 1元;C. 2分? 对付王小丫式追问:你确定么? 我心里没底。我不知道这枚硬币到底面值几何,我只能确定硬币实际上只有一枚。

凡人会觉得此举得不偿失,李嘉诚则另有说法:如果我不拾起这个硬币,车子一开它会掉进水沟,便在世界上消失了它的价值。现在我拾回了它,它便可继续有它的用途,而100元给了值班,值班便可以用去。我觉得钱可以用,不可以浪费。有人以此来说明李嘉诚之理财哲学:用社会总净值增损来判断个人行为是否合理。只要社会财富增加了,自己损失一点不算什么,相反,若是社会财富减少了,自己即使获得一定财利也是损失。

当然,这枚硬币究竟面值多少,并不妨碍人们解读李嘉诚理财哲学和思维风格,不过同一件轶事版本一多,难免让人生疑:李嘉诚本人一枚硬币不会掉了又掉,岂能出现不同面值? 文章作者,拿名人轶事说事,不能随心所欲,随意发挥。不然就不成其为名人轶事,只能是人名轶事了。就算写进传记,仍属谬种流传。

以假乱真

释义 用假的东西去冒充或混杂真的东西。
出典 北齐·颜之推《颜氏家训》:"馀分闰位,谓以伪乱真耳。"
示例 "如此办法,势必～,以少报多"(清·李百川《绿野仙踪》四卷)。
重组

以假证真

意大利作家费代里科·莫恰 2006 年推出一本畅销爱情小说,书中男主角告诉女友一个"传说":情侣们只要将"同心锁"挂在米尔维奥桥北面第三根灯柱上,再把钥匙扔进河里,就会永不分离。此说本来纯属虚构,只因小说销量高达 110 万册,又被拍成电影,人们信以为真,纷纷挂"同心锁"于灯柱。由于灯柱不堪重负,罗马市政府又另竖立钢柱来作替补,却被舆论指责为"藐视爱情"。政府不得不向爱情屈服,派人定期将灯柱上锁转移到钢柱上。

无独有偶。中国人基于同一理念,也把连心锁挂到了黄山顶。无论天都峰鲫鱼背、西海峡谷排云亭,还是始信峰顶、连理松四围……哪里悬有护栏铁链,哪里就有连心锁陪伴。挂锁始于何时已无法详考,据说有一对恋人历尽艰辛,携手攀上天都峰,忽发奇想,解下旅行包上锁,锁在铁索上,又将钥匙抛向深谷,表示爱情不渝,有锁为证。后来者竞相效仿,相沿成习。今日黄山各山道险隘,连心锁随处可见,内涵已被游人不断拓展。黄山已经成立公司,专门研制开发连心锁、友谊锁等系列产品,供人表示海誓山盟,纪念黄山之旅。

不管意大利人,还是中国人,挂连心锁既是新民俗,当然也是假传统。人们为何乐此不疲,以假证真?恐怕还是为了满足内心渴望,爱情地久天长。海誓山盟,两心相通;口说无凭,有锁为证。

仁者见仁

释义 比喻对同一个问题,不同的人从不同的立场或角度有不同的看法。
出典 《周易·系辞上》:"仁者见之谓之仁,智者见之谓之智。"
示例 "针对信访制度实际运行中的矛盾和悖论,理论界对'信访制度何去何从'提出了'～'的改革对策"(胡小林《论中国信访制度改革的路径选择》)。
重组

淫者见淫

诗有诗眼,戏有戏眼,新闻有新闻眼。体现在报纸上,就是标题要抢眼。当年赖昌星筑"红楼",设陷阱,一批高官要员身陷其中,成为国家敌人、历史罪人。乐朋君有感而发,写成杂文《赖昌星"红楼"迷局》,剖析远华走私案成因,刊于报端。有报纸转载,标题或作《远华案"红楼"暗藏佳丽》,或云《豪宅暗藏数十风尘女子》,或曰《赖昌星豪宅暗藏数十佳丽》……不是英雄,所见竟同。

鲁迅说过:"《红楼梦》是中国许多人所知道,至少,是知道这名目的书。谁是作者和续者姑且勿论,单是命意,就因读者的眼光而有种种:经学家看见《易》,道学家看见淫,才子看见缠绵,革命家看见排满,流言家看见宫闱秘事……"一部"红楼",体大思精,众说纷纭,可以理解。而一篇杂文,"风尘佳丽"云云,不过是行文需要,绝非主旨所在,竟遭此扭曲,不能不叫人怀疑"淫者见淫"。

其实,某些小报编辑,虽未像毕加索般宣称两眼长在双腿中间,谈吐不离脐下三寸,眼神总聚焦隐秘部位,早已习惯成自然,其他十八般武艺荒疏近废,欲改亦难。明知法律不许宣淫、诲淫,只好打擦边球,做夹缝文章,遂以"佳丽"、"风尘女子"为钓饵,诱使读者上钩,引导读者猎艳。如此这般色眼迷离拟制标题,其报纸格调可想而知。

秀色可餐

释义 原形容女子美貌,后也形容景物秀丽。
出典 晋·陆机《日出东南隅行》:"鲜肤一何润,秀色若可餐。"
示例 "小姐,你不惟~,这文词益妙,真个女相如也"(明·孙柚《琴心记·赍金买赋》)。
重组

秀色免餐

人常说青少年"哈日"成风,没想到成年人也会加入其中;"哈日""哈"到连"美女人体盛宴"都险些摆上昆明餐台,国人难免大吃一惊。

"美女人体盛宴"系对日语词汇"女体盛"望文生译,原意为用裸露少女躯体胸部、腹部、腿部放置寿司鱼片构成宴席。"女体"除须是处女外,尚需面容好,皮肤润,体态丰,A型血等等。日本男人认为,处女内具纯情外兼洁净,最能激发食欲。而进食中,食客攥乳房,看私处,吐秽物,"女体盛"不能流露任何不满。

原版"美女人体盛宴"因拿糟粕当精华,无视女性人格,被云南省卫生厅及时叫停,人心得慰。不过"女体盛"若改成"山寨版",反倒大受追捧:"人体彩绘"遍地开花,美女洗浴专挑当街热闹处,女模特着装从三点到一点,从幼儿园到大学校园选美风行……旁观者百看不厌,当事者乐此不疲。女性无论如何着装,均在帮助商家摆设"美女人体盛宴",赢得眼球,输掉尊严。

昆明这场未遂"女体盛",因为裸露,所以直观;因为刺激,所以反感;因为充当盛器,所以舆论哗然;女性愤怒,几近本能。面对那些"山寨版""女体盛",女性本人和公众舆论,要么失去警觉,要么浑然不觉,甚至甘之如饴,远比原版"女体盛"可怕。

一举成名

释义　原指一旦中了科举就扬名天下。后指一下子就出了名。
出典　西汉·刘向《战国策·秦策》:"然则是一举而伯王之名可成也。"
示例　"十年窗下无人问,～天下知"(金·刘祁《归潜志》卷七)。
重组

一句成名

　　张爱玲主张成名要趁早,"农妇"熊德明出名时已42岁,不可谓早。那天她打完猪草回家,发现自家门前一群人中,居然有总理温家宝。本来村干部已下了"封口令",可熊德明一想到丈夫工资没到手,娃儿学费没着落,就向温总理说了"实话"。熊德明没想到当天夜里就拿到了工钱,更没想到领取2003CCTV中国经济年度人物社会公益奖时,所获掌声最多。

　　我本无心说笑话,谁知笑话逼人来。区区农妇家,打工钱被欠,如果不是堂堂大国总理过问,就会拖到猴年马月去;熊德明仅仅因为让全社会听到一句"实话",就成为年度"公众人物",谁能说其中"笑话"成分半点也无?

　　熊德明从北京领奖回来,记者来了一拨又一拨,村里乡亲几乎无人来过。镇上干部说了:"总理给你把钱要回来了,但总理不是天天来,要办事,还得经过我们嘛。"强龙压不过地头蛇,县官不如现管。按说钱也还了,奖也领了,名也出了,村里人当刮目相看才是,不想却是一落千丈。害得熊德明感叹:"早知道这样,我就不去北京了,也不去领什么奖了"。

　　村里人和镇上干部觉得总理不会再来了,打起"出头鸟"无所顾忌,熊德明日子才过得不轻松。要是总理有机会重到龙泉村,村民和干部不"变脸"才怪呢。好在熊德明心中有数:"总理要是再来,我还是说实话,知道的还是会讲,不知道的也不会乱讲。我就这个脾气。"呵呵,农妇脾气,人间正气。

男儿有泪不轻弹

释义 谓男人情感不轻易表达。

出典 明·李开先《宝剑记》:"男儿有泪不轻弹,只因未到伤心处。"

示例 "我们现在有些同志,他们也是男儿(也许还有女儿),他们是～,只因未到评级时,这个风也要整一下吧"(毛泽东《坚持艰苦奋斗,密切联系群众》)。

重组

男儿有泪堪轻弹

刘德华一曲《男人哭吧不是罪》,唱得揪心撕肺:"男人哭吧哭吧哭吧不是罪/尝尝阔别已久眼泪的滋味/就算下雨也是一种美/不如好好把握这个机会/痛哭一回",男人当歌听,未必肯响应。毕竟传统文化一向主张"男儿有泪不轻弹",女人独享哭泣专利。京城女白领兴起"周末号哭族",随着电影或小说情节大哭两个小时,泪水流干,压力减缓,饭甜觉香,神情立爽。泪一多飙,病就少得。

20世纪70年代,本土男性比女性只少活一年;现在生命预期显示,男性比女性短寿六年。男女基因99.9%相同,缘何寿命不同?健康专家洪昭光认为,是在如何理解"男人是强者"上出了问题,造成男子汉有话不爱说,有苦不能吐,有泪不轻弹,有病不去看。一切苦衷都往肚里咽,自然损害健康。"要想健康长寿,男人应意识到不要硬撑着当强者,必须学会通过倾诉、哭泣,来加强沟通、放松心情。"

通常说笑比哭好,并不意味着哭就没有用武之地。悲痛、忧伤同样也是人类正常情绪组成部分,厚此薄彼,没有道理。那种一见男人痛哭,近乎本能地想以长者或强者身份加以劝阻,实在该改一改了。止得住眼泪止不住伤悲,不哭出来怎么能笑对生活?

坚忍诚可贵,眼泪价更高。若为长寿故,不妨时常抛。

一鸣惊人

释义 比喻平时没有突出的表现,一下子做出惊人的成绩。
出典 《韩非子·喻老》:"虽无飞,飞必冲天;虽无鸣,鸣必惊人。"汉·司马迁《史记·滑稽列传》:"此鸟不飞则已,一飞冲天;不鸣则已,一鸣惊人。"
示例 "冯玉祥想～,他来提一个大家可以接受的公式"(周而复《上海的早晨》第四部)。
重组

一名惊人

国人起名,一向煞费苦心:"建国"、"援朝"、"卫东"见历史;"丹"、"莹"、"娜娜"、"佳佳"证开放。一项"姓名与时代"调查显示:六成多人对自己名字不满意,原因是"俗气"和"重名太多",希望起非传统中文名。教育部发布《中国语言生活状况报告(2006)》称,"@"、"赵一A"、"奥迪瑞娜王",都是中文名,果然非传统。

武汉一家酒店办满月酒,孩子2003年3月20日出生,正逢伊拉克战争开打,加上父母均姓邓,遂得乳名"萨达姆·邓·非典"。个性令人惊。重庆市民欧阳成功打算改儿子名"欧阳祖民"为"欧阳成功奋发图强",却因字数超过中国户证电脑显示长度遭到拒绝,改名未成功。

成都市泡桐小学2006年秋季开学,400多名新生,1/10名字生冷,"炱"(读"台")、"芏"(读"杜")、"甀"(读"渠")触目皆是。以前开学,当天可给班主任学生名单,现在要提前几天以便老师查字典。班主任毕竟不是老学究,对"飞龙子"——"龑"(读"眼")、"二虎子"——"䶮"(读"言")、"三狗子"——"猋"(读"标")一类名字,难免皱眉头。

可怜天下父母心。家长欲一"名"惊人,孩子必身受其害——人是阳光少年,名却晦涩不堪。其实,名俗人未必俗,名善人未必善。挖空心思,绞尽脑汁起个难读、难解名字,出人意外,何如不惧名俗但求人雅来得实在?

麻雀虽小　五脏俱全

释义　比喻事物的体积或规模虽小，具备的内容却很齐全。

出典　清·彭养鸥《黑籍冤魂》："我这回虽是短篇小说，未免也学着样儿，先诌一个引子，以博诸公一笑。正是麻雀虽小，五脏俱全。"

示例　"'～.'机器当然应有尽有，就是不大牢"（钱锺书《围城》）。

重组

麻雀虽小　可鉴环保

　　评选一旦沾上"国"字号，众口总难调：国花、国树，悬而未决，国鸟又遇恶搞。

　　麻雀虽小，呼声甚高。丹顶鹤候选国鸟，因其拉丁文名为"日本鹤"，反对者不少。而麻雀竟获35.8%支持率，名列前茅。媒体惊呼"国鸟评选遭恶搞"，其实是网友在开玩笑：你欲立太子，我偏选狸猫。

　　麻雀虽小，人缘特好。网友力推麻雀代言中国百姓，羽不炫目，声不悦耳，却分布甚广，生命力极强，仙鹤有时尽，麻雀永不绝。国鸟不求漂亮，能代表国民精神就好。

　　麻雀虽小，出身挺糟。20世纪50年代，伟大领袖激情澎湃：与人斗，钦定"右派"；与物斗，圈定"四害"，麻雀陷入"人民战争"汪洋大海，几遭灭顶之灾。幸好科学家实事求是，力陈麻雀食物以害虫为主，功过宜"三七开"，领袖拍板，麻雀才渡尽劫波，重归"益鸟"队伍，不绝于今。

　　麻雀虽小，在劫难逃。人逢盛世，雀活艰难，其难有三。一曰窝难找：城里高楼虽林立，哪有屋檐可栖身？不盖草房盖楼房，乡下忙学城里人。二曰肚难饱：民以食为天，雀以虫为天。农药遍地撒，麻雀果腹难。三曰命难保：就算侥幸觅得栖身处，东寻西找混个半饱，麻雀更难逃盘中餐，不是油炸，就是烧烤。食用麻雀违法？食客未必知情；纵使心知肚明，守法罢食能几人？

99

麻雀虽小，可鉴环保。虽其貌不扬，毕竟是生物链上一环，既有生态价值，又可做科研材料，待少到跟朱鹮一般田地，欲保护怕已来不及。与其到那时当成国鸟珍爱，何如眼下就好好对待？国人倘能从此警觉，关注麻雀生态，戒除捕食癖好，网友恶搞，不算白搞。

有备无患

释义 事先有准备,就可以避免祸患。

出典 《尚书·说命中》:"惟事事,乃其有备,有备无患。"《左传·襄公十一年》:"居安思危,思则有备,有备无患。"

示例 "季斯预戒汶上百姓,修堤盖屋。不三日,果然天降大雨,汶水泛滥,鲁民～"(明·冯梦龙《东周列国志》七十八回)。

重组

有嘱无患

影坛头号才女非徐静蕾莫属?怕会有人不置可否,默然垂首;若封她个"博客天后",有过亿点击量为证,不必摇头。

"老徐"那股亲和力,叫人不能不叹一流,不信打个喷嚏试试,保管"蕾丝"一通咳嗽。2008年9月,"老徐"发博文透露自己立了份遗嘱,马上引来"蕾丝"一通担忧:"别写遗书了,听着难受,好好活着呗";"别太不知足了,像我这样智商情商都不高的,不也活着呢嘛";"想开点,还是多拍几部好电影吧,那才是最主要的……"好言相劝,情真意切。"老徐"也不怠慢,忙申明:"别误会,我一点也没有不想活的意思"。原来"老徐"立遗嘱,另有用途:"把自己历年立下的遗嘱都收集起来,必是一个鲜活的成长史,人世变迁,大部头的都在那里了。"

不必责怪"老徐"做秀,就算"老徐"动真格的,也不过是顺应了潮流。早在2004年,广州市45岁以下办理遗嘱公证比例,已接近5%,最年轻者不过20出头;以职业危险、婚姻双方不信任、患疾病或从事冒险活动、已婚男士居多。昔日立遗嘱,意味着行将就木;如今立遗嘱,不妨是年富力强。

人口老龄化会消耗社会财富,遗嘱年轻化却可以折射出观念进步。生命只有一次,不怕一万,就怕万一。生前"难得糊涂",未尝不可;身后难得清醒,尤该倡导。眼下预案声声,不绝于耳,五花八门,而用遗嘱给生命做个预案,谁不云宜?

搬起石头砸自己的脚

释义 比喻本来想害别人，结果害了自己。
示例 "我在1938年十月的中共六届六中全会上曾经说过：'～，这就是张伯伦政策的必然结果'"（毛泽东《关于国际新形势对新华日报记者的谈话》）。
重组

搬起馒头砸自己的脚

胡戈和陈凯歌，一个是无名小卒，一个是盛名大导，压根不在同一段位；《一个馒头的血案》和《无极》，一个是搞笑短片，一个是电影巨制，分量不可同日而语。陈咄咄逼人，既斥无耻又责侵权；胡唯唯道歉，声称小民下次不敢。一般说来，PK已无悬念，棋局只待收官。小小一只"馒头"，何至于使陈凯歌人气，由沸点跌至冰点，不闻"凯歌"，只闻"楚歌"。

陈凯歌冲冠一怒为馒头，自有理由。夫唱妇随，历时三载，耗资三亿，鼓捣出一部大片，叫你费时十天，放映二十分钟一个短片彻底颠覆，成何体统？用双筒猎枪打下一架隐形飞机，面子何在？"要不是《无极》如此无稽，胡戈也就根本没有那么多发挥的地方；要不是《无极》如此滑稽，胡戈也就根本无法引起那么大的笑声。更不会有观众说《一个馒头引发的血案》才是正版的《无极》"。导演对自家作品抱有期望自有道理，却不允许观众失望，岂有此理？

洪晃规劝前夫道："咱中国人有句俗话：'宰相肚里能撑船'，连个馒头都装不下，不就明显变成小肚鸡肠了嘛。"就算打官司，赢了官司，输了人气，更不划算。相反，苏州一家茶馆推出"胡戈"牌馒头，出炉当天现场广告语是："馒头不能好吃到这种地步"，一看就是套用陈凯歌那句"人不能无耻到这种地步"，牛气冲天。

利令智昏

释义 贪图私利使头脑发昏,丧失理智。
出典 汉·司马迁《史记·平原君虞卿列传》:"鄙谚曰:'利令智昏。'平原君贪冯亭邪说,使赵陷长平四十余万众,邯郸几亡。"
示例 "赵以上党之地,代韩受兵,~,轻用民死,同日坑长平者过四十万"(宋·洪迈《容斋随笔·战国自取亡》)。
重组

色令智昏

别看贪官级别有高低,智商却不低;甭管看起来精明不精明,实际上都不乏聪明。到头来所以身败名裂,根源就在一个"贪"字上:贪官贪利,利令智昏;贪官贪权,权令智昏;贪官贪色,色令智昏……不管官多大,一旦智昏,垮台就不是问题,而只是时间早晚问题。

何谓男人三件宝?有说手表、领带、打火机,有说手机、钱包、车钥匙,其说不一。贪官重庆市宣传部原部长张宗海公文包里三件宝却是避孕套、伟哥和钞票。还有一些贪官情妇一大堆,却不靠伟哥撑腰,他们身体力行基辛格名言:"权力是最好的春药"。

原南京奶业集团公司总经理金维芝说过:"像我这样级别(厅级)的领导干部谁没有几个情人?这不仅是生理的需要,更是身份的象征;否则,别人会打心眼里瞧不起你。"

中国建设银行原行长张恩照因受贿400余万元,被判处有期徒刑15年。其律师说他曾给30多位高官做过辩护律师,唯有张恩照没有婚外私情,希望法院酌情轻判。这也恰好从反面证明,贪官不养情妇者,实在是凤毛麟角。

色令智昏,难免拿棒槌当针,眼见得红巾翠袖不离左右,自以为魅力无敌,绝代风流,如湖北省原副省长孟庆平就宣称"我是爱江山也爱美人。在我有生之年能遇上几个有情有义的女人，是我的福分"。岂不知其情妇压根不承认什么"有情有义"，一开始就知道是权色交易。可怜贪官无不自以为冰雪聪明，却愿者上钩被情妇蒙在鼓里。

童言无忌

释义 对孩子的话不必顾忌,旧俗在吉庆场合,忌讳说不吉利的话,但孩子说话不必忌讳,即使说了不吉利的话也无妨碍。还可以说孩子语言幽默生动,让人捧腹大笑。

示例 "老太爷因为觉群在堂屋里说了不吉利的话,便写了'~,大吉大利'的红纸条,拿出来贴在门柱上"(巴金《家》)。

重组

叟言无忌

说起世态炎凉,仿佛人们格外认同京剧《沙家浜》中阿庆嫂那句唱词:"人一走,茶就凉"。范敬宜退休后写了篇《人走茶凉属正常》,大唱反调:"一直想就'人走茶凉'之说发点议论,但心存顾虑,因为那时还在'台上',怕'站着说话不腰疼'之讥。现在角色转换,到了'台下',似乎可以'叟言无忌'了。"

叟言无忌,值得嘉许。若非叟言无忌,好多真相就会湮没不传,好多谜团就无从破解。当年盛极一时"马家军",既然已在亚特兰大奥运会上异军突起,本该再接再厉,续创佳绩,为何悉尼奥运会上销声匿迹?坊间传闻多多,直到《袁伟民与体坛风云》出版,才算揭开谜底:原来距悉尼奥运会不到一个月,"马家军"获得奥运参赛权"7人中有6人证实使用了兴奋剂或者有强烈的使用兴奋剂嫌疑",国家体育总局遂顶着压力,将这些队员统统拒之悉尼奥运会门外。这本传记问世于2010年10月,当时袁伟民已年届古稀,书中"审计风暴"另有玄机,女排也打假球,"申奥之父"名实相悖等情节,均令读者眼界大开,吃惊不小。

袁伟民"不想让大家搞不清一些真相",虽然说得晚了点,失去了轰动效应,但迟说总比不说好。有生之年,道出真相,不欠历史,无愧良知,难能可贵。

相反,一味守口如瓶,难免给历史留下遗憾。"文革"缘何而起?刘少奇不知道,王光美也不知道。彭真说他知道,却又终生未讲,弄得"文革"起因,至今仍是疑云一团。

讳疾忌医

释义 隐瞒疾病，不愿医治。比喻怕人批评而掩饰自己的缺点和错误。

出典 《韩非子·喻老》："扁鹊见蔡桓公，立有间，扁鹊曰：'君有疾在腠理，不治将恐深。'桓侯曰：'寡人无疾'。扁鹊出，桓侯曰：'医之好治不病以为功。'居十日，扁鹊复见曰：'君之病在肌肤，不治将益深。'桓侯不应。扁鹊出，桓侯又不悦。居十日，扁鹊复见曰：'君之病在肠胃，不治将益深。'桓侯又不应。扁鹊出，桓侯又不悦。居十日，扁鹊望桓侯而还走。桓侯故使人问之，扁鹊曰：'疾在腠理，汤熨之所及也；在肌肤，针石之所及也；在肠胃，火齐之所及也；在骨髓，司命之所属，无奈何也。今在骨髓，臣是以无请也。'居五日，桓公体痛，使人索扁鹊，已逃秦矣，桓侯遂死。宋·周敦颐《周子通书·过》："今人有过，不喜人规，如讳疾而忌医，宁灭其身而无悟也。"

示例 "患者浮肿，而～，但愿别人糊涂，误认他为肥胖"（鲁迅《且介亭杂文末编·"立此存照"》）。

重组

讳名忌医

俗话说，没啥别没钱，有啥别有病。可有一种病，人一旦患上，就算不差钱，也不大愿意看，这种病在对健康危害的同时，还会给患者心理造成障碍，单是听到病名，就不想治疗了，这种病就是"老年痴呆症"。

在我国，老年痴呆症患者已达600万人，约占世界总病例数的1/4。虽然这种病无法逆转，但若早期诊断、早期治疗可以延缓发病时间，切实提高老人的生活质量，但很多病人因为对这个病名很排斥，就不承认自己得病，也不愿意去医院。上海交通大学附属第一人民医院分院神经科主任王少石教授指出，"恶名"正在延误病人的病情。确实，谁听了这病名,不得心凉半截?老来患病,本来就无助,这"痴呆"两字,足以打击病人的自尊,让他们感到自卑,又怎能有利治疗?

老年痴呆是从英文单词"dementia"翻译过来的,欧美多称"阿兹海默症",日本也发现"痴呆"这一译名后果消极,给患者及其家属带来了心理痛苦,不利于早期患者接受治疗。经讨论改名为"认知症",香港地区也将此病名改为"脑退化症",而我国台湾地区医生则称此病为"失智症",尽管换名不换病,但病名之改对病人的尊重,人性化考虑还是值得肯定的。但在我国,相关专家早在2005年就专门讨论过,希望推动此病改名,由于要经过多部门层层审批,正名尚需时日,看来还得暂时"痴"上一阵子,万万不可"呆"上一辈子。

易子而食

释义 原指春秋时宋国被围,城内粮尽,百姓不忍心杀自己的孩子,两家交换杀之,作为食物。后形容灾民极其悲惨的生活。

出典 《公羊传·宣公十五年》:"易子而食之,析骸而炊之。"

示例 "有的是报告灾荒的严重情形,充满了'赤地千里'、'人烟断绝'和'～'等触目惊心的字句"(姚雪垠《李自成》第二卷)。

重组

易子而仕

易子而仕山寨自"易子而食"。《公羊传·宣公十五年》载:"易子而食之,析骸而炊之。"春秋时宋国被围,城内粮尽,百姓无以为食,只好交换子女当作食物,以求果腹。为何"易子"?虎毒不食子,况且人乎?不食活不下去,食己子又下不去口,交换着吃,眼不见,心强安,自欺欺人,迫不得已。不管怎么说,总是悲剧。

可是易子而食一旦翻版成易子而仕,对于家长来说就是喜剧了。像广东汕尾市烟草专卖局陈文铸局长那般,把烟草系统变成20多名亲戚就业基地,牛是牛,"近亲繁殖"太显眼,远不如易子而仕保险。既然干部选任有"回避制","内举不避亲",监督关、舆论关都不好过;"外举不避友"则可掩人耳目:"甲推乙子成主任,乙荐甲女做经理,丙让丁甥当秘书,丁帮丙侄跃龙门。"资源共享,心有灵犀,皆大欢喜。有人讥之曰:"官场花样又翻新,报李投桃亲换亲。公仆乌纱私赐戴,高腔犹唱为人民。"

易子而仕表面合法合理,岂不知背后深藏猫腻,实际上还是一种利益交换,变相世袭,钻了社会制度空子。不但容易挫伤干群积极性,助长用人不正之风,而且还会固化社会阶层,积累社会矛盾,酝酿社会危机。不给易子而仕以可乘之机,才是权力制度建设题中应有之义。苏联一夜之间解体,殷鉴不远,前车可鉴。

众望所归

释义 多指某人得到大家的信赖,希望他担任某项工作。
出典 《晋书·列传三十传论》:"于是武皇之胤,惟有建兴,众望攸归,曾无与二。"
示例 "乐山先生是一个~的长者。他非去不可"(巴金《春》)!
重组

众望难归

陕西西安有位高一学生小杨,2011年8月4日在路上捡到5元钱,交到一名警察手里。警察和同事商量一下,无法处理,又把钱还给小杨。小杨不知如何是好。

都怪小杨是个90后,小杨要是60后,就不会有此烦恼。当年潘振声创作儿歌《我在马路边捡到一分钱》风靡一时,被亲切地称为"一分钱爷爷"。歌中唱道:"我在马路边捡到一分钱,把它交到警察叔叔手里边,叔叔拿着钱,对我把头点,我高兴地说了声:'叔叔,再见'。"歌词耐人寻味处在于:一是一分钱也要上交,二是警察收钱并赞许。现在则是"一分钱爷爷"去世了,马路边捡不到一分钱了,警察叔叔也不收钱了。

中学生捡钱交给警察,成年人捡钱举棋不定:河南郑州市民李莲香在居民楼前捡到1 000元,交保安怕私吞,交物业怕不还,最后把钱交到了报社。

作为一种道德规范和处世规则,拾到钱物要归公,说好说,做则难以把握。"公"方代表因时因地而异:学生拾钱交老师,教师即公;路人拾钱交警察,警察为公;员工拾钱交保安,保安即公。而《2011中国人信用大调查》显示,军人、农民、学生、教师、农民工最可信,因此,拾到钱该交谁处理,难免心生困惑。生活中服务机构应有尽有,偏偏就缺一条失物招领渠道。

拾金不昧是美德,物归原主费周折。
何时才有新机制,方便善花结善果?

与 日 俱 增

释义 随着时间的推移而不断增长。
出典 宋·吕祖谦《吕东莱集·为梁参政作乞解罢政事表二首》:"涉冬浸剧,与日俱增。"
示例 "半个月过去了,风平浪静,然而老赵心里愁闷却～了"(茅盾《过年》)。
重组

与 日 俱 难

　　远在刘晓庆感叹"做人难"之前,人们就体会到了"做人难"。只不过刘晓庆是名人,名人言顺理成章成了名言。逝水流年,"做人难"难度是升了还是降了?大约跟 CPI 差不多,忽下忽上,总在攀升。时代在进步,社会在发展,做人难度也水涨船高,只升不降。

　　用试金石可检验黄金成色,用女性标准可判别男人品位。香港才女李碧华说:"大丈夫不可一日无权,小丈夫不可一日无钱。"以此为标杆,合格者怕是少之又少。台湾蓝怀恩女士说得更狠,说男人"站着理亏,躺着肾亏"。何以双"亏"?大体也是无权、无钱所致吧。

　　2010 年女性给自己订出新标准:"上得了厅堂,下得了厨房;杀得了木马,翻得了围墙;开得起好车,买得起好房;斗得过小三,打得过流氓。"如此文武双全,想不当剩女也难。

　　沈宏非给出了另一种标准,多半是跟男性过不去:"跟得上股市的大盘,跑得出城管的地盘,买得起开发商的楼盘,看得懂统计局的算盘,躲得开醉汉的方向盘,忍得了非主流的脸盘,搞得定自己的椎间盘,盯得住旧爱的硬盘。"

　　老百姓认定新一代牛人,不分男女,一网打尽:"1. 贪一辈子没人敢告的;2. 吃一辈子没埋过单的;3. 嫖一辈子没现过眼的;4. 玩一辈子没栽过跟头的;5. 赌一辈子没输过钱的;6. 狂一辈子没人敢惹的;7. 闲了一辈子照样升官的;8. 收一辈子短信没转发过一条的。"

斩草除根

释义 比喻除去祸根,以免后患。

出典 《左传·隐公六年》:"为国家者,见恶如农夫之务去草焉,芟夷蕰崇之,绝其本根,勿使能殖,则善者信矣。"北齐·魏收《为侯景叛移梁朝文》:"若抽薪止沸,剪草除根。"

示例 "～,萌芽不发;斩草若不除根,春至萌芽再发"(明·冯梦龙《警世通言》卷三七)。

重组

斩草留根

白居易诗咏古原草"离离原上草,一岁一枯荣。野火烧不尽,春风吹又生",礼赞野草生命力顽强;城中草与原上草本是同根生,未必能书写荣枯履历。长期以来,城中草跟农民工一样,与城市形影不离,却难落实城市户口,尽管自身不乏绿色,不缺绿质,可在城市绿化中,总是难逃被斩草除根噩运。

绿化城市,固结土壤,保持水土,抑制扬尘,野草何尝不是有功之臣?可惜人们对野草抱有偏见,认为它绿色期短,荒芜感强,与城市品位不般配,于是,20世纪80年代末90年代初,许多城市纷纷大面积引种草坪。欧美洋草多为牧草,观赏性强,生长旺盛,与当地季节温差小、降水量均匀充沛、海洋性气候相得益彰,而我国多数地区为内陆性气候,干燥少雨,洋草水土不服,若想草类冬季常绿,就得投入大量人力、财力。

比起人工草来,野草自显优异:没脾气,土生土长,生命力顽强,踩踩踏踏没关系。省力气,养护成本低,化肥农药不沾边,年剪两次就可以。不娇气,不用浇水省资源,靠天吃饭过得去。

城市大量引进种植人工草,想必是出于"与国际接轨"动机,殊不知,欧美城市绿化远离人工草坪,恢复乡土植物,让野草回归城市,让相当面积待绿化地上生长野花、野草、野灌木,已成为一股国际潮流。2006年北京率先为野草"平反",告别斩草除根,野草、人工草一视同仁,天坛公园甚至让野草唱主角。长此以往,见贤思齐,城中草、原上草岁岁同枯荣,草有幸人亦有幸矣。

满 面 春 风

释义 原形容春天美好的景色,后用来比喻人脸上呈现出愉悦和蔼面容。形容人心情愉快,满脸笑容。
出典 宋·陈与义《寓居刘仓廨》:"纱巾竹杖过荒坡,满面春风二月时。"
示例 "悟空～,高登宝座,将铁棒竖在当中"(明·吴承恩《西游记》三回)。
重组

满 身 春 风

早岁居乡下,邻家有亲戚从城里来,看上去比同龄邻居年轻不少;后来居省城,见到一些官员面孔,又比同龄群众显得年轻。人有权力精神爽,心理年龄小于生理年龄,不难理解。权力是高效养颜剂,官员总是满面春风,满身春风。贪官落马入狱,前后形象判若两人,堪为佐证。

人都说岁月无情,缘何皱纹少向官员脸上纵横?英国伦敦圣托马斯医院一个双胞胎和遗传病学研究小组,于2006年7月发布研究成果称,在不考虑健康、饮食、不良习惯等因素前提下,社会地位决定一个人的生理衰老速度,一个从事体力劳动的妇女,要比同龄白领在生理上老7岁。

官员面孔所以看上去年轻,与所从事职业不无干系,不是说一握有权力,脸上皱纹就会暗中逃逸,但权力通常会给人信心和力量,表现在心理年龄总会落下生理年龄一段距离。

权力使人年轻,内有动力;官员整容成风,外有助力。国际政坛人物整容不是新闻:意大利总理贝卢斯科尼去眼袋,美国总统布什除面斑,韩国总统卢武铉去皱纹,世人多知。此类高官整容事,一是本国人民都知情,二是整容费用须自己掏腰包,相反,国内官员多喜欢在"两会"前整容,保密赛过明星,不要突然漂亮,而要逐渐年轻。去眼袋四五千,拉皮两三万,价格绝对不菲,公众不知谁来埋单,有理由怀疑其是公款腐败领域之一。

官员整容是好事,亲民意识当肯定,关键在于公众要知情。除了成克杰被曝为讨情人欢心割过双眼皮外,省长、部长、厅长、局长,谁个整容谁未整,公众如何分得清?

置于死地而后生

释义 原指作战把军队布置在无法退却、只有战死的境地,兵士就会奋勇前进,杀敌取胜。后比喻事先断绝退路,就能下决心,取得成功。

出典 《孙子兵法·九地》:"投之亡地然后存,陷之死地然后生。"

示例 "若我不先发制人,终必为人所制,~,等死耳,不如速发难"(孙中山《训练革命军人之演讲》)。

重组

置于死地而益生

2009年4月,成都一家策划公司推出出租"活人棺材"业务。顾客大约可分为三类:工作不顺、家庭破裂者、经商者、创意工作者以及心理抑郁、有自杀倾向者。人处于封闭环境里有利于自我反省,或体验死后感觉。在双人棺材中,夫妻甚至还可修补感情。棺材旅馆陈设简陋,仅放有棉被和枕头,住宿费却要一小时200元,比五星级宾馆贵三倍。该策划公司宣称"全球第一",显然是夸大其词。毕竟"活人棺材"这主意是外国人最先想出来,并付诸实践的。

成都有多少人对"活人棺材"感兴趣,愿在其中反省生命,修补感情,不得其详,倒是韩国"棺材学院"学员众多,"体验死亡"成为一种潮流时尚。韩国"棺材学院"创办于2009年2月,专门向人们提供"模拟葬礼",只要付出25美元,就可以"死一回"。"葬礼"虽属模拟,程序毫不含糊:写遗嘱、写墓志铭、参加"葬礼"、穿寿衣、躺进棺材10分钟,样样不少。最后"死者"从棺材中爬出来,意味着自己"获得了新生"。韩国自杀率高于美国两倍多,"棺材学院"意在通过死亡体验,促进人们反思生命意义,从而积极面对生活,降低自杀率。很多参与者"死去活来"表示,今后要给自己创造一个无憾人生。

印第安谚语说:"别走得太快,等一等灵魂"。据说印第安人如果连续三天赶路,第四天必须停下来休息一天,以免灵魂赶不上匆匆脚步而落在身后。"模拟葬礼","体验死亡"何尝不是为了"等一等灵魂"?只不过这种方式与吾国文化传统相去甚远,很难引起共鸣而已。

易子而食

释义 原指春秋时宋国被围,城内粮尽,百姓不忍心杀自己的孩子,俩家交换杀之,作为食物。后形容灾民极其悲惨的生活。
出典 《公羊传·宣公十五年》:"易子而食之,析骸而炊之。"
示例 "有的是报告灾荒的严重情形,充满了'赤地千里'、'人烟断绝'和'～'等触目惊心的字句"(姚雪垠《李自成》第二卷)。

重组

易粪而食

　　古语只有易子而食,人非蜣螂,岂能易粪而食?其实若不拘于字面,将"粪"理解为制造者坚决不食之类"食物",用以反映中国食品现状,谁不曰一针见血、活灵活现?

　　易粪而食有两种表现形式,一种特指,一种泛指。特指曝光不多,说来令人发指:广东东莞作坊从化粪池、下水道里捞潲水熬制地沟油,原料中混有石子、塑料袋和卫生纸、卫生巾等。油熬好过滤后,装入大桶运往批发市场。此种油作坊老板不会食,工人也不会食,偏偏又批发了出去,肯定有人在食,且不在少数,说是食粪,并不夸张。重庆云阳也有掏粪工从粪池里掏扒生活残渣提炼地沟油,未及销售便被破获者。

　　泛指可以上海盛禄食品有限公司分公司生产问题馒头为代表。淡黄色玉米馒头表面很漂亮,工人却不屑一顾地说:"我不会吃的,打死我都不会吃,饿死我都不会吃,我自己做的东西我知道能吃不能吃,好吃不好吃,里面加了色素的,不能吃。"

　　工人阶级本该有觉悟,明知问题馒头不可食,还心安理得地大量制作着,眼睁睁看着每天3万问题馒头销往联华、华联、迪亚天天等30多家超市,去毒害他人。良心安在?一味谴责馒头工人也许不公平,同样还有腌蛋的,不食自家红心蛋;养猪的,不食自养健美猪;开方便面厂的,厂长从来不吃方便面……

不法商人胆大妄为,监管部门无所作为,问题食品为所欲为,人人害我,我害人人,如果谁不想投身全民食品保卫战,纵有洁癖身,早晚被食粪。

听其言而观其行

释义 指不要只听其言论,还要看其行动。

出典 《论语·公冶长》:"子曰:始吾于人也,听其言而信其行;今吾于人也,听其言而观其行。"

示例 "自以为举世可欺,~,殊不知肺肝如见"(蔡东藩、许廑父《民国通俗演义》一三一回)。

重组

听其言而笑其行

不管腐败算不算"与国际接轨",一方水土养一方人,中国贪官还是能显示出一种"中国国情":外国贪官事发,不闻有何"廉政名言";而国内贪官落马,常有"廉政名言"外传。隔些日子,就有人汇辑成《贪官名言录》,与时俱进,版本常新。

为何中国贪官爱说"廉政名言"?想必与中国官场表态模式有关。上级号召廉政,为政者不能不表明态度,欲表态,当然是调门越高、力度越大、分量越重越好。成克杰就说过:"想到广西还有700万人没脱贫,我这个当主席的是觉也睡不好呀!"实际上他一笔收受赃款2 000多万,与情人李平躺在现金上觉没睡好。

既有上行,必有下效。不要说成克杰这个级别,就是厅级贪官,也是"廉政名言"脱口而出,叫人叹为观止。如河南省交通厅三任"落马"厅长,皆有"廉政名言"传世。首任"落马"厅长曾锦城曾写血书向省委表白:"我以一个党员的名义向组织保证,我绝不收人家的一分钱,绝不做对不起组织的一件事……"结果因受贿罪被判处有期徒刑15年。二任"落马"厅长张昆桐一上任便提出口号:"让廉政在全省高速公路上延伸,"却因受贿、挪用公款罪被判处无期徒刑。三任"落马"厅长石发亮在刚上任时也表示要吸取前任教训,并提出口号"一个'廉'字值千金","不义之财分文不取,人情工程一件不干",却因受贿被判处无期徒刑。

听其言,铿锵有力;笑其行,愚蠢无比。"廉政名言"靠不住,反腐还得靠制度。

入 土 为 安

释义　人死后埋入土中,死者方得其所,家属方觉心安。
出典　明·冯惟敏《耍孩儿·骷髅诉冤》曲:"自古道盖棺事定,入土为安。"
示例　"舍妹已断了气,也该出殡了。在家虽好,但一则火烛当心,二者死者亦可以早些～"(清·吴趼人《糊涂世界》十二回)。
重组

入 土 难 安

岁岁清明节,年年人断魂。2011年清明节异于往年,在于人们追思中掺进一缕忧思:青岛、济南等地一些陵园表示,要对墓地使用期限超过20年者续收管理费。一石击起千层浪,网上网下话纷纷。

有网民议论说,墓地使用期限定为20年,逾期续收费是"用有限的土地无限敛财"。也有网民说,现在中国很多墓地缴费都是20年续费一次,若到期没有续费,就把你赶走换新主人。房子是70年土地使用期也就罢了,墓地还是20年有效期,这真是活时居无定所,死无葬身之地。亦有部分网友质疑墓地续费是否合法和公平,认为政府相关部门有责任调控"墓地产业"。

确有领袖人物将骨灰撒入大海,风范在先,想学也难。草根观念,世代相袭,根深蒂固,入土为安:生无安身之所,牛毛细雨;死无葬身之地,晴天霹雳。即使人们不记得《国际歌》首句"起来,饥寒交迫的奴隶,"总还能想起《国歌》开头:"起来! 不愿做奴隶的人们,"为何还要前赴后继"生为房奴、死当墓奴",不惜斥巨资为先人、为自己买下墓地? 除了入土为安,别无解释。

公墓管理费该不该收? 收费标准是多少? 民政部说"这是个全国性的难题",其实,整个殡葬业暴利更是难题。民政部社会事务司副司长李波表示,墓地只是租赁关系,不是产权关系,只有使用权,没有所有权。

既然墓地没有产权,经营性公墓凭什么卖出天价？公墓本身就该讲公益,谈经营性既不合逻辑,又侵犯公众利益。岂能一错到底？

人生自古谁无死？墓地乱象宜清理。任他千难与万难,若像计划生育一样抓,大概也没什么了不起。

一 字 之 师

释义 有些好诗文,经旁人改换一个字后更为完美,往往称改字的人为一字之师。

出典 《宋·魏庆之·诗人玉屑》:"郑谷在袁州,齐己携诗诣之。有《早梅》诗云:'前村深雪里,昨夜开数枝。'谷曰:'数枝'非早也,不若'一枝'。齐己不觉下拜。自是士林以谷为'一字师'。"

示例 "张乘崖以萧楚材为~。弟受兄千字万字之赐,则弟当百世师之"(明·张岱《与周伯戬书》)。

重组

一 字 之 失

高考语文写作文,写错一字扣一分,以三分为上限。故宫给北京市公安局送锦旗,将"捍卫"的"捍"错成"撼"字,弄出"错字门",公众形象丢分无上限。尽管也有专家力证"撼"字无误,买账者寥寥无几,这一回,真理在多数人手里。

汉字共有九万多,常用也有七千多,偶尔写错,在所难免,不足为奇。故宫送锦旗一字之错酿成"错字门",说明文化单位、关键时刻,一个字也错不得,教训不可谓不深刻。居然有行政机关,不以为意。江西省机动车辆车牌照上,"赣"字十有八九是错字,一错就是十六年,堪称"赣字门",偏有江西省交通总队车管所工作人向记者表示:"赣"部首"攵"变成"夊"是他们有意为之,意在防止黑窝点仿制伪造假车牌。

"赣"字是个常用字,凡学过地理,或背过毛泽东诗词《渔家傲》("二十万军重入赣,风烟滚滚来天半")、《蝶恋花》("赣水那边红一角,偏师借重黄公略")者,都没有理由陌生。"赣"左右结构,右上角本是三笔折文儿旁,但江西省多数车牌上"赣"字,却写成四笔反文儿旁,当属错字无疑。

写错字不奇怪,怪在待错心态。分明一错十六年,被网友指出后却不认错,还花言巧语诡辩,硬加上什么防伪大义,真让人笑掉大牙。造假者若连这点"画瓢"本事都没有,还造哪门子假?会说不如会听的,乖乖认个错,丢人就此打住;知错不改,一意孤行,那公权损失可不是一字之失那么简单了。

养儿防老

释义 养育孩子是为了防备年老。
出典 宋·陈元靓《事林广记》:"养儿防老,积谷防饥。"
示例 "你对孩子一般儿爱,不问男的女的,大的小的。也不想到什么'～,积谷防饥',只拼命的爱去"(朱自清《给亡妇》)。
重组

养老防儿

常言道"老黄历看不得",端的有理。"养老防儿",代代相传,深入人心,盖农耕社会,人们防老,除却"养儿",别无他途。可是眼下,不少年轻人就像蚂蚁一样,把父母资产一点一点搬完,养儿防老慢慢失效;养老防儿,几成共识。

所以如此,是晚辈不自立,啃老心安理得;长辈不拒绝,助小心甘情愿。"啃老族"群不断壮大,因素众多,社会、学校、家庭皆有责任,其中最重要者源自观念。西方人遵循"接力"式养老模式,子女父母间保持相对独立,孩子成人后就要自立,没有养老义务。而国人则遵循"反哺"式养老模式。但年轻子女受到西方思想观念冲击,只顾享受权利,却不愿尽赡养义务,一味索取不思回报。于是,老年人辛劳大半生,到老被子女"抛弃"者,大有人在。2010年8月7日,第八届世界华人保险大会上,国际认证财务顾问师协会中国发展中心秘书长郑森源语出惊人:中青年人应该作好"空巢养老"的准备,必须从现在起留出自己"过冬的粮食"。忠言逆耳,不知能惊醒多少养儿防老梦中人。有备才能无患,否则,"出门一把锁,进屋一盏灯",庶几难免。

老年人希望子女生活幸福,无可非议,但态度须旷达:"儿孙自有儿孙福,莫与儿孙作马牛。"诚哉斯言!

恨铁不成钢

释义 形容对所期望的人不争气不上进感到不满,急切希望他变好。
出典 清·曹雪芹《红楼梦》第九十六回:"只为宝玉不上进,所以时常恨他,也不过是'恨铁不成钢'的意思。"
示例 "这是～的恨,不是仇恨"(周立波《山乡巨变》上十八)。
重组

恨爹不成刚

　　网友用网络热词概括 2010 年感受,有一副对联令人拍手叫好:上联:恨爹不成刚;下联:恨娘非兰玉。横批:没种。语义直接,说白了就是抱怨自己不是"官二代",甭想胡作非为。

　　寥寥十个字,道出了虎年两大热点事件:10 月中旬,河北保定发生了一起交通事故,造成河北大学两名女生一死一伤。肇事者"官二代"李启铭态度冷漠嚣张,高喊:"有本事你们告去,我爸是李刚!"(李刚为保定市某公安分局副局长)。"官二代"马晶晶在宁夏公务员考试中被举报作弊,举报人王鹏被跨省追捕,马晶晶之母丁兰玉时任宁夏吴忠市委常委。

　　"我爸是李刚",本是现代汉语基本句式,主谓宾俱全,却被网友仿造成"恨爹不成刚"、"床前明月光,我爸是李刚"、"桃花潭水深千尺,不及我爸是李刚"等多种句子,嘲讽无极限。保定市交通局制作警示牌,亦反用此句型:"朋友,开慢点,你爸不是李刚。"

　　其实,"我爸是李刚"之"李刚",不过是个符号,换"赵刚"、"王刚"照样成立:2011 年 5 月 17 日,山西永和县副县长冯双贵亲属夜闯民宅,殴人致伤,冯次子冯源行凶过程中不断宣称:"我爸是县长,在永和我爸就是国法……"不妨看作是"我爸是李刚"句式自然更新,句义没有任何变化。

　　当今社会,"富二代"、"官二代"不断用违法乱纪行径挑战社会公平,早已人神共愤,"恨爹不成刚"遂得以流行。"恨爹"为标,"拼爹"是本。若非含着金钥匙和红公章出生,会不会落得个"自古拼爹多余恨,此恨绵绵无绝期"? 世道人心须警惕啊。

女 大 当 嫁

释义 指女子成年后须及时出嫁。
出典 宋·释普济《五灯会元·侍郎杨傑居士》:"乃别有不婚、有女不嫁之偈曰:男大当婚,女长须嫁"。
示例 "男大当婚,~,理之当然"(清·陈忱《水浒后传》三九回)。
重组

女 大 不 嫁

男大当婚,女大当嫁,自然规律,遭遇抗拒。与日韩女性"不婚潮"相呼应,我国北京、上海、广州等大城市,都有数十万大龄单身女青年,形成"不婚潮",惹得家长操心,社会关心。她们渴望爱情,不排斥婚姻,不乏追求者,年复一年,"东家老女嫁不售",眼瞅着混成徐娘了,还没当过新娘。教育部汉语新词集收录一个专属名词"剩女",就是为她们量身拟定的。

说是"剩女",其实冤屈,她们学历高、收入高、地位高,简直就是"圣女"。由于自身经济实力强,用不着"嫁汉嫁汉,穿衣吃饭",加之自主意识提升,对结婚对象不肯降格以求,女大不嫁,渐成潮流,不足为奇。

女大不嫁,并非中国特色,甚至可以说有意无意间"与国际接轨"了。欧美且不论,就连韩日,女大不嫁,也正"潮"着呢。一项调查显示,韩国25岁~29岁未婚女性比例高达59.19%,30岁~34岁未婚女性比例占19%,35岁~39岁未婚女性比例占7.6%。日本30岁~39岁适婚女性未婚率达38%。日韩等国很多女性不是选择离婚,而是根本就不结婚。婚姻观正从以家庭为本位向以个人幸福为本位过渡。

传统择偶模式是男高女低,男强女弱,现实中男性多知难而退,A男认可B女,C男选择D女,最后剩下A女和D男。如果硬要把双方撮合到一起,"红娘"与"凶手"何异?何时大龄单身皆不被视为问题,女性幸福指数才算上了一个阶梯。

开卷有益

释义　读书总有好处。

出典　晋·陶潜《与子俨等疏》:"开卷有得,便欣然忘食。"

宋·王辟之《渑水燕谈录·文儒》卷六:太宗日阅《御览》三卷,因事有阙,暇日追补之,尝曰:"开卷有益,朕不以为劳也。"

示例　"今乃知出于《西洋记》,……~,信夫"(鲁迅《小说旧闻钞·三保太监西洋记》)。

重组

开有益卷

宋太宗赵匡义颇喜读书,苦于坊间书多而乱,就命宰相李昉编一部书供他阅览。李昉遂组织人马耗时6年,编成《太平编类》(又名《太平御览》),计1 000卷,478万字。赵匡义很满意,打算通读一遍。据王辟之《渑水燕谈录》载:"太宗日阅《御览》三卷,因事有阙,暇日追补之,尝曰:'开卷有益,朕不以为劳也'。"开卷有益,原特指打开《太平御览》就会有所得,后泛指读书即有好处。

皇帝说话本是金口玉言,却无法阻挡后人"抗旨"改编:1995年,中南工业大学陈赫教授有感于校园内某些租书店所租书籍品位不高,遂与4名同学联名发起成立学生升华读书社,并给读书社题词曰:"开有益卷,做高尚人"。有学生怀疑老师写反了,陈赫认为"开卷有益",在今天未必"有益",因为,当前的书摊上,坏书实在太多了,甚至堂堂书店书架上,也充斥着低品位、低档次平庸之作。因此希望大家开有益卷,读好书,做好人。

开有益卷,亦是读书人明智之举。苏联阅读专家马克·渥伦斯基指出:全世界15世纪出版了各种图书3万种,16世纪出版了25万种,19世纪出版了700万种,20世纪出版了2 500万种。有人估计,到公元

2000年,全世界各类图书总量已达两亿种。近20年,全世界每年出版新书50万种。继续主张开卷有益,既不现实,又不可能。

别林斯基说过:"阅读一本不适合自己阅读的书,比不阅读还要坏。我们必须会这样一种本领,选择最有价值最适合自己所需要的读物。"人生苦短,时间宝贵。开卷有益,难免浪费,开有益卷,弥足珍贵。

兼听则明，偏信则暗

释义 意谓多方面听取意见，才能明辨是非；单听信某方面的话，就愚昧不明。
出典 《管子·君臣上》："夫民别而听之则愚，合而听之则圣。"
示例 "唐朝人魏徵说过：'～'"（毛泽东《矛盾论》）。
重组

兼听则暗　偏信则明

兵荒马乱，民不聊生；安居乐业，人重养生。

民以食为天，养生得吃饭。食物匮乏时，千方百计，填饱肚子；食品丰富了，处心积虑，养好身子。2008年度畅销书，养生书占去半壁江山，便是证据。

一日三餐怎么吃？已有共识：早餐吃饱，午餐吃好，晚餐吃少。《不生病的智慧2、3、4》作者本人，一天三顿，顿顿不落。理由是"一个人粮食足，气就足，身体就健康"。一顿也不落，未免大众化。《甲田式断食法》断言身体多种不适和可怕疾病，皆源于"饮食过量"，主张一日两餐，省略早餐。《养生的智慧》却说不要吃晚餐。有无养生书号召不吃午餐？眼下还无缘一见；日后会不会有人主张？谁也不敢打包票。

不吃早餐？行；不吃晚餐？中；三餐都不吃？那还养什么生，干脆往生算了。养生书彼此掐架，叫养生人如何是好？有人支招说："看最新的书呗！"。此种"黑熊式"（即熊瞎子掰苞米式）选择，谈不上从一而终，至少不会误了卿卿性命，不失为明智之举；若是"蜜蜂式"选择，麻烦怕就大了，哪顿饭不吃都能找到理由，用不多久岂止皮包骨头，简直性命堪忧。

是怪养生书惹祸，还是怪养生人盲从？古人云：尽信书不如无书。又云：兼听则明，偏信则暗。谁知看罢不同断食法，不得不痛苦地承认，养生这码事儿，还真是兼听则暗，偏信则明。

十 面 埋 伏

释义　四面八方布置了重重伏兵。
出典　元·无名氏《随何赚风魔蒯通》第一折:"那重瞳有千般英勇,怎出的这十面埋伏。"
示例　"操与诸将商议破袁之策。程昱献～之计,劝操退军于河上,伏兵十队"(明·罗贯中《三国演义》三一回)。
重组

十 面 霾 伏

　　时间堪称神奇魔术师,2012年年底之前,百度一下,"十面埋伏"就是"十面埋伏",可是仅仅过了1个月,到2013年1月底,继续百度,"十面埋伏"却成了"十面霾伏"。此"霾伏"虽不是彼"埋伏"却比彼"埋伏"来得凶猛,面积广,超过百万平方公里;时间长,北京1月份仅有5天无霾,清华校训搞笑版"厚德载雾,自强不吸",应运而生;北朝民歌也有了现实版:"天苍苍,雾茫茫,风吹雾淡见楼房"。崔永元发微博戏称:"小时候看电影《雾都孤儿》,不解其意。今天才意识到是双重杯具,一是生活在雾都,二是个孤儿。"更有冷笑话云:"悟空:'师父,前方烟雾缭绕,如仙境一般,怕是到西天大雷音寺了吧?'唐僧:'悟空,那是北京市区!如此仙境,难怪是全国幸福指数最高的城市了!要不,你留下吧!'悟空:'师父,我要去西天!'唐僧:'徒儿不知,留在此地是去西天最快的方式。'"

　　中国工程院院士钟南山说:"大气污染这些东西是跟整个环境,跟外环境、内环境相关的,这个比非典可怕得多,非典你可以考虑,可以隔离,可以想各种方面的办法,但是大气的污染、室内的污染是任何人都跑不掉的。"日本担忧中国污染物随风飘至,呼吁民众紧闭门窗。"北京咳"已被外国人印入旅游指南,提醒"灰霾危险"。北京十年来肺癌增加了60%,空气污染是一个非常重要的原因。更为重要的是,"从更长远地考虑,对人体造成更大的危害还在后头"。

十面霾伏,当然是灾难,同时也是一种提醒,它警告我们,一定是我们的生产方式、生活方式出了某种毛病,雾霾才如影随形,穷追不舍。如果我们不痛改前非,连喘口气都忧心忡忡,关于未来的所有愿景都会黯然失色。

祸 从 口 出

释义 灾祸从口里产生出来。指说话不谨慎容易惹祸。
出处 晋·傅玄《口铭》:"病从口入,祸从口出。"
示例 "在这样'～'之秋,给自己也辩护得周到一点罢"(鲁迅《华盖集续编·再来一次》)。
重组

祸 从 口 入

　　词汇里本来有贬义词,使用者若不以为贬,或反其义而用之,人多势众,日久天长,贬义就被淡化或修改。例如"吃货"一词,原义是指光会吃不会做事的人,是骂人话,现在则成了美食爱好者之间的自称或他称,尽管多用于开玩笑场合,但贬义已荡然无存,反显得褒义颇浓,不能不承认,"吃货"比美食家来得生猛,来得亲切。

　　可惜,众多"吃货"未必人人都能清醒意识到,"吃货"也意味着"吃祸",祸从口入。骗子张悟本鼓吹"把吃出来的病吃回去,"固然是忽悠公众,但许多病是吃出来的却是不争的事实,国人生活水平方至小康,但"富贵病"已来势汹汹:据卫生部调查,中国有22%的人超重,6 000多万人因肥胖而就医,高血压3亿多人,糖尿病5 000多万人,高血脂1.6亿人。全国每天由于"富贵病"导致死亡人数超过1.5万,占死亡总人数的70%以上。生活中一提起"垃圾猪"就皱眉头、避之唯恐不及的人,不在少数,却不妨碍这些人对"垃圾食品"恋恋不舍。世界卫生组织(WHO)最近公布的全球十大垃圾食品油炸类食品、腌制类食品、加工类肉食品、饼干类食品、汽水可乐类食品、方便类食品(方便面和膨化食品)、罐头类食品(包括鱼肉类和水果类)、话梅蜜饯类食品(果脯)、冷冻甜品类食品、烧烤类食品,算得上"吃货"们最爱,几乎形影不离。

　　《小康》杂志"2011～2012中国饮食小康指数调查"发现,在中国人最重视的"吃的问题"中,"口味"排在第一位,远远超过了排在第五位的"健康",七成人有路边摊用餐习惯,烧烤类食品仍受欢迎,显然,中国人"祸从口入"的危机广泛存在,要养成"营养"与"健康"的饮食理念,还有长长一段路要走。

文人相轻

释义 指文人之间互相看不起。
出典 三国魏·曹丕《典论·论文》:"文人相轻,自古而然。"
示例 "虽~,自古而然,而谓三公必传,可与松雪、恩翁争席者,则吾未敢信也"(清·钱泳《履园丛话·书学·总论》)。
重组

文人相亲

　　自打三国时曹丕在《典论·论文》中一锤定音:"文人相轻,自古而然",人们就不大愿意思考是否有例外,文人能否相亲了,实际上,文人并非一味地相轻,在不同历史阶段,文人中,相亲者亦大有人在。

　　唐代诗人白居易晚年极喜欢李商隐诗,他曾经对李商隐说:"我死了之后,如果能投胎做你的儿子,就知足了。"白居易逝去数年之后,李商隐果然生了一个儿子。想起白居易之愿,遂给儿子取名为"白老"。今生情未了,缘定来世,足以见文人相亲已愈"骨灰级"。

　　20世纪80年代,诗人流沙河初见台湾诗人余光中诗,"满心欢喜,""特别是余光中的《当我死时》、《飞将军》、《海祭》等诗最使我震动。读余光中的诗,就会想起孔子见老聃时所说的话'吾始见真龙'。"同为诗人,一位赞另一位为"真龙",文人相亲,莫甚于此。之后,流沙河四处宣讲余光中:"讲余光中我上了瘾,有请必到,千人讲座十次以上,每次至少讲两小时,不能自已。为此还闹出不少笑话。"原来,流沙河本名余勋坦,大哥叫余光远,有读者误以为余光中是他二哥,据此推算,家中该有个三哥余光近,这样,远、中、近就排齐了,而当时,流沙河根本不认识余光中,连面都未见过。余光中因《乡愁》家喻户晓,"余光中热"在大陆持续升温,经年不衰,流沙河有首倡之功,功不可没。文人相亲,又添范例矣。

放下屠刀，立地成佛

释义 佛教认为，人皆有佛性，作恶之人弃恶从善，即可成佛。后来发展成为劝导作恶之人停止作恶。

出典 宋·释普济《五灯会元》卷五三："广额正是个杀人不眨眼底汉，放下屠刀，立地成佛。"

示例 "从来说：'孽海茫茫，回头是岸；～'"（清·文康《儿女英雄传》二一回）。

重组

放下屠刀，异地成佛

宋代诗人杨万里咏杭州西湖绝句"毕竟西湖六月中，风光不与四时同。接天莲叶无穷碧，映日荷花别样红"，脍炙人口，千载传诵。绝句题为"晓出净慈寺送林子方"，净慈寺本是杭州西湖四大古刹之一，寺内"南屏晚钟"为西湖十景之一。不光诗人当年不曾预想到这一方红尘净土，居然会成为藏污纳垢所在，更想不到以高僧面目出现的监院（住持）惟迪法师竟然是江西一起灭门案三名主犯之一。

惟迪法师俗名徐心联，从1994年到2011年17年间，更名换姓，游走于僧俗两界，也曾萌念自首，终于选择隐匿逃避，当年连青蛙都不敢杀的徐心联，向被害人砍出第一刀后，人间蒸发，到厦门佛学院求过学，在福州西禅寺、普陀山普济寺、嵩山少林寺参过禅……仅有初中文化的他，先后取得浙江大学成人本科学历、土木建筑工程师二级资格证，其书法作品还曾获得当地市级比赛三等奖。他主持恢复重建了杭州城北香积寺，并任住持。2011年兼任净慈寺监院（等同住持），从此开始乘坐奥迪A6，来回奔波于两寺之间。

隐居杭州11年间，徐心联成为杭州市青年联合会委员，净慈寺、香积寺两寺院的监院，多次出国访问，代表净慈寺接待各路宾客名流。不能说徐没有慈悲心：逃亡17年间,他曾参与杭州各类慈善活动,带头无偿献血,低调捐建过家乡九江一座佛像。开示佛法,和声细语,全无暴戾之气。他常年抄写《金刚经》,已习得一手娟秀小楷。也不能说徐没有忏悔意：逃亡期间,他每日均在为亡灵超度,并努力行善,以补救过错。徐某对归案并不抗拒,他曾到欧洲、亚洲等多地游历讲学,但从未想过出境逃亡。"要跑早就跑了,人家请我去国外,我都没跑。"因为"当年的苦果由自己种下,如今当有此业报。"即使在看守所里,徐某依旧每天打坐修行,还用佛理感化身边犯罪嫌疑人。看来徐心联学佛,算得上身体力行,当年若非一失足成千古恨,早有光明人生向他招手呢。

如意算盘

释义 比喻考虑问题时从主观愿望出发,只从好的方面着想打算。
出典 清·李宝嘉《官场现形记》四四回:"好便宜!你倒会打如意算盘!十三个半月工钱,只付三个月!你同我了事,我却不同你干休!"
示例 "振铎常打～,结果似乎不如意的居多"(《鲁迅书信集·致沈雁冰》)。
重组

如愿算盘

中国四大发明,广为人知,如果推选"第五大发明",你会想到何种事物呢?如果没想好,从此不必想,记住就是了:2013年12月4日,珠算正式列入人类非物质文化遗产名录。早在2008年,珠算就被列入第二批中国国家级非物质文化遗产名录。翌年即申报联合国"人类非物质文化遗产代表作名录",五年后方如愿以偿。联合国教科文组织曾介绍说,珠算是中国古代的重大发明,伴随中国人经历了1 800多年的漫长岁月。它以简便的计算工具和独特的数理内涵,被誉为"世界上最古老的计算机"。

乔羽1984年为电视剧《算圣刘洪》创作主题歌《算盘歌》,把珠算神通描绘得淋漓尽致:"下面的当一,上面的当五,一盘小小的算珠儿,把世界算了个清清楚楚……","……天有几多风云,人有几多祸福,君知否这世界缺不了加减乘除。"中国设计、制造第一颗人造地球卫星,"文革"后首次高考阅卷,陈景润攻坚"歌德巴赫猜想"解决数学运算难题,都充分地使用过算盘。

尽管十年前珠算被清理出小学教材,但故乡受冷遇,不等于他乡无知己:如今连计算机故乡美国,都成立了"美利坚珠算教育中心",把珠算当作"新文化"来引进;日本每年8月8日都会庆祝算盘节。有信息表明,国外在正兴起"中国算盘热"。

"三下五除二"、"一推六二五"、"三一三十一"等等,既是珠算口诀,又是常用成语。如今这些成语还活跃在人们的语言交流中,作为这些成语的载体——算盘,只有魂兮归来,"人类非物质文化遗产",才算名副其实。

自言自语

释义　自己对自己说话。
出典　元·无名氏《桃花女》第四折:"你这般鬼促促的,在这自言自语,莫不要出城去砍那桃树吗?"
示例　"她往往~地说:'她现在不知道怎么样了?'"(鲁迅《祝福》)
重组

自言共语

　　生活中人与人离不开交流,交流最常见形式就是聊天。聊天的前提通常是要听得懂对方说什么,有来有往,有问有答,但这并不意味着听不懂对方的话,就构不成交流,有时候,自言自语藏身于群言共语中,乍一看看不出来。

　　照理说,人少时容易交流,其实未必。纪申撰文回忆贾植芳:"记得一次在虹口鲁迅纪念馆内,大会后,与会的人都聚往一处临池展现书法。植芳老哥独一人枯坐休息室内幽思。我因未敢随人前往献丑,遂得与老哥并坐交谈。要说,他一口山西腔,我未能全都听懂;而我的满嘴四川话,他也未必尽明。彼此却滔滔不绝,似不关一切地畅吐胸臆。"

　　聚会时人多,七嘴八舌显得热闹,交流殊为不易。陆文夫《做鬼亦陶然》文中写道:"喝酒总是要有个借口,接风、送别、庆祝、婚丧喜庆、借酒浇愁……我和高晓声、叶至诚、林斤澜、汪曾祺等几个人坐在一起饮酒时,什么也不为,就是要喝酒。无愁可浇,无喜可庆,也没有什么既定的话要说;从不谈论文章,更无要事相托,谈的多是些什么种菜、采茶、捕鱼、摸虾、烧饭……东一榔头西一棒,随便提及,没头没尾。汪曾祺听不懂高晓声的常州话,我也听不大懂林斤澜的浙江音,这都不打紧,因为弄到后来谁也听不清谁讲了些什么,也不想去弄懂谁讲了些什么。……没有什么目的,只求一种境界:云里雾里,陶然忘机。"

　　此时此刻,彼时彼地,说什么并不重要,重要的是说。自言共语,显然形式大于内容,没关系,形式与内容没必要永远统一。

视死如归

释义 把死看得跟回家一样,十分平静。形容不怕牺牲。

出典 《韩非子·外储说左下》:"三军既成阵,使士视死如归,臣不如公子成父。"

示例 "史臣有赞云:壮哉鉏麑,刺客之魁!闻义能徒,~。报屠存赵,身灭名垂。槐阴所在,生气依依"(明·冯梦龙《东周列国志》五十回)。

重组

视睡如归

张爱玲给人印象颇为寡情,其实与其姑感情甚笃。《姑姑语录》记述说:"有一天夜里非常的寒冷。急急地要往床里钻的时候,她说'视睡如归'。写下来可以成为一首小诗:'冬之夜,视睡如归'。"

视死如归,壮怀激烈,尘世难逢;视睡如归,儿女情长,枕边常遇。这么一改,不光人间烟火飘曳,更有一番意味氤氲其中:天地夜与昼,人生睡与醒。生为短睡,死即长眠。

现代生活特征,说起来怎一个"忙"了得?富人活着忙,穷人忙着活。形象说法叫"两眼一睁,忙到熄灯"。熄灯后应该做可能做只能做的,除了睡觉,别无他选。

尽管有人欲于墓碑上留言:"生时何需久睡,死后自会长眠",绝对真理,无可辩驳,落实到个体身上,睡眠长短差异颇大:长睡者每天超过九小时,短睡者则少于六小时。马克思、丘吉尔、拿破仑、鲁迅、周恩来等属于短睡型;爱因斯坦、康德、笛卡尔等属于长睡型,并不妨碍他们成为伟人。刘德华号称"刘铁人",可以一天只睡一个小时,而且精神奕奕;村上春树每晚九点准时就寝,同样也是名人照当不误。

芸芸众生,碌碌吾辈,多半属于中睡者。每天睡上八小时,耗去生命三分之一,一向被视作睡眠"北京时间"。近来有调查表明,说人睡八小时比睡七小时死亡率来得高,当真不得。倒是最新研究成果说睡眠质量取决于基因,更为可信。为自己睡眠时间长短斤斤计较大可不必,顺其自然,方为上策。人到多情情转薄,贪睡总比失眠好。

话不投机半句多

释义 彼此心意不同,谈话不能相契,干脆就沉默不言。
出典 宋·欧阳修《春日西湖寄谢法曹韵》:"酒逢知己千杯少,话不投机半句多。遥知湖上一樽酒,能忆天涯万里人。"
示例 "这日大家畅饮,正是'酒逢知己千杯少,～',不知不觉,喝了个酩酊大醉"(清·贪梦道人《彭公案》二六回)。
重组

花不投机半朵多

情侣之间,赠花传情,吾土有传统,《诗经》有描述:"维士与女,伊其相谑,赠之以勺药"(《溱洧》)。当年红男绿女赠"勺药",大约同今日怨男痴女送玫瑰,没什么两样,只不过先民情感单纯,你赠我受,满心欢喜,数量多寡,无须在意,不像今日,玫瑰少一朵,险些酿悲剧。

2008年情人节,长春男孩小军在平阳街某花店买下18枝玫瑰,本来让女友小莲高兴一下,消除年来相处中的一些小误会,欲借玫瑰数量寓意,间接表达一点歉意,希望彼此真诚相处下去。

二人见面,小军送上玫瑰,小莲欣然收下,边走边商量到哪儿吃饭庆贺一下,没走多远,小莲突然怒问:"怎么只有17朵花,你啥意思?"小军忙解释他买的是18朵,寓意是"真诚";小莲见小军不承认,便让小军同她一起数花。"真是17朵!"小军也发现数量不对时,小莲大声喝问:"你知道17朵花代表什么吗?代表绝望无可挽回的爱,咋的,不想和我处了!"说罢,掷花于地。小军也觉得委屈,一个劲解释,小莲却趁小军不注意,拿出水果刀,向自己左腕割去,小军见女友手腕鲜血直流,忙打电话报警,后经巡警和围观群众劝说,小军搀扶小莲到医院包扎,所幸并无大碍,二人和好如初。小军表示今后要善待女友,不让女友伤心。

玫瑰玫瑰我爱你,欲借玫瑰表心意。花语本是舶来品,消化不良演悲剧。花语分歧,害人不浅;如此花语,多知不如少知,少知不如不知。

臭不可当

释义 形容人名声极坏。

出典 唐·柳宗元《东海若》："东海若陆游,登孟诸阿,得二瓠焉,剖而振其犀而嬉,取海水杂粪壤蚑而实之,臭不可当也。"

示例 "原来公坊那年自以为～的文章,竟被霞郎估着,居然掇了巍科"（清·曾朴《孽海花》五回）。

重组

臭不可逐

西门庆何许人也？读过《金瓶梅》者不会陌生。此人不仅是小说主角,且集恶霸、奸商、淫棍于一身。这样一个大坏蛋,反派典型,早已是个遗臭万年的角色,不料时来运转,竟然有山东阳谷县、临清市、安徽黄山市两省三地争抢"西门庆故里"名份,奢望以"西门庆故乡人"自居。阳谷县准备兴建"金瓶梅文化旅游区建设项目",复原西门庆和潘金莲幽会地点；临清市则提出打造"西门庆旅游项目",重修王婆茶馆、武大郎炊饼铺等,并制作西门庆7个妻妾的"精美画像"作为旅游工艺品。消息传出,舆论哗然。

西门庆并非历史人物,而是一个以"大淫贼、大恶霸、大奸商"面目出现的文学形象。硬给一个虚构人物打造"故里",罔顾常识,要多荒唐有多荒唐。再说,就算实有其人,如秦桧、严嵩之流,早已被钉在历史耻辱柱上,人们避之唯恐不及,若有人不以为耻,反以为荣,不择手段,不顾是非不分忠奸,掘地三尺,遇到历史名人就高攀,甚至于非真实名人也敢攀,以丑为美,以非为是,岂不是冒天下之大不韪,将自己定位于逐臭之蝇、附膻之蚁？是非善恶观何在？莫不是人以群分,穿越古今,一些人欲做西门庆而不得,借助于打造其"故里"来点意淫？不知打造"西门庆故里"项目上马前是否搞过民意调查,很难想象一座城市的居民会认可西门庆作为"城市代言人",让祖国的花朵、未来的主人在这样的文化氛围里成长,于心何忍,于情何堪?

东吴弄珠客在《金瓶梅词话》序言中说读《金瓶梅》而"……生畏惧心者,君子也;生欢喜心者,小人也;生效法心者,乃禽兽耳"。诚哉斯言,若非"生欢喜心",怎么会想到打造西大官人"故里"呢,为何君子不当当小人?

种瓜得瓜，种豆得豆

释义 种什么，收什么。比喻做了什么事，得到什么样的结果。
出典 《涅槃经》："种瓜得瓜，种李得李。"
示例 "夫～，因果之相偿也"（清·纪昀《阅微草堂笔记》）。
重组

种瓜得豆

说到中国"毛线圈"，人多知恒源祥是个"腕儿"。而提起恒源祥，人们不难想到"羊羊羊"。"恒源祥，羊羊羊"广告从1991年开播，连续重复3次，历时仅15秒。简单是简单，却让人记住了这家80年历史老字号。

今非昔比，鸟枪换炮，恒源祥拜年推出新广告：从猪年除夕到鼠年正月初七，东方卫视、湖南卫视、山东卫视等6家电视台滚动播出了恒源祥十二生肖广告——广告画面静止不动，以白色为基本色调，中间"恒源祥"三个巨大黑体字，画外音则用简单语调从"恒源祥，北京奥运赞助商，鼠鼠鼠"，一直念到"恒源祥，北京奥运赞助商，猪猪猪"，十二生肖，一个不落。这一分钟广告，招来一片骂声，引发一通恶搞。

恒源祥事后在北京召开新闻发布会解释说，这是用娱乐形式向大家拜年。拜年总得让人开心，既然大家闹心，就不能不怀疑你到底有无诚心。

观众对此广告极为反感，神经几欲崩溃；厂方却正中下怀，竟无半点儿惭愧：只要有人关注，唾骂相当于赞美。尽力压缩成本，重复、持续，宁愿被骂也不愿被忘记，恒源祥集团营销方针既定，至今不改。商家如此重复轰炸耳朵，不能说一点效果没有，起码观众记住了恒源祥。只是观众心里有本账，绝不会把"败笔"当成华章。

好广告令人绝倒，劣广告把人气倒。广告既云经典，既明确表达企业诉求，又尊重公众接受心理。广告制作当然要尽量显示制作者智商，同时绝不能低估接受者智商。创意不足，不是你的错，可是知错不改，一味折磨观众就不对了。不择手段，不忌低俗，做不成最好的，就做最坏的，到头来难免南辕北辙，种瓜得豆。

顾名思义

释义 看到名称就联想到它的意义。

出典 晋·陈寿《三国志·魏志·王昶传》："故以玄默冲虚为名,欲使汝曹顾名思义,不敢违越也。"

示例 "桂花蝉～,想是香味如桂花,或因桂花开时乃有,未详"(鲁迅《两地书》七七)。

重组

顾名思菜

中华料理,有口皆碑;菜名文化,独烁其辉。与时俱进,无可厚非,一头雾水,啼笑皆非。

"松仁玉米"本是东北餐馆一道常见菜,主料辅料皆为黑土地所产,喜食乐点,老少咸宜,不少餐馆为其取了新潮名字"生儿育女",一下子扯到"基本国策"上,云里雾里,难辨东西。

新潮菜名,假为基调:如"穿过你的黑发我的手"就是海带炖猪蹄,黑发与手皆不见;"走在乡间的小路上"就是红烧猪蹄,盘边上镶点香菜;如今这猪多为流水线生产,哪有"乡间的小路"好走;大为风格:兵不厌诈,名不怕大,一盘家常菠菜拌木耳,敢标成"波黑战争",明明是西红柿炒鸡蛋,偏取名为"关公战秦琼"(红脸与黄脸);空为特色:一块大豆腐,上插一张刘德华照片就成为"白马王子",白萝卜、冬瓜、蘑菇平素不起眼,汇在一起,就成了"桃园三结义"。淫为潮流:菠菜上纵卧两支人参,唤作"赤身裸体";几片香肠伴以菜叶,竟呼"伟哥可爱";鸡鸭合盘,便是"孤男寡女";雌雄河蟹,称之"男欢女爱";黄绿豆芽同炒,注定"勾勾搭搭";拔丝苹果,难免"如胶似漆";奶品炸成"包二奶";就连扬州"宫廷红枣",到了河北遵化,摇身一变,成了"小蜜傍大款"……

菜名疯狂,食客抓狂。菜名古怪,无益有害。菜名"假大空淫",花样百出,误入歧途;返璞归真,方为正路。

死灰复燃

释义 比喻已经停止活动的事物重新活动起来或比喻原有的念头、想法重新出现。

出典 汉·司马迁《史记·韩长儒列传》："……其后安国坐法抵罪,蒙狱吏田甲辱安国。安国曰:'死灰独不复然(燃)乎?'田甲曰:'然即溺之。'"

示例 "儒家的理论,非等到董仲舒不能～的"(闻一多《什么是儒家》)。

重组

死词复言

三八节是现行法定节日中唯一一个女性专属节日,迄今已有上百年历史。作为一个缩略语,"三八"无疑是个名词,可是在香港、台湾电影中,观众不难发觉,剧中人物说某某"三八",竟不乏形容色彩,这是怎么回事?难道在粤语或闽南话里,"三八"另有别解?非也。

"三八"不是方言词汇而是道地中原词汇。刘福根著《汉语詈词研究》,梳理"汉语骂詈小史",内列"三八"条目,释为"俗谓素性生硬、作事乖张,曰'三八'。典出〔元〕元怀《拊掌录》:'北部有妓女,美色而举止生梗,人谓之生张八。寇忠愍(准)乞诗于(魏)野,野赠之诗云:'君为北道生张八,我是西州熟魏三。莫怪尊前无笑语,半生半熟未相谙'。座客大发一噱"(沈括《梦溪笔谈·艺文三》早载此事,唯"生梗"作"生硬","人谓"作"士人谓",文字稍异,当为《拊掌录》所本)。魏野因排行第三,自称"魏三"。"三八"当系源自"魏三"、"生张八"。

宋代中原地区百姓大量移民闽、粤,遂将家乡"俗语""三八"带离故土,最终越过海峡、扎根台湾,成为台湾"省骂"。反观大陆,"三八"则"笑渐不闻声渐悄",早已退出现代汉语交流舞台,随着两岸交往日深,"三八"遂有返乡之旅。表面看,"三八"与"三八节"剪不断、理还乱,实际另有渊源。满足于望文生义,岂不既亵渎女性节日,又怠慢汉字文化遗产?

喋喋不休

释义 唠唠叨叨,说个没完没了

出典 《汉书·张释之传》:"夫绛侯、东阳侯称为长者,此两人言事曾不能出口,岂效此啬夫喋喋利口捷给哉!"

示例 "廖二嫂还满腹闷气,～"(沙汀《呼嚎》)。

重组

被被不休

　　一个人不管学历多高,总是在小学阶段就开始接触"被动句",同时知道被动句式以"被"为标志。推算起来,一个"五〇后",最初知道"被字句",至少要到 20 世纪 60 年代。但"五〇后"绝不会预料到,近半个世纪后,"被"字也当之无愧地被选为 2009 年度汉字;"被字句"居然全线飘红。只可惜重逢不是歌,不闻喜和乐,反尝苦和涩。

　　2009 年,"被××"成为一种万能句式:"被自杀"、"被中奖"、"被就业"、"被小康"、"被增长"、"被失踪"、"被幸福"、"被代表"、"被和谐"……不胜枚举,活跃于公众视野。这个网络热字表达了人们太多的复杂情绪。华中师范大学副校长、国家语言监测与研究中心主任杨宗凯说:"'被'字大流行不仅反映了偶尔的无奈,同时也反映了时代的进步。人民的意识在增强,一切不合理不文明的行为现象都将受到关注,一切合民意顺民情得民心的都将得到认同。'被'字反映的是人与人之间的尊重和理解。""被"字是面双面镜,折射出强势者依旧专横,弱势者开始觉醒。

　　"两会"代表委员认为,"被字句"的流行,背后传播的是信任危机,如果不加警惕,将对政府公信造成损害。增强政府公信力,必须从制度设计着手,加强对政府的监督和约束,减少群众"被"感觉。这正是:

　　　　被二连三被不休,

被时代里被风流。
公民权利被异化,
此起彼伏被忽悠。

行不更名，坐不改姓

释义 任何情况下都不隐瞒自己的真实姓名。形容为人处世光明磊落。
出典 元·无名氏《单刀刀劈四寇》四折："兀那四个草寇你听者，某行不更名，坐不改姓，薄州解良人也，姓关名羽字云长。"
示例 "我～，都头武松的便是"（明·施耐庵《水浒传》二七回）。
重组

行须更名　坐不改姓

梁山好汉武松杀了西门庆，刺配途经十字坡，险些被母夜叉孙二娘用药麻倒，做成人肉包子，他向孙二娘老公菜园子张青自报家门道："我行不更名，坐不改姓，都头武松的便是"。虽是小说家言，想必去现实未远，古人纵不解姓名权为何物，对自家姓名却是颇为看重，不肯轻易改动的。

武松若是活在当下，这番话则未必管用：盖自2005年起，我国公安机关开始放二代身份证，凡姓名中所含冷僻字难有合法身份，若想办证，先得改名。逼人改名，涉嫌"懒政"。怎奈有证走遍天下，无证寸步难行。基于此，全国上百万人无可奈何，被迫"自愿改名"。

冷僻名字与二代身份证，对公民来说是否"鱼和熊掌"般不可兼得？赞改者理由充分：姓名本是符号，宜便于沟通，难读难解，阻碍沟通，留它何用？不改者据理力争：公民姓名权不能因电脑软件不完善而受到侵犯，如果二代证发放早些年启动，前总理朱镕基要不要改名？全社会皆以人为本，身份证岂可以电脑为本？古老汉字文化正是借助一些名字来传承的，限制使用生僻字乃不尊重历史文化之表现也。

我国《民法通则》明确规定：公民有权决定、使用和依照规定改变自己的名字，禁止他人干涉、盗用、假冒。参照《中华人民共和国通用语言文字法》（2001年1月实施），姓名中出现"冷僻字"并不违法。既然不是文字惹的祸，就是办证部门出的错了。只要法律层面没有问题，技术层面问题就不难解决，就看想不想解决，扩大一下姓名用字字库，总不会比飞天登月还难吧。

旗开得胜

释义 刚一打开旗帜进入战斗,就取得了胜利。比喻事情刚一开始,就取得好成绩。

出典 元·李文蔚《蒋神灵应》:"显威灵神兵相助,施谋略旗开得胜"。

示例 "～姜文焕,一怒横行劈董忠"(明·许仲琳《封神演义》九四回)。

重组

旗开得讽

　　锦旗另类,彰显智慧,小小一面锦旗,本来用以表达敬意,表示谢意,如今则别有用意,传递讽意,表达憎意:2010年11月下旬,无锡小伙周力因所在单位经常加班却不发加班费,向劳动监察部门反映,获答复"没法管",一气之下,做了一面"不为人民服务"锦旗送给无锡新区劳动保障监察大队。12月下旬,郑州一些市民来到郑州市城乡规划局门口,当场打开一面锦旗,锦旗上面写着六个大字——"为人民币服务",赠送锦旗者是为南华小区全体业主。南华小区业主所以对郑州市城乡规划局不满,主要是因为规划局在业主激烈反对下,将南华小区的消防通道和大门批给了一家公司,建设一幢28层的高楼,小区业主一直就高楼的施工问题向多方面投诉,从未得到满意答复。

　　2011年8月,沈阳某市民因在铁西区中国家具城工商所管辖范围内的一家大型超市买到假冒伪劣食品,并向该工商所进行举报,3个月后仍未得到任何答复。故制作了一面"行政执法,不作为奖"的锦旗,以示讽刺。所长接受锦旗后淡定地表示"这是他们应该做的",按惯例表示感谢,并解释说,他只是习惯性地认为锦旗是进行表扬的,"不"字被忽略了,自己被"忽悠"了。2012年5月,长沙网友"潇湘雪"因驾车违章被扣驾照,前后跑了4个中队,遭遇多次碰壁,费时10余天才将驾照拿回。"潇湘雪"投诉涉事交警队,并赠送"踢皮球先进单位"锦旗。

收到"不作为"类锦旗,如何作为,正可检验当事单位能否容得下、听得进"尖锐批评",找茬儿报复是下策,欣然接纳为上策。2011年1月,海南农民把"村民心中最不作为奖"锦旗送给文昌东郊镇镇政府,该镇政府不仅接下锦旗,还将其挂到墙上,"作为鞭策"。将坏事变好事,村民有智慧,领导有勇气。

冷嘲热讽巧安排,另类锦旗送出来。

受旗单位当警醒,民生疾苦须挂怀。

名 正 言 顺

释义 原指名分正当,说话合理。后多指做某事名义正当,道理也说得通。
出典 《论语·子路》:"名不正则言不顺;言不顺则事不成。"
示例 "小生得官回来,谐两姓之好,却不～"(元·郑德辉《倩女离魂》第二折)。
重组

名 正 行 顺

献血是件大好事,既可挽救生命,又能促进自身新陈代谢,增强免疫力和抗病能力,还会刺激人体骨髓造血器官,保持旺盛造血状态。按规定献血,对身体不会有任何影响,反而有利于健康。1998年10月1日,《中华人民共和国义务献血法》开始实施,人们对献血已不存在认知障碍。

同样是挽救生命,捐献骨髓还做不到献血这般轻松:有家刊物曾做过一次明星访谈。问明星们是否献过血,是否捐献过骨髓。明星们或者说已经献过血,或表示只要有需要绝不会犹豫。可对献骨髓就吞吞吐吐。既无人捐献过,也无人说毫无顾虑。

"捐献骨髓",顾名思义是把自己的骨髓抽出来捐给别人。十多年前,为获得足够的造血干细胞,需在局部麻醉下经多次骨穿才能完成。术后会出现一些不适。不过,近十年来,情况已经大为改观,科学家们想了很多办法把骨髓中具有造血功能的干细胞"动员"到血液中去,然后,把抽出来的血通过分离机把造血干细胞分离出来。即现在捐献骨髓实际上已变成捐献造血干细胞,不用再做骨穿而只需要抽血了。只需约50～200毫升外周血即可得到足够的造血干细胞。干细胞被分离出来后血液还可回输到捐献者体内。造血干细胞具有强大再生功能,捐献后人体会在短时间内恢复原有细胞数量,因此,不会感到任何不适,亦不需额外休息和调养。有人有感于此,强烈建议改"捐献骨髓"名为"捐献造血干细胞","骨髓"库亦随之改名为"造血干细胞库",吓人色彩当由此稀释不少,倘能实现,对于捐献者而言,精神压力骤减,疑虑速消,益处不言而喻。

有情人终成眷属

释义 彼此有情爱的人终于结为夫妻。

出典 元·王实甫《西厢记》第五本第四折:"永老无别离,万古常完聚,愿天下有情的都成了眷属。"

示例 "男大当婚,女大当嫁,不说伯母操心,我们做同志的哪个不希望他们也能～"(司马文森《风雨桐江》)。

重组

有钱人终成眷属

一场婚恋节目结束时,女主持一不留神说走了嘴,来了句"愿天下有钱人终成眷属",惹得现场观众哄堂大笑,女主持也羞红了脸。因为此话原版是"愿天下有情人终成眷属",老辈人都知道。其实,女主持只是一时走了嘴,并未花了眼,过了不久,"有钱人终成眷属"就成了网络流行语,土豪相亲会屡屡勾人眼球,一语成谶,未卜先知。

"天下有情人"多的是,"终成眷属"者则不成正比,人们所以拿《泰坦尼克号》当"催泪弹",就在于民工画家和千金小姐绝对是"有情人",偏偏不成眷属,纯爱无果才感人。一旦船没沉,民工画家没死,还和千金小姐上了岸,同了居,结了婚,日子过得一地鸡毛,电影还有什么看头?"爱情恒久远,钻石永流传"。没有钻石相伴,爱情能走多远?联想电脑广告早已给出答案:"人类失去联想,世界将会怎样?"实话实说,不好想象。

名人实例不难举:昔日国家跳水队"金童玉女",商家借二人名字组合"亮晶晶"大秀广告,铺天盖地,舆论板上钉钉,粉丝赈等喜糖,不料,豪门公子一出手,"亮晶晶"顿时化乌有。好在"有钱人"与"有情人"较劲,并不一味凯歌高奏,"有情人""有情"依旧:中国男排二传手汤森救球受伤高位瘫痪,其新婚妻子中国女排接应二传周苏红一面努力训练、比赛,一有时间就赶往医院护理夫婿,实践着二人当年情诗:"直到生命终止时,我依然那么爱你。"

　　古典爱情故事多,现代爱情事故多。社会多元,追求各异:有人在乎天长地久,有人只求曾经拥有。"愿天下有情人终成眷属",经典爱情不能只限于过去,完全有理由演绎为新时代传奇。

先斩后奏

释义 原指臣子先把人处决了,然后再报告帝王。现比喻未经请示就先做了某事,造成既定事实,然后再向上级报告。

出典 《新五代史·梁臣传·朱珍》:"珍偏将张仁遇白珍曰:'军中有犯令者,请先斩而后白。'"

示例 "这个事非我自己办不可,我就挑上了你,咱们是~"(老舍《骆驼祥子》)。

重组

先整后奏

古人云:"士为知己者用,女为悦己者容。"时代不同了,老话不灵了:今日女性即使为取悦老公而整容,竟然有相当比例男性并不赞同。

2005年,中央电视台与新浪网联合搞过一次关于女性整容的网上调查,女性表示愿意整容的比例是45%,不愿意的比例是55%,男性反对女性整容的约占30%,不反对的比例是49%,表示支持的比例占21%。但男性反对自己的妻子或女朋友整容的比例增加了一倍多,占61%,男性反对伴侣整容占到了六成,足以使众多欲"悦己者"惊诧莫名。

"韩流"袭击中国后,韩剧中那些人造美女,令不少中国女性心向往之,身行动之。

女性喜欢整容,是因为女性多属完美主义者,希望自己容貌、身材过得硬;男性多是现实主义者,只求伴侣容貌、身材过得去。女人通过整容,可以提升自信;男性反对整容,便于掌控伴侣。一旦伴侣整成"万人迷",凭什么约束对方只迷自己?

南京东南大学附属中大医院整形外科一项相关调查表明:46.7%的丈夫反对妻子做整形美容手术,90%的被调查女性表示"做完手术再告诉丈夫"。可见尽管"爱美之心人皆有之",但如何认识"美",实现

"美",男女理念大有不同。

　　整容、整形都是人类自恋的体现,而自恋恰是人类进步动力之一。美容、整形不单是医学问题,背后牵涉着新旧观念冲突、家庭内部稳定等诸多问题。武汉有个女孩王莉(化名)整容整成"万人迷",男友担心她变心,竟拽着她去医院,要求恢复原貌。早知今日,何必当初?旧貌换新颜,有苦也有甜。东施变西施,先过心理关。

正中下怀

释义 正合自己的心意。

出典 明·施耐庵《水浒传》六三回:"蔡福听了,心中暗喜,如此发放,正中下怀。领了钧旨,自去牢中安慰他两个,不在话下。"

示例 "假使第一消息发出后,没有遭到立即抗议,或抗议而不严烈,那就~:国民党的确'融化'了共产党,中国也就当真没有共产党了"(郭沫若《洪波曲》第六章)。

重组

正中上怀

明朝才子解缙文思敏捷,一次成祖朱棣对他说:有一书句很难对句,就是"'色难'。"解缙应声道:"容易"。朱棣一时没反应过来,就说:"你既然说容易,为何迟迟没对出来?"解缙说:"刚才已经对上了"。朱棣遂恍然大悟:原来"色"对"容","难"对"易"。

才子有个通病,就是自视甚高,目中无人,他人皆在嘲讽之列。民间演义说解缙科举高中,情不自禁,慌不择路,通知亲友时,天雨路滑,不小心摔了个跟头,周围人见了哄然大笑,解缙口占打油诗调侃道:"春雨贵如油,下得满街流,滑倒解学士,笑煞一群牛。"

若说解缙是枚铜钱,讽下是背面,媚上就是正面。一次他和朱元璋一块儿钓鱼,不断得手,朱元璋却一条不条,倍感失落,解缙即刻吟诗一首:"数尺丝纶入水中,金钩一抛荡无踪。凡鱼不敢朝天子,万岁君王只钓龙。"正中上怀,龙颜大悦。有一回朱元璋故意难为他:"昨天宫里出了喜事,你吟首诗吧。"解缙以为皇帝得了儿子,马屁顺嘴而出:"君王昨夜降金龙,"不料朱元璋转口道:"是个女孩儿,"解缙也立即改口:"化作嫦娥下九重。"朱元璋又说:"生下来就死了。"解缙话锋一转:"料是世间留不住,"朱元璋再逼一步:"已经把她扔到水里去了!"解缙接着吟道:"翻

161

身跳入水晶宫。"马屁拍到这份儿上,可谓前无古人,却不能说后无来者:一次纪晓岚失口称乾隆为"老头子",乾隆不高兴,要其解释,纪晓岚答:"皇帝称万岁,岂不为老?皇帝乃万民之首,岂不为头?皇帝乃真龙天子,岂不为子?"乾隆转怒为喜,免罚平身。

封建王朝已成陈迹,"正中上怀"言行却远未绝迹,整个社会特别是上层领导,不可不提高警惕。

马失前蹄

释义 比喻偶然发生差错而受挫。
示例 不料战马气力已乏,忽然～,将任大海从马上翻跌下来(清·唐芸洲《七剑十三侠》第一〇三回)。
重组

码失前蹄

现代人不同于过去人,其生活方式是"泡泡酒吧,做做瑜伽,浑身是卡,满脑密码"。身处"密码时代",见怪不怪。倪匡给洋酒拟制广告语说:"人头马一开,好事自然来"。眼下是电脑一开,密码自然来:开机要密码,登录邮箱要密码,浏览网页要密码,打开QQ要密码,保险箱更得要密码。忙里偷闲去趟商场,刷卡付账,还要输入密码。足不出户,照样购物,淘宝淘宝,便利不少。不少是不少,密码须记好:登录一个密码,支付一个密码。忘了哪一个,啥宝甭想淘。密码就像老谋子电影名,"一个也不能少"。

设定密码,看似自我束缚,实乃自我保护。世上没有单面硬币,密码同样有利有弊:别人盗取之前,自己抢先忘记。常言道"老马识途",谁敢保证老马不失前蹄?一旦码失前蹄,记它不起,登机牌找不到,如何登机?何谈目的地?金卡银卡,全凭密码;忘记密码,一律废卡。一卡随身,管你漠河还是三亚,要多方便有多方便;一旦忘码,要多尴尬就多尴尬。

"数码时代",便利无比,越来越随心所欲;"密码时代",限制无敌,越来越身不由己。密码设定有时要你提出问题并给出答案,在下不止一次用"不要问我从哪里来"作为问题,用"我的故乡在远方"作答案,可是遇到密码到出错,虽然提供了问题和答案,"芝麻"虽然在,"门"却开不开,可能喻示着:回不去的地方才是故乡,到不了的地方就叫远方。

码多麻烦多,弃之若如何?曰:不可不可。盖密码如衣,挡风雨,遮隐私,须臾不能离。入浴一丝不挂,出浴衣冠楚楚。因地制宜,麻烦姑且由他去。

言为心声

释义 从一个人的话里可以知道他的思想感情。
出典 汉·扬雄《法言·问神》:"故言,心声也;书,心画也。声画形,君子小人见矣。"
示例 "案～,岂可衰飒而俗气乎"(鲁迅《集外集拾遗补编·文学救国法》)?
重组

名为心声

　　大隐隐于市,小秘秘于名。一人之名,虽为本人持有,但或书或呼,多供他人使用。对个体,名字可察心灵史;对群体,名字迹近社会学。

　　长辈取名,多有寄托。如鲁迅本名"周树人",乃其叔祖周椒生所改,取"十年树木,百年树人"意,寓意深远,堪称灵验。作家迟子建的父亲喜欢曹植《洛神赋》,遂将曹植之字"子建"移作女儿名字,迟子建终未负父亲期望。个人取名,多涉隐秘,鲁迅一语中的:"一个作者自取的别名,自然可以窥见他的思想"。端的有理:陶行知早年叫陶知行,后意识到"行是知之始,知是行之成",遂改名为行知,意为先行后知。"长安画派"大家石鲁,原名冯亚珩,因画崇石涛,文拜鲁迅,遂改名"石鲁",人名相副如"魏拯民",名垂青史;人名相悖如"汪精卫",遗臭万年。

　　名字迷离,多含传奇。著名作家"柯蓝"本为男子汉,其名字却蕴芬芳:"柯蓝"本名唐一正,系父所取,源于《孟子》"一正君,而天下定"。唐一正17岁参加八路军学兵队,送伤员巧遇南洋华侨富商女、16岁漂亮护士柯蓝。二人一见钟情,一往情深,后遇日寇飞机扫射,柯蓝因救伤员牺牲。为平息心头悲痛,表达挚爱深情,唐一正向组织上正式申请改名为"柯蓝","决定用一生的生命以她的名字去生活、去拼搏、去战斗、去拥抱世界。"在六十余年文学生涯中,"用柯蓝的名字发表近一千万字文学作品,并编辑出版了六大卷《柯蓝文集》",冒名顶替,登峰造极。

李慎之本名李忠，参加革命时化名李慎之，以谨言慎行自勉，可见并无"反骨"，当年被伟大领袖钦定为右派后，万分痛苦，有时对着镜子伸出舌头，恨不得一剪刀剪掉这祸根。晚年李慎之披肝沥胆地提出批评和建议，成为当代中国自由主义领军人物。

大意失荆州

释义 三国时期，赤壁之战后，荆州七个郡被刘备、曹操、孙权三家瓜分，刘备入蜀，留关羽镇守占据的荆州五郡（南郡、长沙、零陵、桂阳、武陵），其中南郡是刘备向东吴借的。刘备得到蜀川后，将长沙、桂阳两郡还给了孙权（相当于还了南郡），但是孙权还是贪得无厌。后来关羽出兵攻打曹操的襄樊地区，孙权派吕蒙乘虚偷袭荆州，导致荆州三郡失陷。大意失荆州，现比喻因疏忽大意而导致失败或造成损失，有粗心大意、骄傲轻敌的意思。

出典 参见《三国演义》七五回《关云长刮骨疗毒　吕子明白衣渡江》

示例 "选青，你还是小心点好，你不能～！你忘了，你自己手下的弟兄骆小豪就出卖过你吗"（阳翰笙《草莽英雄》四幕）？

重组

故意失荆州

　　三国时期，诸葛亮派关羽镇守荆州，关羽出兵攻打曹操，而孙权又趁机袭击荆州，导致荆州沦陷，这不能不说是关羽的一大失误，是足以致命的失误。荆州十分重要，《三国志》说它："北据汉、沔，利尽南海，东连吴会，西通巴蜀"，占据天时地利，对蜀吴两方都有着非常重要的意义。荆州已不仅是诸葛亮所说的联吴抗曹的重要地理依据，更逐渐成为三国政治、经济、军事、文化的交叉、汇聚点。点以带面，面关全局。而关羽一时大意，不仅使他失掉了这样一块宝地，也给自己提前铺就一条死亡通道。

　　荆州之失，关羽难辞其咎，此后，"大意失荆州"作为一个典故，提醒人们不可粗心大意、骄傲轻敌。如果说当年荆州是因关羽"大意"失去的，而1994年，"荆州"更名为"荆沙"，却是当地行政部门"故意"失去的。近年来，各地改名冲动汹涌，雷厉风行，得失参半，而"荆沙"堪称得不偿失典型。荆州和沙市俱为历史文化名城，改成"荆沙"则不伦不类，遂遭至海内外一片批评反对。两年后,官意不得不向民意低头,"荆沙"不得不地复原名。世界遗产保护专家罗哲文指出:"中国历史悠久内涵丰富之地名文化,世界独一无二,堪称国之瑰宝。"偏偏有人对待"国之瑰宝"不以为然,轻率改动,遗害无穷。乱改地名,罪有三宗:一是"绑架历史";二是"劫持文化";三是"糟蹋公帑"。

改名有风险,跟风须谨慎。各地政府,宜三思而行。

美不胜收

释义 形容好的东西太多;美景多得看不过来。
出典 清·袁枚《随园诗话》卷三:"见其鸿富,美不胜收。"
示例 "这还是摄影呢,画片更是～"(朱自清《"海阔天空"与"古今中外"》)。
重组

美不胜守

女子为何整形、整容?绝大多数人是为了由丑变美,或美上加美。

世界之大,无奇不有:重庆有个23岁女孩小丹,前往重医附一院整形科咨询,却是欲通过整形将自己变丑。

美女整形欲变丑,事情说来有缘由:只因自己太漂亮,多年男友竟分手。小丹17岁时认识了前男友,为了和他在一起,2002年放弃了北京科技大学录取资格,陪同男友在重庆读书。她从朋友处得知,男友出国是因为有了新女友。六年情缘一朝断,小丹伤心欲绝。后来,男友写信告诉她,因为她长得太漂亮了,让人没有安全感,情愿选择一个长相普通的女孩,所以选择分手。

小丹失恋后情绪一落万丈。刚开始,很多同学、朋友、同事,都主动安慰她,关心她,令她很感动。但后来,她发现这些关心变了味,尤其是一些男性动机不纯。除了经常送花,给她买好吃的外,还常常在她办公桌上放匿名情书,甚至深夜里骚扰电话不断。

小丹觉得周围男人皆不怀好意,不想再谈恋爱。小丹说,这几天,她看到又有人送花来,突然对自己那张漂亮的脸蛋产生了极度厌恶,遂产生了整形变丑的念头。

美不胜守,对男人不能说全无道理:"丑妻近地家中宝",古训堪记取;家有"仙妻",守住美丽,就算有实力,还得费精力。

美不思守,对女性极不可取。美丽是美丽者的通行证,吃点苦头小小不言,甜头在后来日方长。丑小鸭变成白天鹅,人同此心;白天鹅变回丑小鸭,岂有此理?

独占鳌头

释义 谓科举时代称中状元,据说皇宫殿前石阶上刻有巨鳌,只有状元及第才可以踏上迎榜。后来比喻占首位或第一名。
出典 元·无名氏《陈州粜米》楔子:"殿前曾献升平策,独占鳌头第一名。"
示例 "战胜群贤,~高选"(明·谢谠《四喜记·乡荐荣欢》)。
重组

徒占鳌头

张雨撰文说:"在国家图书馆,有两份清朝时期的名单。第一份名单是:傅以渐、王式丹、毕沅、林召堂、王云锦、刘子壮、陈沅、刘福姚、刘春霖。第二份名单是:李渔、洪升、顾炎武、金圣叹、黄宗羲、吴敬梓、蒲松龄、洪秀全、袁世凯。两份名单,每份名单九人。我敢说,熟悉第二份名单的人比熟悉第一份名单的人肯定多很多。然而,在当时,第一份名单上的人物是多么辉煌与显赫,而第二份名单中的人物呢?却默默无闻。为什么?因为第一份名单里的人,都是清朝的科举状元;第二份名单里的人,都是清朝的落第秀才。历史就是这样无情,历史就是这样公正"(《两份名单》,《读者》2007年第19期)。此处所言"无情"与"公正",显然是从"知名度"角度来考量的。

历史如此,现实亦如此。2013年6月17日,中国校友会网发布《中国校友会网2013中国高考状元调查报告》,对1952—2012年中国各地区高考状元的求学和职业等状况展开调查统计分析。报告显示,1977年恢复高考36年来,高考状元流失海外严重,7成状元难觅职场踪迹。专业领域"职场状元"频现:学界状元职业成就最高,3人当选两院院士,1人入选国家"千人计划";经商从政非状元所长,无人登上福布斯胡润中国富豪榜,尚未出现省部级以上官员。总体而言,恢复高考以来高考状元职业成就平平,状元的教育投资回报率未达社会预期。与此构成呼应的是,对社会进步做出巨大贡献者如马云,经历三次高考,才勉强考入杭州师范学院,与状元一点边儿都不沾。

郎才女貌

释义　男的有才气,女的有美貌。形容男女双方很相配。
出典　元·乔梦符《扬州梦》:"这一双男才女貌天生下,笋余儿游冶子花朵儿俊娇娃,堪写入风流仕女丹青画。"
示例　"五百年前结会,～多俊美"(明·无名氏《白兔记》)。
重组

郎才女态

　　前两年《辞海》出修订版,不收新词"超女",成为一桩新闻。"超女"未能跻身《辞海》,不等于绝迹人海,即使李宇春不曾现身东方卫视"舞林大会",每当见到或使用 PK 一词,人们就会情不自禁想起当年那巅峰对决场景,哪怕已被叫停,风光不再。

　　李宇春、张靓颖堪称正版"超女",是娱乐品牌;"伪娘"刘著疑似盗版"超女",只能说是冒牌。

　　当年刘著参加成都"快乐男声"比赛,有评委已不敢相信自己眼睛,要求出示身份证,以确定其男女。我若是评委,就不会这般冒傻气。盖身份证与性别间并非百分百零距离。当年有一大学男同学来省城开会,只因身份证性别栏标明"女",旅店方凭目测拒绝入住。

　　20 世纪 90 年代中期,歌曲《女孩儿的心思你别猜》风行一时,歌中唱道:"女孩的心思男孩你别猜,你猜来猜去也猜不明白",刘著尽管是男孩,心思同样也不好猜:虽然以女孩儿面目亮相,可他毕竟是个纯爷们儿,说他是女性,不光器官缺失,染色体也无法更改;说是男性吧,又偏往女人堆里编排,举手投足,一颦一笑,比女性还女性。说为艺术献身,旧有先行者梅兰芳,今有同路人李玉刚。若是恨死自家男儿身,不妨斩断是非根。金星引路作表率,母爱如舞秀风采。

　　中国大众选秀就是这般奇怪:"超女"走到最后的几乎就"纯爷们

儿","快男"名声大震者竟然是"伪娘"。一个词儿无论其原义如何美好，一加"伪"作前缀，构成新词，就立马变了味道，如伪善、伪钞、伪证、伪君子、伪科学……统统不是好东西。在一个性张扬、娱乐至死的时代，"伪娘"频频登台不足为怪，问题在于会不会见怪不怪，其怪自败？

锲而不舍

释义 意为雕刻一件东西,一直刻下去不放手。比喻有恒心,有毅力。

出典 先秦·荀况《荀子·劝学》:"锲而舍之,朽木不折;锲而不舍,金石可镂。"

示例 "要治这麻木状态的国度,只有一法,就是'韧',也就是'～'"(鲁迅《两地书·致许广平十二》)。

重组

窃而不舍

先前,在相当长一段日子里,人们最常听到的问候是"你吃了么?""民以食为天",简单一句问候语,包含了国人多少复杂情感。当"你今天'偷菜'了吗"一度成为见面流行问候语时,人们不能不醒悟:问候"你吃了么"的时代确实一去不复返了。

"偷菜"非真偷,而是开心网上的一款开心农场小游戏:用户可以购房买车、种地开荒。"偷菜"是游戏中一个环节,玩家可以利用农场游戏种植庄稼、饲养牲口的成长周期,在播种者收获之前将对方成熟的"菜"占为己有。"偷菜"让数以百万计用户每天乐此不疲。"偷"和"被偷",甚至"防火防盗防'被偷'",都让人欲罢不能。"偷菜"成为"2009IT"热度最高的冠军词汇,2009年也顺势被定义为"偷菜元年"。

"偷菜"何以风行?心理学家说,"偷菜"满足了一种"违章窃喜";社会学家则认为,"偷菜"行为成为朋友间的另类交往模式,简单而富有个性。其实,"偷菜"正是靠吻合了人们不劳而获心理和财富崇拜才风靡一时。男人占有欲如何体现?古人有言在先:妻不如妾,妾不如妓,妓不如偷,偷得着不如偷不着。"人生代代无穷已",偷窃心理难绝迹。借尸还魂,"偷菜"不过是偷窃心理在网络时代选择了新载体而已。

偷菜元年好疯狂,男女老少偷菜忙。

起早贪黑白忙活,绿色田园梦一场。

据为己有

释义 将别人的东西拿来作为自己的。

出典 清·无名氏《官场维新记》六回:"话说袁伯珍见王德黼的矿山苗旺,有利可图,便想夺他的利权,据为己有。"

示例 "老十三旦七十岁了,一登台,满座还是喝采,为什么呢?就因为他没有被士大夫～,罩进玻璃罩"(鲁迅《花边文学·略论梅兰芳及其他》〔上〕)。

重组

梦为己有

"一手好字,两句歪诗,三两黄酒,四季衣裳"乃旧时秀才基本功。四项技能,缺一不可。"歪诗"云云,略带几分谦意:不能吟,无法揣度;吟得好,颇有难度。

看别人吟诗,佳句迭出,行云流水。"徒有羡鱼情",已难解渴;据为己有,人之常情。途径无非或明抢或暗袭。唐人宋之问见其外甥刘希夷《代悲白头翁》诗中"年年岁岁花相似,岁岁年年人不同"句奇佳,欲占为己有,刘希夷不从,宋之问遂用土袋子将刘希夷压死,宋因诗杀人,令人发指;刘以身殉诗,令人叹息。

同为喜欢,暗袭就无这般血腥,甚至有几分喜气:大晏(殊)《浣溪沙》词中名句"无可奈何花落去,似曾相识燕归来","燕归来"句是王琪所对不说,晚唐诗人郑谷《秋日伤怀》诗"流水歌声共不回,去年天气旧池台。梁尘寂寞燕归去,黄蜀葵花一朵开"。草蛇灰线,不难省察。小晏(几道)《临江仙》词"落花人独立,微雨燕双飞"句,虽被誉为"千古不能有二"之名句,其首创权则属于五代诗人翁宏(《闺怨》)。

刘心武自述曾梦中得句"江湖夜雨十年灯","挺有诗味儿",苦于对不出下句。盖此句本为黄庭坚《寄黄几复》诗联下句,对不出下句不足为怪。刘所以将前人名句梦为己有,事虽乌龙,说到底还是缘于喜欢。台湾作家张大春自述当时独居乡下恣意读写三年,发觉"许多读过的书、写过的稿,前人写的、自己写的,古人想的、自以为自己想的……都交错溶融在一起。"举个例子,有那么一回,高阳邀我进城夜饮达旦,散席时天色已然微曙,沉醉东风之余,我自觉浪掷了不止两天的时间,回头叹道:"跟你这样混,简直是荒废,我新得一句如此,'人生过处唯存悔'!"高阳瞪着充满血丝的眼珠斥我:"这明明是王国维的句子。"张大春只说此句"新得"未说何由得,但"交错溶融在一起",似未含梦为己有。

越俎代庖

释义 放下自己分内的职责去帮助其他人做事。
出典 《庄子·逍遥游》:"庖人虽不治庖,尸、祝不越樽俎而代之矣。"
示例 "秀才还不便~,军人理应少管闲事"(郭沫若《天地玄黄·兵不管秀才》)。
重组

越俎代哭

人固有一死,死多有一哭。人生恒如此:在自己哭声中投生红尘,在别人哭声中往生乐土。同为死别,哭声各异:"儿子哭爹是惊天动地,闺女哭妈是真心实意,儿媳妇哭婆婆虚情假意,姑爷哭丈母娘野驴放屁。"还有一种专业哭丧人,虽与死者毫无关系,照样能哭得感天动地。

说起"专业户",人们并不陌生。即使是哭丧"专业户",也已悄然兴起有年,他们替别人表达悲哀,为自己赚取钱财。据《华西都市报》报道,仅在成都双流一带,职业丧葬乐队就有四五十个。每个乐队都有一个专职哭丧女,每逢丧家有请,乐队便欣然到场,连哭带唱,丧家花钱买眼泪,乐队地上拾红包;丧家图的是"孝果"好,乐队找的是来钱道。这种职业颇有渊源。旧时有钱人家死了人,自家人哭声不够响亮,声势不够大,传出去比较丢人。所以,才请人代劳。"代哭"究竟哭得哭不得?曾有记者在街头专门作了调查,绝大部分市民认为,请人哭丧是花钱买眼泪,并非真正孝道。丧事再热闹,逝者也感受不到,讲排场只是办给活着的人看,没有丝毫意义。但也有人认为,在民间本就有"红白喜事"之说,老人正常去世被视作"白喜事",亲朋好友前来为逝者告别,请人来营造一下悲伤的气氛,未尝不可。再说,假如逝者家属因身体不适,不便哭丧,但欲表达悲伤,雇人哭哭也不失为一种替代方法。

哭丧本该发自内心。请人代哭,纵使泪飞如雨,还是毫无意义。对老人尽孝,与其死后吹吹打打,显示豪华,远不如生前多点关怀,唠点闲话。

缘 木 求 鱼

释义 比喻方向或办法不对头,不可能达到目的。
出典 《孟子·梁惠王上》:"以若所为,求若所欲,犹缘木而求鱼也。"
示例 "若想善出此关,大王乃~,非徒无益,而又害之也"(明·许仲琳《封神演义》三三回)。
重组

缘 木 得 鱼

说起缘木求鱼,国人多知其义,办事方向、方法不对头,注定徒劳无益。同样意思说给柬埔寨人听,人家会觉得没什么不可以,而洞里萨湖(又名金边湖)周围居民,正是这样做的。旱季洞里萨湖深不足两米,雨季一来,水深达十多米。有一种攀鲈鱼,特喜欢钻到杂草丛中栖息,当地居民便于旱季用芦苇编成栅栏围在树枝周围,做成一个"安乐窝"。雨季来临,所有树冠均被淹没,随水而来的攀鲈鱼便在村民们安置的栅栏中随遇而安地繁衍生息。待到下一个旱季来临,湖水退去,很多没有及时随水而去的攀鲈鱼无法逃走,便会爬到树枝上去躲藏,于是渔民们攀上树枝,轻而易举就能收获肥鱼。

无独有偶,在印度洋和太平洋热带的一些泥质海岸有一种弹涂鱼(也叫跳鱼),它不但能离开水,还能上树。当地有一种红树,"跳鱼"常爬到红树上晒太阳,晒不死,也渴不死。显然,因地制宜,"缘木"确能得鱼。

孟子若有树上捉鱼经验或知识,就不会在《梁惠王上》中说:"以若所为,求若所欲,犹缘木而求鱼也。"不过,孟老夫子并未把话说绝,反倒有言在先:"尽信书,则不如无书。"真理总是相对的,因时因地而异。若一味鼓吹放之四海而皆准,不是别有用心,就是痴人梦呓。

强奸民意

释义 反动统治者把自己阴谋做的坏事硬说是人民的意愿。

示例 "后来老袁～,凡政、绅、军、商各界,无不有请愿书"(蔡东藩、许廑父《民国通俗演义》七二回)。

重组

强满民意

昔日"非著名相声演员"郭德纲,半凭实力半借膨胀,如今已名满天下,将"非"字丢进了垃圾箱。总得承认,其人未上春晚时所说那些相声,比春晚舞台相声更像相声。郭氏对相声有哪些贡献,专家自会总结,至少他那句"你是愿意听啊,还是愿意听啊,还是愿意听啊"?哈哈一乐,印象深刻。这种貌似多项选择,实则答案预设其中,马上被保险商学去劝人买车险,也不知郭德纲是否点过头。

没听说何处地方政府公开宣称自己是"钢丝"(郭德纲粉丝),却不妨碍地方政府网站化用郭氏句式,来强满民意。如果说,福建莆田市政府网上民意调查网页限定不同意票数不得高于50%,粗暴生硬;那么,吉林永吉县政府网上一项民意调查,只有两个正面选项:"满意"和"非常满意",则不失"温柔",愿者上钩。这哪里是民意调查,分明是在强奸民意。强奸也就罢了,谁让你手握权力。可施暴过后,逼迫或诱导民众说感受到了高潮。朗朗乾坤,法治天地,岂有此理?

两家政府网站如此对待民意调查,只能说明当地政府根本没把民意当回事。2009年2月,在江苏省对南通市的启东、海门、通州等地全面达小康情况进行随机电话民意调查中,就曝出了"标准答案"风波——当地居然有干部要求受访群众按照事先发放的标准答案回答提问,中小学还专门放假一天,让学生背熟答案"协助"家长应对电话调查。这同样是一种伪民意。只不过涂上了一层"温柔"色彩。地方政府既然一厢情愿虚构民众满意度,就别怪网民把不买账进行到底,纷纷用"满意"或"非常满意"造句,来表达对高房价、城管、物价上涨等不满意。呵呵,民意岂能强制?作秀早晚穿帮。

喜新厌旧

释义　喜欢新的，厌弃旧的。多指爱情不专一。
出典　清·文康《儿女英雄传》："不怕你有喜新厌旧的心肠，我自有移星换斗的手段。"
示例　"他～，跟哪一个人都好不长久"（巴金《秋》一六）。
重组

喜旧厌新

　　《生命科学》杂志评选2006年世界十大科学奇闻，阴茎移植失败榜上有名。

　　广州男性张某，因车祸阴茎被毁，无法直立排尿，打算移植阴茎。找到供体后，由广州一家部队医院实施了世界首例异体阴茎移植手术。术后10天，移植阴茎开始充血、红润、勃起，能直立排尿。手术成功，全球关注。无奈妻子拒绝接受这个新"命根"，张某不得不将其割除，再造假体。

　　丢了"命根"找"命根"，可以理解；接了"命根"又割除，意欲何为？有专家表示妻子心理问题不好理解，多数网友则对妻子"强烈鄙视"。更有网络名人木子美表态说，设身处地，她会尊重丈夫选择，不会排斥新器官。

　　医学家说手术相当成功，性社会学家潘绥铭则不以为然："早知道妻子不能接受何必做呢？没少花钱，医疗资源浪费，做完切掉还要遭一回罪"。言之成理。医学嘛，既讲科学，也讲伦理。生殖器官移植，涉及到夫妻双方，当然要尊重女方意愿。女方喜旧厌新，自有道理。阴茎可以来自异体，伦理却只能源于自体。

　　别说是生殖器官，就是其他器官移植，心理障碍同样存在。当年台湾"白晓燕绑票撕票案"主角陈进兴，伏法前同意捐出全部可用器官。不料其肺脏受捐者得知供体来自陈进兴时，马上表示拒绝，说："我不要狼心狗肺！"

生同衾，死同穴

释义 生时共用一条被子，死后合一个坟墓。形容夫妻恩爱。

出典 元·王实甫《西厢记》第四本第四折："不恋豪杰，不美骄奢，自愿地生则同衾，死则同穴。"

示例 "我既委身于你，乐则同乐，忧则同忧；～"（明·洪楩《清平山堂话本·风月瑞仙亭》）。

重组

生同衾，死异穴

比尔·盖茨的十一条人生忠告第一条就是"生活是不公平的；要去适应它。"真正的公平也不是没有，只是要等到死时才会降临。故莎士比亚才说："死亡是一个均衡器。亚历山大死后与他的仆人并无两样。"不能说莎翁此言并非全无道理，只是不符合中国国情。在中国，别说是仆人，就是伴侣，死后也别想同死者"无两样"。

广州银河革命公墓安放革命烈士、死亡官员骨灰。骨灰楼有等级之分，厅局级以上官员、处级官员的骨灰分楼寄存。多年来，如果夫妻生前级别不一样，死后就不能合放。2009年4月，广东官方修订了这一规定，使级别不同夫妻的骨灰也可合放。

尽管逝者生前，不唯生同衾，牵手今生；也希望死同穴，相伴来世，可惜如果夫妻级别不同，"生同衾"一向传佳话；"死异穴"注定闻悲歌。逝者本来已"聚散两依依"，叫家人或他人想起来就"心有千千结"。

那些革命家，一生以消灭阶级压迫、等级制度为己任，枪林弹雨都过来了，死后却被等级制打了埋伏，束手就擒，情何以堪？心何以甘？

逝者已逝，遗憾可补。生前级别不可避免，死后依旧等级森严，于情于理，皆说不过去。广东修订《规定》，充分考虑逝者亲属呼声，满足遗属需求，既方便民众拜祭、又节约资源，可圈可点。星火待燎原，思齐逐前贤。

兴致勃勃

释义 形容兴趣很浓厚,情绪很高。

出典 清·李汝珍《镜花缘》第五六回:"到了郡考,众人以为缁氏必不肯去,谁知他还是兴致勃勃道:'以天朝之大,岂无看文巨眼。'"

示例 "他转身走进耳门,已经够疲劳了,还～地老远就唤着他的婉姑儿:'我的噪山雀儿哩!快来给爹爹换鞋子'"(李劼人《大波》一部四章)!

重组

性致勃勃

改革开放前后哪些观念变化最大?不知专家、学者是否做过专题研究,若凭个人感受,窃以为性观念变化最大:先前谈性色变,性猛于虎;现在是无性免谈,性媚于猫。性氛围从淡得觉不出到浓得化不开。就连众说纷纭的"幸福",有时也被置换为众口一词的"性福"。于是,小学生作业中出现了"(无痛)的人流"字眼也就不足为怪了。其实,正因为社会上性氛围浓得化不开,苛求小学生笔下毫无折射,无异于天方夜谭。小学生作业透露出性意识,多属无意识;成人渲染性意识,绝对有意识。古人讲食色性也,不偏不倚;今人欲性色食也,合二而一。

苏州一家饭店2013年8月底刚开业,居然打出横幅,上书:"不要告诉别人,你的肚子是被我搞大的!"别家饭店,虽无此横幅,倒不乏性意识,于是去皮黄瓜叫"玉女脱衣",鸡鸭合盘称"孤男寡女"。当年张之洞总督府署中设置"文案房",欲聘人当幕僚,办事人员拟定聘书文稿中有"文案房事"字眼,张一见勃然大怒:"房字下岂可用事字,事字上岂可用房字"?不准房、事二字连用。北京有家房地产公司反其道而行,大打广告云"九八房事,任重道远"。千万别以为性致勃勃者均属个体,那未免漠视了官方努力。君不见江西宜春市旅游政务网上,广告语竟为"宜春,一座叫春的城市"。

或许房事离不开房,房地产商做广告才偏好做房事文章,有的直截了当:"你有二房么?"有的循循善诱:广告画面上方是一个穿着红色低胸裙子的女子下方配以"再低,就不可能了"文字,你以为商家说的只是房价么?

千里之行，始于足下

释义 比喻事情是从头做起，逐步进行的。

出典 先秦·李耳《老子·第六十四章》："合抱之木，生于毫末；九层之台，起于累土；千里之行，始于足下。"

示例 "～，要建筑百丈高楼，不先打好地基是不行的"（夏衍《〈学人谈治学〉代序》）。

重组

千里之行，止于轮下

古人向往"读万卷书，行万里路"，今人未必愿意"读万卷书"，却喜欢"行万里路"。同为"行万里路"，古人有古人辛苦，走路基本徒步，顶多有头毛驴儿驮点什物。千里之行，始于足下，"鸡鸣茅店月，人迹板桥霜"。知行合一，体验深刻；今人满足于到此一游，行路以车代步，浮光掠影，印象淡漠。今人有今人痛苦，未及上路，车已开堵。堂堂正正首都，竟水泄不通成"首堵"。千里之行，止于轮下。"大漠孤烟直，长河落日圆"，延期兑现。

黄集伟梳理"2010最流行的七个字"，有一个就是"堵"字，并解释道："汉字的神奇之一是多义多解，'堵'当然是'堵车'的'堵'，同时它也是'添堵'的'堵'，'堵心'的'堵'。2010年初秋，CNN记者在报道北京京藏高速路超级拥堵状况时用到一个短语，叫'史诗般的拥堵'，事实上这个样的'史诗'我们百姓每天都在其中歌哭笑骂，无可奈何。""2010年十一长假前，北京一场寻常小雨，城内交通却因此几近瘫痪。对此，网友在微博调侃说：如果你从团结湖路口穿过长虹桥到工体西路，短短3公里，你尽可打开《三国演义》开始阅读，从桃园三结义看到关羽走麦城，车还没开到。恍惚间，长虹桥已变长坂坡，整条路上堵满曹魏80万大军。据媒体报道，2010年9月17日晚的那场小雨，北京全城时速不足20公里的路段超过百余条。正如网间疯传、重新填词的那首'北京堵死你'中说的那样：'迎接另一个晨曦，带来全新尾气，车主改变成分不变，路上飘满毒气；公交大门不打开，下站还有三米，站着等了半个小时，还剩下两米七；不管哪里都是红灯不跟你客气，不约而同堵一起，北京堵死你……'"城市建设千城一面，堵车噩梦千篇一律，首都尚且如此，其他城市能好哪去？

踏破铁鞋无觅处，"高堵路"何时回归"高速路"？

理 屈 词 穷

释义 因理亏而无话可说。

出典 《论语·先进》:"是故恶夫佞者"宋·朱熹集注:"子路之言,非其本意,但理屈词穷,而取辩于口以御人耳。"

示例 "宝钗因又劝道:'你既～,我劝你从此把心收一收,好好的用功'"(清·曹雪芹《红楼梦》一一八回)。

重组

理 屈 词 富

网上有对联云:"上联:北有维修性拆除,南有签字式宰客;下联:东有轻度性追尾,西有休假式治疗。横批:全国碉堡"。依我看,横批谐音虽雅,毕竟费解,远不如"理屈词富"来得显豁。

在中国,不论官员,还是百姓,都知道什么叫"上有政策,下有对策"。即使没资格身体力行,至少也能旁观者清。但对策终究见不得阳光,总得找个说法掩人耳目,理屈词富,官员绝对有水平,不服不行。

先说这"维修性拆迁",2012年1月27日,位于北京市东城区北总布胡同24号院的梁思成林徽因故居突遭拆除,此前这处故居已被国家文物局认定为"不可移动文物"。对此,东城区文化委解释为"维修性拆除"。你不解释我还明白,你一解释我倒糊涂了:既已"拆除"了,"维修性"从何谈起,叫人不禁想起《何典》开场白:"放屁放屁,真是岂有此理?"

再说"签字式宰客",2012年2月,海南岛出现疯狂宰客的现象,一度被网友曝出万元账单。三亚市工商部门回应:账单有顾客的签字,则不算宰客。

三说"轻度性追尾",2011年9月27日,上海地铁发生追尾事故,造成271人受伤,虽然CCTV播报时称为"轻度追尾",网民还是质疑不断。相关微博转发和评论超过5万条,"轻度体"造句一度风行,姚晨微博称轻度转发,潘石屹自嘲轻度弱智。

四说"休假式治疗"。2012年2月8日,重庆市政府宣布:"王立军副市长因长期超负荷工作,精神高度紧张,身体严重不适,经同意,现正在接受休假式的治疗。"2013年9月22日,山东省济南市中级人民法院在薄熙来案一审判决书中认定:"薄熙来批准对外发布王立军接受'休假式治疗'的虚假消息。"人们恍然大悟,原来谣言中也有官方一席之地。

鸭子就是煮熟了,嘴还是硬的。官员只要权力在手,理再屈,找起应对词语来,总是富富有余。稍加留意,假以时日,汇集成册,不成问题。

一叶知秋

释义 谓看见一片落叶,就知道秋天将临。比喻发现一点预兆就知道事物将来的发展趋向。

出典 西汉·刘安《淮南子·说山训》:"以小明大,见一叶落而知岁之将暮,睹瓶中之冰而知天下之寒。"宋·唐庚《文录》、陈元靓《岁时广记》卷三引唐人诗:"山僧不解数甲子,一叶落知天下秋。"

示例 "按:~,虽古有此说,然安能应声飞落"(清·俞樾《茶香室丛钞·卷一二·梧叶报秋》)?

重组

一碟知法

普法教育当然需要鲜活教材,一盘"黄碟"成为普法教材,虽在情理之中,多少有些出人意外。

2002年8月的一天,陕西省延安市万花山派出所民警接到举报,称辖区内一居民家中正播放黄碟,四名警察进入居民家中,要求交出黄碟,居民不从,双方发生冲突,当事者丈夫张某因妨碍公务被带回派出所,罚款1 000元,随后被刑拘。

夫妻在家看黄碟是否违法?国家法律、法规并无明确规定,有观点认为,淫秽光碟属非法物品,不应流入社会特别是家庭中,以任何形式贩卖、传播和观看淫秽物品都是违法行为,即使是夫妻二人在自己家中观看也不例外,公安部门有权查处和没收该光碟,并视情节轻重对当事人作出批评教育或相应的治安处罚。

汉宣帝时京兆尹张敞替妻子画眉毛,有人把小报告打到皇帝那里,皇帝过问有无此事,张敞回答:"臣闻闺房之内,夫妇之私,有过于画眉者"。皇帝并未因此责备张敞。看黄碟显然"有过于画眉者",张敞若活在今天,落到警察手里,说不定也会受惩罚。

事情的结局是公安局向当事人赔礼道歉并赔款近3万元,万花派出所长被免职,公民权利得到保护,舆论力量得到验证。《南方周末》点评中指出:"《华商报》长达半年地报道'夫妻家中看黄碟'事件,由其提供的第一手资料引发了中国媒体对公民私权与国家公权边界问题的讨论,众多媒体携手坚定捍卫了公民的权利。"更有报道指出,"黄碟事件"也会留在中国的新闻和司法史上,并永远给人启迪。如果可能,甚至建议不妨把这个事件写入中国公民读本。

换汤不换药

释义 比喻名称和(或)外形、画面虽然改变了,但实际内容(或重点)还是老一套。

出典 清·张南庄《何典》第三回:"那郎中看了,依旧换汤不换药的拿出两个纸包来。"

示例 "去了一个段派,复来了一个段派,仍然是～"(蔡东藩、许廑父《民国通俗演义》一五五回)。

重组

换名不换药

常言道:人吃五谷杂粮,哪有不生病的。生病怎么办?人们通常是能不去医院就不去医院,买点药吃吃完事儿。头疼医头,脚疼医脚,对症买药,按说极简单,实际挺麻烦。古人歧路亡羊,今人药店迷药:时空隔千古,处境同堪叹。

一名歹徒,犯下重案,为避追捕,多半会化上几个假名,避往人迹罕至处,企图蒙混过关。一种药品,现身药店,为广销路,大多要穿上数十马甲,进入寻常百姓家,姑且充做灵丹。逃犯化名,数量毕竟有限,一药多名,形态堪称壮观。普普通通一款"阿奇霉素",商品名竟多达97个,管你近视眼、远视眼、老花眼……统统叫你眼花缭乱。警方为验明逃犯正身,往往大费周折;医生为知晓药品属性,不得不现做功课。钟南山院士举例说,"一个'罗红霉素',品种就达40多种。我当了45年的大夫,在查房时也几乎看不懂。"名医遇药,尚且一肚子疑惑;百姓买药,只能满脑袋困惑。

"吃错药了?"是日常戏谑语,一语成谶,难逃悲剧。我国每年因吃错药致死二十万人,谁敢说跟药名混乱毫无干系?厂家乱改药名是利益驱动,无可非议;监管部门玩忽职守,徇私舞弊,大可质疑。一个药品换个

"行头"改个名,摇身一变成新药,"身价"立刻飙升。既坑害病人,又肥了医疗系统腐败分子。百姓看病难、看病贵本来就怨声强烈,怎能允许药名混乱助纣为虐?和谐社会事事须讲规矩,百姓有理由期待药名恪守章法不逾矩。

红 颜 祸 水

释义 指将女子当作亡国等重大灾祸的替罪羊。
出典 红颜祸水之"红颜"出自《汉书·孝许成皇后传》;"祸水"出自《赵飞燕外传》"……在帝后唾曰:此祸水也,灭火必矣……汉以火德而兴,此谓合德得宠将使汉亡,如水之……"后演变为红颜祸水。
示例 "董淑朵《~的文学艺术表现——以《国语》骊姬为例》"(《长江师范学院报》2007年四期)。
重组

红 颜 活 水

古人偏见,红颜祸水,源远流长。吾土既有"四大美人",也有"四大妖姬"。而"四大妖姬"无一不是红颜祸水典型代表。到了21世纪,雕栏玉砌应犹在,红颜地位改,"祸水"破天荒地被当做"活水"对待。很多地方都打红颜主意,做"活水"文章——"经济唱戏,美女搭台"。至于美女流向,民谣早有编排:"一等美女漂洋过海,二等美女深圳珠海,三等美女北京上海,四等美女等待下海"。"中国十大美女城市"更是常评常新,大连、重庆、成都、苏州、长沙、南京、上海、北京、香港、广州,赫然上榜,有人力挺,有人不服。

文章总是自家的好,美女总是别地的俏。"到了北京嫌官小,到了广州嫌钱少,到了成都后悔结婚太早。"男人嘛,见猎心喜,到任何一个地方,与美女眼神儿一错而过,都会"后悔结婚太早"。

本来一个地方女人美不美,全凭个体感受,殊不知,"美女经济"时代,美女指标也能反映官方诉求。有道是:天下美女在成都,成都美女在春熙路。2008年9月中旬,一份由成都市锦江区政府组织、专业调查公司调查的春熙路"美女养眼指数"首次发布。到底是"养眼指数",还是"闹心指数"?叫人心里没谱,因为人们此前只听说过物价指数、穿衣指数、人气指数、和谐指数、幸福指数、快乐指数,从未听过什么"养眼指数"。

不过,星星和月亮在一起,珍珠和玛瑙在一起,庄稼和土地在一起,鱼儿和水在一起……美女和经济在一起,似乎没什么不可以,只是政府心中须有数:千万不能向人们传递"姿色就是力量"之类信息。

纸 上 谈 兵

释义 在纸面上谈论打仗。比喻空谈理论,不能解决实际问题。也比喻空谈不能成为现实。

出典 据《史记·廉颇蔺相如列传》记载:战国时赵国名将赵奢之子赵括,年轻时学兵法,谈起兵事来父亲也难不倒他。后来他接替廉颇为赵将,在长平之战中,只知道根据兵书运兵,不知变通,结果被秦军大败。

示例 "新近有个大挑知县上了一个条陈,其中有些话都是窒碍难行,毕竟书生之见,全是~"(清·李宝嘉《官场现形记》三一回)。

重组

纸 上 谈 蝇

当年热心除四害,
如今冷眼观成败。
麻雀日稀受保护,
苍蝇营营任往来。

苍蝇们即使不开会交流,也不难觉察日子越来越不好过了。就连原来的"快乐大本营"——公厕,也频频出台"限蝇令":2012年5月,北京发布《公厕管理服务工作标准》,规定公厕苍蝇不超过两只,南昌规定公厕内苍蝇不多于3只,于是网上有段子云:"公苍蝇对母苍蝇说:老婆,我们去厕所亲热亲热吧?母苍蝇:老公,不行呀!公厕内只有我们两个编制,生了孩子上不了户口。公苍蝇:实在不行,咱飞南昌。"网友煞有介事地称南京公厕可以有5只苍蝇,算是中国最具幸福感的苍蝇。

据记者实地调查,南昌不少公厕苍蝇数量超标。南昌市城管委有关负责人称,每个季度都会对全市的公厕环境卫生状况进行考核,一般不会去数苍蝇数量,而是看整体卫生状况。既然"不会去数苍蝇数量","纸上谈蝇",意义何在？任何规定,不管主旨多么头头是道、细则多么井井有条,只要不具可操作性,就是形式主义老一套。

  北京市市政市容委环卫管理处负责人也解释称,苍蝇数量是指在公厕可视范围内的数量,之所以做这样的规定,是希望用量化手段方便监督检查。北京市对于公厕的管理服务工作标准是一种工作要求,但不是一种强制性的标准,希望引导这些公厕向更好的方向发展。

  BBC驻北京记者迈克尔·布里斯托甚至亲自体验了一回北京公厕。他认为,任何进步都是有帮助的。出台新的标准是中国尝试改善公共卫生、提高便捷性的一步,值得肯定。

三句话不离本行

释义 指人的言语离不开他所从事的职业范围。

出典 清·李宝嘉《官场现形记》第三四回:"每到一处,开口三句话不离本行,立刻从怀里掏出捐册送给人看,又指着末一个名字,说道:'这就是兄弟,现在也在这里帮忙。诸公若要赈济,不妨交给兄弟,同送到局里都是一样的。'"

示例 "你们三句不离本行,教育,教育,把我门外汉冷落了"(叶圣陶《倪焕之》四章)。

重组

三字词不离家常

只要年度前行,必有流行语伴行。美国社会语言学家布赖特20世纪60年代提出了"语言与社会共变"理论,认为语言对社会有依附性,即语言作为一种特殊的社会现象,随着社会的发展而发展,因社会的变化而变化。近年来每年都有媒体梳理年度流行语,恰好可以验证这个理论。

"三字词"不罕见,最火要数2010年。说起2010年那些"三字词",如"蒜你狠"、"豆你玩"、"姜你军"、"苹什么"、"油你涨"、"棉花掌"、"药你苦"、"不蛋定"、"煤超疯"……无一不和物价上涨有关。有人用三字形容"菜奴"心情:"拍照时谁再让我笑着说茄子,我就和他急。以后要说'不茄子'"。

唐朝皇帝二十多个,知名度高者太宗李世民,文治武功,前所未有,官方评价,喋喋不休;玄宗李隆基,情感高调,性爱乱套,民间议论,津津乐道。2010年,继"蒜你狠"、"豆你玩"、"姜你军"之后,白糖价格也一路发飙,突破每吨6 000元大关。普普通通一白糖,摇身一变"糖高宗"。别看"糖高宗"只比历史上真皇帝(唐高宗李治)多个"米字旁儿",知名度那是咣咣地后来居上。

　　因为《三字经》在民间影响广泛，国人对流行三字词理应亲切才是，其实正相反，百姓对这些"三字词"，亲切不知何处去，唯余急切心头列。

　　新华社报道曾用"调侃物价上涨的兴趣，似乎与商品价格走势一样，持续高涨"，普罗大众，面对物价上涨，除了无奈，还是无奈。与其眉头紧锁，何如幽上一默？虽然一毛不省，至少轻松片刻。

性命交关

释义 形容关系重大,非常紧要。

出典 清·刘鹗《老残游记》一回:"此时人家正性命交关,不过一时救急,自然是我们三个人去,那里有几营人给你带去!"

示例 "不过动兵打仗的事是不要的,～"(叶圣陶《外国旗》)!

重组

姓名交关

有一个谜语说什么东西明明是你的,却是别人使用得最多,谜底是姓名。

不能说现代人没有古代人看重个人姓名,只不过《水浒传》里"我行不更名,坐不改姓,都头武松的便是!"那样的话不大有人说了,说了也未必管用,姓名中有生僻字,欲办身份证须先改名,改不改?秀才遇见兵。尽管《民法通则》第99条有规定,公民享有姓名权,有权决定、使用和依照规定改变自己的姓名,禁止他人干涉、盗用、冒用。县官不如现管,不服不行。改就改吧,国人姓名之乱也有些年头了。

姓名混乱,原因有三。一是传统中断:据钱文忠说,国人家谱本来60年或30年一修,绝大部分家谱在晚清修过一次,不料30年后赶上九一八,60年后遇上"文革",人既自身难保,修家谱哪有心思?二是繁简字转换:1949年新政权建立,实施户籍登记,工作人员文化不高,加上繁简字转换,许多姓氏被改:比如"'傅'和'付','阎'和'闫','於'和'于','萧'和'肖',本来是没有关系的两个姓,大多数前者被登记为后者,以为后者是同一个姓氏的简写。"此外,目前我国公民的姓氏用字大概有7 600余字,但其中竟有2 000个字所代表的姓只有一个人在使用!也就是说,这些姓几乎都是生造或胡乱编出来,而并非历史传承的。三是风尚席卷:"现在有好多孩子跟妈姓,不跟爸姓,还出现了好多复姓,就是把爹妈的姓合起来变成一个姓。"这些姓字面新鲜,却无渊源,包含危险。

  在钱文忠看来,这些因素导致姓氏开始紊乱,而姓氏的紊乱造成记忆的混乱。记忆的混乱背后又是传统的丧失,传统丧失后终究会造成传统文化的衰落。"如果我们每个人连自己的家族的故事都不清楚,还怎么能够指望整个民族能够记住自己民族的历史呢?"

名存实亡

释义 名义上有，实际上已经不存在了。

出典 《韩非子》："惑主不然；计其入不计其出；出虽倍其入；不知其害；则是名得而实亡。"

示例 "郡邑皆有孔子庙，或不能修事，虽设博士弟子，或役于有司，～"（唐·韩愈《处州孔子庙碑》）。

重组

名亡实存

北京小学校"奥数培训班"一度泛滥成灾，怨声载道。2012年，赶在秋季开学前夕，北京市教委两次向"奥数"亮剑，先是宣布将坚决禁止奥数成绩与升学挂钩；一周之后，再次表态：从即日起至10月31日，叫停与升学挂钩的奥数竞赛培训。北京市教委同时透露，为确保奥数成绩在升学过程中彻底失效，将重点推进"小升初"入学办法改革。随后，人大附中、北京四中等城六区30所学校承诺，绝不直接或变相采取考试的方式选拔学生，不将奥数等各种竞赛成绩、奖励、证书作为入学依据，不举办以选拔生源为目的的任何形式的奥数竞赛培训班。

"禁奥令"一出，家长们并未欣喜若狂，反倒心生迷茫。"不拼奥数，'小升初'又该拼什么了？"举棋不定，"学奥数"曾充当一些孩子"救命稻草"。现在"稻草"没了，何以"救命"？让人抓狂。"禁奥令"刚颁布没几天，各种与奥数神似的项目就纷纷涌现。很多地方把奥数课名换成"数学能力展示"，"数学思维训练"，均称与奥数无关，但家长和孩子普遍反映，这些课程换汤不换药。或者干脆什么都不说，你禁你的。我上我的。

一位母亲对记者说："取消奥数不是一回两回了，越取消越厉害。""奥数"为何名亡实存？无非利益驱动。正是以择校为中心，奥数班的背后织出了一条难以斩断的强大利益链——家长渴望获得优质教育，学校渴望获得优质生源。明知对方是大灰狼,也不得有口无心表态:"郎呀,咱们两个是一条心",社会培训机构则旁观者清,干脆将奥数培训变成了自家摇钱树。需求升级,以致奥数屡禁不止,名亡实存,阴魂不散!

弹无虚发

释义 弹子或子弹颗颗中靶,没有一颗打出靶外,每一发子弹都非常精确、准确无误。

出典 清·李汝珍《镜花缘》第二六回:"弓弦响处,那弹子如雨点一般打将出去,真是'弹无虚发',每发一弹,岸上即倒一人。"

示例 "俟其近,乃以机关枪扫射之,~"(章太炎《书十九路军御日本事》)。

重组

段无虚发

没有手机那些年月,日子就是日子;手机普及之后,段子涌进日子。文化载体,因时而异:唐有唐诗,宋有宋词,元有元曲,当下有什么?曰"段子"。

"段子"原指相声作品中一节或一段内容。随着人们对"段子"一词频繁使用,其内涵悄然发生变化,形式亦不拘一格。只有官方才将段子涂上黄、灰、红等色彩,而百姓取舍只看精彩不精彩。

段子有历史感,如对联体:"过去是红米饭,南瓜汤,老婆一个,孩子一帮;现在是白米饭,王八汤,孩子一个,老婆一帮"。段子有现实感:如民谣体:"男盼高,女盼瘦,狗穿衣裳人露肉;爱怕丢,情怕偷,身居要职怕退休。"段子有荒诞感:"妈,你老人家去买瓶酱油,怎么才回来?""没办法,街上学雷锋的人太多!红绿灯路口我被扶过了18圈!""那您怎么回来的?""我实在走不动了,不小心摔倒在地,排队等扶我的人一下全散了。我这才一路跌跌撞撞回来。""证监会忠告股民:宝马进去,自行车出来;西服进去,三点式出来;小伙子进去,老头子出来;老板进去,打工仔出来;富翁进去,叫化子出来;别墅进去,草棚出来;人才进去,饭桶出来;坐火箭进去,坐潜艇出来;博士进去,白痴出来;貂蝉进去,母猪出来;姚明进去,潘长江出来;蟒蛇进去,蚯蚓出来;黑发进去,白发出来。"

段子有幽默感:"上班时,地铁拥挤。车厢里,一个色狼对身边女子做点小动作。一会儿,色狼准备下车。那女子狠狠地踹他一脚。色狼胆小,连忙认错:'对不起。对不起。我不是故意的。'女子愤怒道:'做不完的事情就不要做。'"

段子是出气孔、溢洪道,当代社会中种种不平,如领导昏庸、贪污腐败、仗势欺人、为富不仁、明星丑闻等,常常会在第一时间被编成"段子"在社会上传开,段无虚发,解气减压。

人之将死,其言也善

释义 人到临死,他说的话是真心话,是善意的。
出典 《论语·泰伯》:"曾子言曰:'鸟之将死,其鸣也哀;人之将死,其言也善。'"
示例 "俗话说'～',我要说的这句话,望你好好记住"(叶赫那拉·图鸿《乾隆皇帝》六章)。
重组

人之将死,其言也鉴

2013年7月8日,铁道部原部长刘志军因受贿、滥用职权被法院一审判处死刑、缓期两年执行,并没收全部个人财产。

宣判前,辩护律师问刘志军:"有没有话要带给你女儿?"刘回答:"没有什么要说的,只是千万不要从政。"此话听来有几分耳熟:原来2010年7月,重庆市司法局原局长文强在被执行死刑前,也曾留下这样遗言:"贪图功名利禄是我这一生最大的错误。我死后我的孩子就不要再姓文了,改姓别的,子子孙孙以后再也不要从政,不要当官,远离功名利禄。平淡、平安才是福。"此种理念由来已久,戏曲《铡美案》中,包龙图也曾经这样叮嘱秦香莲一双儿女:"光念书,别做官。你父要不把官做,怎会举家不团圆?"

官场莫非"鬼门关",从政绝对遇凶险?死到临头,巨贪如此感叹。到底是真知还是偏见?看来贪官至死也没弄明白何至于有今天。贪污腐败、贪赃枉法,咎由自取,岂能怪只怪官场有风险?苍蝇不叮无缝的蛋,世上确有出淤泥而不染的莲。当官果真是高风险,为何每年还有成百上千万人削尖脑袋往官场里钻?为何有那么多官员碌碌无为尸位素餐?

正因为现行制度有缺陷,官员"带病提拔"才屡见不鲜。阿克顿勋爵早有名言:"权力导致腐败,绝对的权力导致绝对的腐败。"权力缺乏监管,加速掌权者走向深渊。胡长清官没刘志军大,感受倒满鲜活:"我当上副省长后,就好像小猫关进牛圈里,天马行空,来去自由。"

人之将死,其言也鉴。早知今日,何必当初?

点 到 为 止

释义 某件事情,交待得不全面,稍微指点一下,剩下的让自己去领悟。
示例 武宏伟《～,不必深究——谈〈从百草园到三味书屋〉几个晦涩问题的处理》(《语文学习》2008年第5期)。
重组

碘 到 为 止

垂髫居乡下,见邻里乡亲中患粗脖子病者不少,甚感恐怖,云系缺碘所致。何以免除?多食海带,民间智慧;销行碘盐,政府行为。戴白居省城,颈项无异常,以为碘盐所赐。不料,2010年7月26日到9月12日,卫生部就最新编制的《食用盐碘含量》正式公开征求意见。新标准拟将碘盐的最高含碘量调低一半以上,国家现标准规定的食盐碘含量20毫克/千克~60毫克/千克,将被修改为食用盐中碘含量的平均水平为20毫克/千克~30毫克/千克。网络将此解读作"我们吃碘过量了",一时间网络上下议论纷纭。

碘是微量元素,若不足,可能引起心智反应迟钝、身体变胖以及活力不足;碘摄入多了对身体也有危害,最常见的就是碘致甲状腺肿和高碘性甲亢,对人的智力也会产生不良影响。现有证据告诉我们,碘缺乏可引起胎儿或儿童的神经发育障碍,后果很严重;碘过量,也会有不良后果,但其严重性逊于前者。好在政府没有贸然停止碘盐供应。他山有石:2000年,印度迫于民间压力暂停食盐加碘政策,在随后的几年内,碘缺乏症又在各地重现。2005年,印度政府再次实施食盐加碘,禁止销售无碘盐。

一位公共卫生专家对本次碘盐事件评论说:"卫生部也是承不住压力,把问题抛给了地方。好在这次只是下调了上限,20毫克/千克的下限,始终没变。"一位年轻医生则表示,"是否放开无碘盐成了一个死结。最近决定下调盐中的加碘量,实际上是一个和稀泥的做法,对于碘盐问题的解决并没有太大的帮助。"

祸 从 天 降

释义 比喻突然遭到了意外的灾祸。
出典 《旧唐书·刘瞻传》:"咸云宗召荷恩之日,寸禄不沾,进药之时,又不同义,此乃祸从天降,罪匪己为。"
示例 "正是～,灾向地生"(明·施耐庵《水浒全传》四六回)。
重组

福 从 天 降

长辈人与晚辈人交流,"身在福中不知福"常挂口头;见晚辈人不肯颔首,长辈人难免摇头。晚辈人不肯颔首自有缘由,盖其生活年代只新不旧,没有对比谈不上感受。待栖身城市连续多年被评为"最具幸福感城市",犹"身在福中不知福",是不是有些不合潮流?

正在接吻着的嘴唇不用唱情歌,人若充分幸福,自无必要说肥道瘦,一旦不论巷尾街头,不分男女老少幼,幸福与否,喋喋不休,那幸福一定是打了折扣。反观身边当下,幸福调查,十字街头;幸福论坛,不时开休。幸福(城市)评比,承先启后……幸福到底是什么,虽古往今来争执不休,并不妨碍人们为之不懈奋斗。

幸福先要满足物质需求,用网络语言来说,"幸福就是猫吃鱼狗吃肉,奥特曼打小怪兽"。人非猫狗,温饱之余,还有精神追求。幸福感本是一种主观感受,离不开愉悦快乐,满足富有。幸福感更是因时因地因人而异,抽样调查统计绝不可能席卷八荒无一遗漏。

幸福在不在手,不可井蛙自囿。"全球十大污染城市"有七个在中国,"全球十大高房价城市",中国也占了七个。2013年,从年初到岁尾,十面霾伏,海市蜃楼……难道还不足以提醒人们幸福行情正在高开低走?

同样栖身于"最具幸福感城市",有人应有尽有,有人一无所有,谁"对号入座"谁是犟牛。"最具幸福感城市排行榜"年年有,大可不必为上不上榜争个头破血流,也不必为或蝉联或中断痛心疾首。未上榜无非有志待酬,上了榜不过百尺竿头。撑面子,琴棋书画诗酒花;过日子,柴米油盐酱醋茶。桂冠罩头,何如实惠在手?愿只愿百姓借此尝甜头,怕只怕官员拿它玩噱头。

旧瓶装新酒

释义 比喻用旧的形式表现新的内容。
出典 《新约·马太福音》第九章载耶稣说:"没有人把新酒装在旧皮袋里;若是这样,皮袋就裂开,酒漏出来,连皮袋也坏了。唯独把新酒装在新皮袋里,两样就都保全了。"
示例 "印刷格式都照现行下等小说——所谓~,使人看了不疑"(朱自清《笑的历史·民众文学谈》)。
重组

旧瓶装新诗

汉语成语,顾名思义,应该源于汉语典籍,但也有例外。如不止一本成语词典收有"旧瓶装新酒"词条,而其典则源于《新约·马太福音》第九章。耶稣说:"没有人把新酒装在旧皮袋里;若是这样,皮袋就裂开,酒漏出来,连皮袋也坏了。唯独把新酒装在新皮袋里,两样就都保全了。"这是外来文化与本土文化融合之范例,为促成此类融合,先贤功不可没。

匈牙利诗人裴多菲《格言》诗,孙用自由诗体译为:"自由,爱情!/我要的就是这两样。/为了爱情,/我牺牲我的生命;/为了自由,/我又将爱情牺牲(1957年)。"兴万生译为:"自由与爱情!/我都为之倾心。/为了爱情,/我宁愿牺牲生命,为了自由,/我宁愿牺牲爱情"(1986年)但最为人们熟知者,还是鲁迅先生在名篇《为了忘却的记念》中所纪殷夫所译格律体:"生命诚宝贵,爱情价更高;若为自由故,二者皆可抛。"

这首译诗一旦为读者熟知,很快成为"旧瓶",被不同时代不同阶层人们装入"新酒",源源不绝,芳香沁人。每逢需要比较、强调取舍时,"若为××故,二者皆可抛",恰似填括号,信手拈来,随心所欲,亦庄亦谐,可反可正,百发百中。描述生动,评价透彻;一笑之余,印象深刻。对大学生来说,"创业诚可贵,外企价更高;若为公务员,二者皆可抛。"报考公务员热近年只升温,不降温,绝对事出有因。堂堂央视女记者张某,只因欲谋得北京户口,被冒牌"国情局局长"骗财又骗色,"贞洁诚可贵,名声价更高;若为户口故,二者皆可抛。"字面幽默,内里苦涩。复旦大学女教师于娟,身染绝症做化疗,在博客中写道:"乳房诚可贵,卵巢价更高,若为生命故,两者皆可抛。"肉身虽殒,精神不绝。

长篇大论

释义 多指内容烦琐、词句重复的长篇发言或文章。

出典 元·朱士凯《录鬼簿序》:"乐府小曲;大篇长什;传之于人;每不遗藁;故未以有就编焉。"

示例 "诗上所叙闺臣姐姐事迹,～,倒象替他题了一个小照"(清·李汝珍《镜花缘》八九回)。

重组

长篇小论

作家当到一定份儿上,知名度高到一定程度,就算自己未及打算,别人也会替你盘算,什么时候能拿下诺贝尔文学奖。莫言获奖前就处于此类境况,获奖调门儿相当高亢。一个作家荣获诺奖,无疑会比此前更具影响——无论是其文学作品,还是其文学主张。

比如莫言就曾"呼吁:长篇就是要往长里写!"当然,并非所有作家、评论家都认同这一主张。莫言获奖后,诺贝尔文学奖终身评委、汉学家马悦然就评价道:莫言长篇小说太长,短篇很完美。2013年诺贝尔文学奖多丽丝·门罗称则宣称没发现哪部长篇不能改成短篇。其本人也被誉为"短篇小说之王"。

若问世上哪部小说篇幅最长,先前有人说是日本《源氏物语》,字数未详,不过看其汉译三卷本,不过百多万字模样。而莫言老乡作家张炜历时二十余年,创作的长篇小说《你在高原》,全书分为10个单元,39卷,计450万字,据说是已知中外小说史上篇幅最长的一部纯文学著作。该小说2011年8月获第八届茅盾文学奖后,有人质疑评委是否看过全书,并断言全国只有责任编辑一个人看过全书。《你在高原》一书总策划、作家出版社社长何建明表示,此次茅盾文学奖评选过程,61位评委中绝大多数都看完了《你在高原》。"茅盾文学奖评"获奖作品因篇幅而遭质疑前所未有。而张炜这一创作纪录,很快被非专业作家孙皓晖打破,其历史小说《大秦帝国》,长达504万字,仅就这超出的54万字,篇幅上就相当于普通长篇小说两部。这是否在误导读者:中国长篇小说,没有最长,只有更长;同时也在暗示作家:长篇小说可以写不好,难道写不长么?

煞有介事

释义 原是江浙一带方言。指装模作样,活像真有那么一回事似的。

出典 宋·陆九渊《语录下》:"先生曰:'某何尝不教人读书,不知此后煞有甚事。'"

示例 "保长一只脚踏上板凳的一端,象～地抽吸起来"(沙汀《替身》)。

重组

煞有界事

　　本地一家晚报刊登一则痔疮药品广告,说明文字中有"'痔疮界'有一个公开的秘密"字眼儿,检索发现此广告已刊出有年,刊出纸媒也并非仅此一家。"痔疮界"云云,煞是扎眼。盖"界"之意为职业、工作、性别等相同的总体,如文艺界、科学界、妇女界、各界人士。各界人士皆可能患有痔疮,但以某种疾病指代患病群体,既不恭敬,也欠文明。如此煞有"界"事,看似创新,实则糟蹋词语。

　　广告商则认定:我的地盘我做主,只要钱归你,文字我爱咋用就咋用。"房事"一词,本有特定含义,北京房地产商却将其大而化之,内蕴外之,20世纪就做出广告:"九八房事,任重道远"。于是这"房事"就成了其人建房之事,众人购房之事。

　　房地产商个个财大气粗,广告用词不同流俗,靠谱者难得一见,绝大多数要多离谱有多离谱。2011年11月1日《人民日报》用整版广告展示了对房地产广告之另类解读:

　　地段偏僻——告别闹市喧嚣,独享静谧人生;荒山秃岭——与大自然亲密接触;价格奇高——奢华生活,贵族气息;户型很烂——个性化设计,稀缺绝版户型;弄个圆顶——巴洛克风情;搞个楼尖——哥特式风格;弄个喷水池——英伦风情,北欧享受;门口有保安——私人管家,尊贵生活;周围荒草地——超大绿化,无限绿意;旁边小土包——依山而居,享受山里人的清新;有家信用社——坐拥中央商务区;有个居委会——核心地标,紧邻中心政务区;有家小学校——浓郁人文学术氛围,让你的孩子赢在起跑线上;有家小诊所——零距离就医,拥抱健康;有五平方米超市——便利生活,触手可及;有个垃圾站——人性化环境管理……

广告笑话多,无须一一说。语词乱用假大空,这里略包括。

闭 门 羹

释义 指主人拒绝客人进门叫做让客人吃闭门羹。

出典 唐·冯贽《云仙杂记·迷香洞》:"史凤,宣城妓也。待客以等差……下列不相见,以闭门羹待之。"

示例 "一次不见,第二次再去,谁知三番五次饱尝～"(高阳《清宫外史》上册)。

重组

部 门 羹

2009年,美国百姓心血来潮,发起评选"最讨厌词汇"活动。受此启发,网友也归纳总结了中国人十大讨厌词句。中美社会制度殊途,民众心态却不妨同归,"随便"皆高居"最讨厌词汇"榜榜首。此类评选因无官方参与,或可尽显"民意"。

官方有多少办事部门?统计数字想必惊人。本来众多部门分工明确,各司其职,各尽其责,光天化日,毫无神秘可言,对服务公众来说,无一不"有关"。国内"有关部门"一词频频露面,"中国特色"显而易见。"有关部门"于法无据,于事无济,本该销声匿迹,却活得风生水起,不能不叫人拍案惊奇。2013年12月12日,央视一则新闻是"有关部门称2014年假日安排还不是很完善"。"有关部门"是哪些?你猜猜猜,看你看罢马年春晚,能否猜得出来?其讨厌度则无须猜,早在2010年,网民已众口一词,推选"有关部门"为"最讨厌词语"。

据个人体验或众口相传,去官方办事部门办事有"三难",曰:门难进,脸难看,事难办。找"有关部门"办事比"蜀道难"还难,因为此"门"是"上穷碧落下黄泉,两处茫茫皆不见",纵有"齐天大圣"之本事,到头来也得指望"菩萨救命"。

其实想让"有关部门"现形也不难,不妨学学小吃店。

情侣进门,男献殷勤:"想吃啥?"女启朱唇:"随便。"未等小男生犯难,服务生早已下单:"随便一盘!"既然百姓对"有关部门"怨声载道,干脆单设一个"有关部门",搞笑或显效,一设就知道。

祸 从 口 出

释义 指说话不谨慎容易惹祸。
出典 晋·傅玄《口铭》:"病从口入,祸从口出。"
示例 "在这样'～'之秋,给自己也辩护得周到一点罢"(鲁迅《华盖集续编·再来一次》)。
重组

祸 从 眼 出

老辈人喜欢把一些个人生活经验传授给晚辈,以便于晚辈逢凶化吉,健康成长,这些经验中基本一条是身处陌生环境,尽量少与人搭腔接话,祸从口出,有例为证:一言不合,拔刀相向,屡见不鲜。俗谓是福不是祸,是祸躲不过,如今岂止祸从口出,祸从眼出,亦时有所闻:2002年9月,湖北武昌有大学生因看了对方女伴一眼,竟招来杀之祸;2012年8月,浙江17岁小伙因多看了他人女友一眼,被人从金华追到义乌刺死;2013年年底,宁夏永宁县有男子多看了对方一眼,遭对方同伙四人捅死。

东北有座省会城市,已夺得"最具幸福感城市"桂冠连续多年,2010年5月,某高校大一学生于洋排队等公交车,探出身子欲看清将到的是几路车,忽从公交车上下来一名陌生男子,对其大腿后侧连捅4刀,边捅边说"让你瞅我",反反复复说了十多遍。"瞅我","瞅我",都是眼神儿惹的祸。相信于洋在那一刻,幸福感烟消云散,只有疼痛感缠缠绵绵。

虎年春晚,王菲借一曲《传奇》,复出,"只因为在人群中多看了你一眼,再也没能忘掉你的容颜……"印象深刻。为什么情歌中"多看一眼"就是传奇,挪到生活中就酿悲剧? 老辈人经验可以铭记,既然祸从口出,那就少说为佳,不说更佳,管住嘴没得说。可谁能告诉我:眼神儿该怎么躲?

一言不合,拔刀相向;勉强说事出有因;而一瞥不适,举刀便刺,只能怪戾气太甚。每个人都集天使与魔鬼于一身,和谐社会,不能让魔鬼大显身手,不该让天使无路可走;"多看一眼"理应谱成"传奇",不容引发悲剧。

何去何从

释义 多指在重大问题上选择什么方向。
出典 战国·楚·屈原《卜居》:"此孰吉孰凶?何去何从?"
示例 "～,罢龟策之臧否;自开自落,任天地之荣枯"(唐·李峤《上雍州高长史书》)。
重组

呵去呵从

"最讨厌词语"评选本来是美国人2009年先玩起来的,馍是人家嚼过的,哪承想国人一嚼就是三年多,2013年年底,在2 342名网友中,有2 110人投"赞成"票,将"呵呵"推举为年度最伤人最恶心的聊天词汇。没有之一,只有唯一。

据说"在平时生活中,这个词只有一个用处,用来以最大的效果激怒对方,践踏对方全部的热情。"甚至归纳为"谣言止于智者,聊天止于呵呵"。

果真如此,"呵呵"岂不是早已死无葬身之地,为众网友唾弃?华东师范大学中文系2012届毕业生汪奎,曾以《网络会话中"呵呵"的功能研究》为题,撰写了自己的硕士论文。网络聊天一句"呵呵",竟能登上学术研究大雅之堂,这可能是许多人始料未及的。由于找不到该论文原文,故不知作者是如何溯本探源,考察其如何一路披荆斩棘,活跃于网络的。

"呵呵"最早出自《晋书·石季龙载记》。十六国时期,后赵皇帝石虎的太子石宣妒忌弟弟石韬得宠,派遣刺客杀了石韬。临葬前,石宣"乘素车,从千人,临韬丧,不哭,直言'呵呵',使举衾看尸,大笑而去"。既然是"大笑而去","呵呵"当然就是笑声。后赵乃羯族所建,因此"呵呵"本来是胡人之间流行的一种笑声。如此说来,"呵呵"本是外来语一个。唐韦庄《菩萨蛮》词:"遇酒且呵呵,人生能几何。"到了宋朝,欧阳修、苏东坡都在书信中用过"呵呵"。

"呵呵"本无错,抹黑要不得。网友所以惯用"呵呵",多半是用来救火,无奈时,无聊时,自嘲时,一时语塞,尽可"呵呵"。

呵呵复呵呵,呵呵古来多。

分明缘分浅,岂能怪呵呵?

举案齐眉

释义 案,古时有脚的托盘。送饭时把托盘举得跟眉毛一样高。后形容夫妻互相尊敬。

出典 《后汉书·梁鸿传》:"为人赁舂,每归,妻为具食,不敢于鸿前仰视,举案齐眉。"

示例 "次日,蘧公孙上厅谢亲,设席饮酒。席终,归到新房里,重新摆酒,夫妻~"(清·吴敬梓《儒林外史》一〇回)。

重组

举杯齐眉

此则成语重组者与践行者,为周有光张允和夫妇。俗话说:不是一家人,不进一家门,其实未必。好多夫妻离婚,有个常用理由是性格不合。张允和说:"我和周有光,是一对不同性格的夫妻。他爱喝红茶、咖啡,我爱喝绿茶、老母鸡汤。他很理智,我重感情。他写理论文章,我写散文、随笔。他搞现代化、推广汉语拼音,我是古代化、喜欢唱昆曲。可是,性格不同,并不相互抵触,而是相互补充。"结果这对夫妇携手走过一个古稀年,令世人叹为观止。古代夫妇恩爱"举案齐眉",如今案虽不再,这对老顽童,就发明了"举杯齐眉"来替代。

"我们两个上午喝茶、下午喝咖啡,都要碰碰杯子,叫举杯齐眉。这个小动作好像是玩意儿,其实有道理,什么道理呢? 就是说夫妇不仅要有爱,还要有敬。要敬重对方。这很有用处,可以增加家庭生活的趣味,增加家庭生活的稳定。"周有光曾在回忆录里如是总结。

张允和于93岁高龄辞世。周有光说:"我的夫人张允和的去世,对我是晴天霹雳。我们结婚七十年,从没想过会有一天二人之中少了一人。突如其来的打击,使我一时透不过气来。后来我忽然想起有一位哲学家说过:'个体的死亡是群体发展的必要条件';'人如果都不死,人类就不能进化'。多么残酷的进化论！但是,我只有服从自然规律！原来,人生就是一朵浪花!"(《浪花集》后记,写于2003年4月2日,周有光时年98岁)

认识是如此理性,情感是如此深挚,逝者应无憾,生者长追怀!

木犹如此，人何以堪！

释义 感叹岁月无情，催人衰老，自然规律让人无奈、感伤。

出典 《晋书·桓温传》载，桓温自江陵北伐，行经金城，见年轻时"所种柳皆已十围，慨然曰：'木犹如此，人何以堪！'攀枝执条，泫然流涕。"又见于《世说新语·言语》篇。

示例 "昔年种柳，依依汉南。今看摇落，凄怆江潭。树犹如此，人何以堪"（北周·庚信《枯树赋》）。

重组

人犹如此，树何以堪！

东晋大司马桓温无疑是个武夫，但《世说新语·言语》类里收录其一桩轶事，却不乏文人色彩："桓温北征，经金城，见年轻时所种之柳皆已十围，慨然曰：'树犹如此，人何以堪！'攀枝执条，泫然流泪。"桓温北征时见到近三十年前任琅琊国内史手植柳树垂垂老矣，柳树十围，行将干枯。逝水流年，武夫也伤感。桓温此番感叹生发于1 700余年前，若他老人家活在今天，见手植大树被人连根拔出，流落他乡，会不会重发浩叹：人犹如此，树何以堪！

人犹如此，树何以堪！"人挪活，树挪死"，不听老人言，吃亏在眼前：本世纪初，贵阳为在三至五年内建成全国园林城市，大搞"大树进城"，短短几年间，数以万计的大树古树珍稀树就拿到了"城市户口"，城市绿化覆盖率达到36.96%，人均绿地12.6平方米，步入全国先进行列。"自作孽，不可活"：或是"水土不服"，或是以死抗争，很快贵阳进城大树死亡率就超过70%，树木生命、巨额花费、绿化指标，一齐打了水漂儿。

人犹如此，树何以堪！大树进城，缀我身边景，剜人心头肉。不仅破坏树源地原生态，而且掠夺农村宝贵资源。城市发展离不开良好生态环境，但城市改善生态环境不能以破坏农村生态环境为代价。同在蓝天下,一旦农村生态环境恶化,城市生态环境岂能"洁身自好"?

人犹如此,树何以堪!俗话说"前人栽树,后人乘凉","大树进城",意在"当年栽树,当年乘凉",培植错误理念,花钱买绿分明是误入歧途,植树造绿才是人间正道。"大树进城",早已形成利益链条,其中不乏贪腐环节。只有畸形"政绩观"得以纠正,人们意识趋于理性,大树永驻故土,悲剧方有望谢幕。

捏手捏脚

释义 放轻手脚走路，动作小心的样子。

出典 《京本通俗小说·错斩崔宁》："那贼略推一推，豁地开了，捏手捏脚，直到房中，并无一人知觉。"

示例 于是大家～，潜踪进镜壁去一看（清·曹雪芹《红楼梦》第五十四回）。

重组

捏东捏西

　　现代生活讲方便，方便不过方便面。常吃方便面，不算好习惯。偶尔一为之，确实很方便。一次剪开口袋，不由傻眼：以往方便面都是圆圆一盘，眼前方便面则是碎碎一摊，勉强下咽，破坏口感。问商家，商家说不出所以然。看报纸，方知是"捏捏族"杰作在眼前。

　　上小学就知道我国共有五十六个民族，长大后又常听演员唱"五十六个民族五十六朵花，五十六个兄弟姐妹是一家"，"捏捏族"似乎跟五十六个民族没啥关系，也不是新认定的少数民族，而是对一个群体的称谓。该群体多由年轻白领组成，因为工作压力大，他们选择到超市里揉捏饼干等食品宣泄情绪。"捏捏族"在北京、广州、上海等经济发达地区多有分布。由于工作、生活压力大，于是来到超市以捏碎方便面、给可乐"放气"等手段释放压力。一个"捏捏族"成员在其网上日志中写道："每次去超市买东西都喜欢趁服务员不在的时候捏几包方便面，那声音，那手感，让我得到极大的满足。"超市食品遭此"毒手"，反映了"捏捏族"公德心缺失。不仅让超市蒙受损失，一些顾客也身受其害。

　　"压力山大"不是你的错，出来祸害人就不对了。绝大多数网友对"捏捏族"类似举动深恶痛绝，斥责其心理变态损人不利己。确实，压力排解，情绪宣泄，要选择正常渠道，到超市，捏东捏西，胡捏一气，无形中反衬出自己不是东西。

一目十行

释义 一眼能看十行文章。形容阅读速度极快。
出典 《梁书·简文帝纪》："读书十行俱下。"
示例 "你说你会'过目成诵,难道我就不能'～'了"(清·曹雪芹《红楼梦》二三回)!
重组

十目一行

"一目十行"一向被欣赏,被传扬,不知是不是借了皇帝的光。《梁书》里说简文帝"读书十行俱下",宋·刘克庄《杂记六言五首》诗:"五更三点待漏,一目十行读书。"只有清代"文宗"阮元,对此另有主张。阮元编印过不少书,常常请严杰帮他校对,有诗相赠曰:"严子精校雠,馆我日最长,校经校文选,十目始一行"。当然,校对书稿,一味求快,一目十行,必然什么也校不出来。郑逸梅《艺林散页》1 115条记学者"陈友琴谓读书一目十行,这是所谓才子吓唬人的,凡是求读书真正有所得的,还须十目一行才是。"

此言虽在理,践行恐无多。原因无他,耗时太甚也。台湾作家王文兴每天写作两三个小时,每天限制自己手写35个字,最多写四五十字,全部完成《背海的人》,用了25年。读书也慢,一天只读2 000字;教书也慢,一个学期9节课,只讲一篇5 000来字的短篇小说。王文兴说:"读不多就等于读很多,因为你收获很多。"

王文兴13岁开始读书,走马观花看了10本左右。18岁时发现,"真正好东西读一两页,满意度跟读一大部书没两样。"此后五十多年,他每周读书四五天,每天读2 000字左右,至今阅读量没超过50本小说。选择标准有二:文学史的名著;昨天看不懂,今天能看懂的书。如此精心,如此耐心,并世可有第二人?

随心所欲

释义 随着自己的意思,想要干什么就干什么。
出典 《论语·为政》:"七十而从心所欲,不逾矩。"
示例 "我们二人并坐,~的漫谈"(臧克家《老舍永在》)。
重组

随心所序

当代画家谁知名度高?齐白石家喻户晓。不过齐白石另有说辞:"我诗第一,印第二,字第三,画第四。"简直是乾坤大颠倒,世人以其画为首位,老人家却自排在末位。自我甲乙,世人未必当真,齐白石可是当真的,因他对写诗下过一番苦功夫。其晚年在自述中说:"我作诗不为功利,反对死板无生气的东西,讲究灵性,陶冶性情,歌咏自然。所以,他们不见得比我写得好。"

张大千画有盛名,徐悲鸿誉为"五百年来一大千",他则自称烹调第一。大千掌勺确有禀赋,但到没到"第一"程度,容当别论。郑逸梅《艺林散叶》332条记"林庚白诗极自负,谓诗初以郑孝胥为第一,我居第二位,今则始知我已登峰造极,综合古今,我居第一,杜甫次之,至于郑孝胥之流,卑卑不足道。"狂人呓语,神态毕露。

同书1150条"有人问章太炎:你的学问是否经学第一,还是史学第一?太炎笑答:都不是,我是医学第一。"同书1526条载"吴昌硕尝对人说:人家说我善于作画,其实我的书法比画好,人家说我擅长书法,其实我的金石更胜过书法。"

齐白石有诗曰:"青藤雪个远凡胎,老缶衰年别有才。我愿九泉为走狗,三家门下转轮来。"对"青藤"(徐渭)五体投地。其实,徐渭本人也搞过这一套:曾经自言"书第一,画次;文第一,诗次",金农《题徐青藤花卉手卷后》则谓"此欺人语耳"。金农认为其诗'与竹草花卉俱无第二'。"与金农一样不客气的还有陈子展,直言不讳:"齐先生的画比他的字、诗、印水平都要高,是占第一位的,他之所以把画排列最后,是有意以画来抬高其诗、其字、其印。"白石老人怒不可遏,指责陈子展瞧不起他。风波过后,白石老人精选上等田黄刻印赠给陈子展。直到晚年,犹夸奖陈子展诚实。

名存实亡

释义 名义上还存在,实际上已消亡。

出典 唐·韩愈《处州孔子庙碑》:"郡邑皆有孔子庙,或不能修事,虽设博士弟子,或役于有司,名存实亡。"

示例 "五代兵革相继,礼法陵夷,顾惟考课之文祗拘州县之辈,黜陟既异,～"(《宋史·梁鼎传》)。

重组

名存实变

当年崔健高歌一曲:"不是我不明白,这世界变化快"。歌中感叹"放眼看那座座高楼如同那稻麦/看眼前是人的海洋和交通的堵塞/我左看右看前看后看还是看不过来/这个这个那个那个越看越奇怪"。实际上,变化快者除了高楼、汽车等物质形态,还应包括语词更新换代。语词更新换代,也有两种形态:一种是新词应运而生,花开不败;一种是旧词"和平演变",词形读音依旧在,只是词义改。

有人梳理了近年被毁掉的十个中文词语,发布于网上:1. 小姐:从尊贵到低俗;2. 美女:从惊艳到性别;3. 老板:从稀有到遍地;4. 鸡:从禽类到人类;5. 同志:从亲切到敏感;6. 校长:从榜样到禽兽;7. 表哥:从亲戚到贪官;8. 干爹:从长辈到老公;9. 奶粉:从食品到毒品;10. 鞭炮:从炸鬼到炸桥。

以偏概全,显而易见;词义演变,人同此感。试以"同志"为例,曾几何时,不管党内党外,不论男女老幼,一律"同"而"志"之,一统天下,一呼百应,当属乱用滥用。2010年6月,北京公交集团印发"规范文明用语",其中,"同志"一词被限用:今后在北京坐公交车,年轻乘客将被统称为"先生""小姐"和"乘客",年少乘客统称为"同学"、"学生",而年幼乘客则统称为"小朋友"。"同志"今后只被限制用于年老乘客身上,并且排在末位对年长乘客统称分别是"老师傅"、"老先生",然后才是"老同志"。看来"同志"一词,将在北京公交淡出甚至消失。

限用"同志",很容易让人联想到同性恋者习以"同志"相称,北京公交集团肯定不是因为同性恋而羞于把乘客叫同志,不然会因为称谓歧视引发"同志"群体抗议,造成事故。不管事出何因,总得承认"同志"内涵外延确已发生改变。

语不惊人死不休

释义 如果写不出惊人之语,那就至死也不肯罢休。

出典 杜甫《江上值水如海势聊短述》:"为人性僻耽佳句,语不惊人死不休。老去诗篇浑漫兴,春来花鸟莫深愁。新添水槛供垂钓,故著浮槎替入舟。焉得思如陶谢手,令渠述作与同游。"

示例 "陈道明:不该为了~去制造话题"(2014年5月29日《南都娱乐周刊》)。

重组

语不惊人官不休

市面上揭示贪官堕落轨迹书籍已有不少,窃以为编辑一本《贪官倡廉语录》很有必要。虽然贪官中外皆多,但中国贪官爱秀"廉政语录",凸显中国国情,更具中国特色。

成克杰说过:"一想到广西还有700万贫困人口,睡都睡不着觉啊!"情真意切;慕绥新说:"人民选我当市长,我当市长为人民!"斩钉截铁;李大伦抒怀:"历尽艰辛终不悔,一腔热血荐轩辕。"诗情浓郁;原浙江省纪委书记王华元表态:"不管是谁,哪怕他官越做越大,只要违法,必然受到惩罚。"振奋人心……

贪官都是"两面派",中共十八大以来落马官员不少都是"台上高调反腐,台下大搞腐败":廖少会在遵义履职不过一年多,廉政语录却有一大把;季建业就任南京市长时承诺要"做一个廉洁从政的市长",并表示"做到不为亲戚朋友谋私利,不允许亲友家人打我的旗号办事、拉工程,不干涉工程招投标、土地招拍挂等方面的事项"。

尽管现行考核部门多到令人眼花,考察条文细到无以复加,待到贪官落马,谁都看得出,却原来还是"带病提拔"。若想边腐边升,没有"护身符"怎么能行?"廉政语录"就是"护身符"构成元素之一。低成本,高收益,贪官边心动边行动,甚至组织"智囊团"策划廉政讲话,"动动嘴皮子"即能对上赢得好印象、对下获得好名声,贪官哪个不是人精?何乐而不为?于是,语不惊人官不休,"廉政语录"层出不穷,"雏凤清于老凤声"。可以推断,只要贪官落马,必有"廉政语录"流传。

狗屁不通

释义　言别人说话或文章极不通顺。
出典　清·石玉昆《三侠五义》第三五回："柳老赖婚狼心推测,冯生联句狗屁不通。"
示例　"尽管～你的文章,还是有人争先恐后地请你做广告"(邹韬奋《无所不专的专家》)。
重组

狗屁神通

　　"世事洞明皆学问","狗屁"亦如此。徐珂《清稗类钞·放屁狗》云:"王少香尝习为诗,平仄且不谐,以所居僻左,遂以诗鸣,自谓为诗人矣。某年入都,恒作诗赠人,李九溪见之,批'放狗屁'三字于上。或云:'君何作此恶骂?'李曰:'此为第一等之评语,尚有二等三等者,乃为恶骂。'或究其详,则曰:'放狗屁者,人而放狗屁,其中尚有人言,偶放狗屁也。第二等为狗放屁,狗非终日放屁,屁尚不多。第三等为放屁狗,狗以放屁名,则全是狗屁矣。'"梁启超引用过这则典故,且加评析,以至于有人将"狗屁分等"发明权强加到梁任公头上,显然,"狗屁分等"之说具有生命力,不然,2012年复旦大学自主招生考试面试,一位教授就不会以此为考题来请学生回答。

　　实际上,他人评判"狗屁",或许真是"狗屁";若是作者自称,往往只是出于谦虚。现代作家郁达夫写得一手好旧体诗,却常称自己作诗为"放屁"。1933年11月14日,郁达夫游览浙江兰溪栖真寺,"饭后向寺廊下一走,殿外壁上看见了傅增湘先生的朱笔题字数行,更向壁间看了许多近人的题咏,自己的想附名胜以传不朽的卑劣心也起来了,因而就把昨夜在兰溪做的一个臭屁,也放上了墙头:"红叶清溪水急流/兰江风物最宜秋。/月明洲畔琵琶响,/绝似浔阳夜泊舟"(《达夫游记》)。又在《西游日录》中说:"我倒又写下了四句狗屁。山既玲珑水亦清,/东坡曾此访云英。/如何八卷《临安志》,/不记琴操一段情。"

本乃雅致清新诗句,郁达夫却自称"狗屁"。"狗屁"若此,倘与"不通"连读,岂不厚诬前贤?

遥相呼应

释义 远远地互相联系,互相配合。

出典 清·毕沅《续资治通鉴·宋宁宗嘉定六年》:"蒙古尽驱其家属来攻,父子兄弟,往往遥呼相应,由是人无固志,故所至郡邑皆下。"

示例 "过道里的学生们,跟着喊起了爱国的口号,唱起了爱国的歌曲,和远远大门外学生们的摇旗呐喊的声音,~"(孙厥《新儿女英雄续传》六章)。

重组

谣相呼应

"上山下水问渔樵,要知民意听民谣"。民谣历代都有,于今为盛。不平则鸣,有谣为证。所谓"谣相呼应",体现在两个方面:一是民谣与民众精神生态相呼应,二是民谣与其他民间文学样式(如手机段子)相呼应。

当代史上最著名的一则民谣,大约要数彭德怀元帅1958年在湖南农村考察后转述那一则:"谷撒地,薯叶枯。青壮炼铁去,收禾童与姑。来年日子怎么过?我为人民'鼓与呼'。"该民谣原型出自汉代童谣,末尾三字原为"鼓咙胡",意为"在喉咙里小声嘀咕",属"私下怨叹",而"鼓与呼"则是大声疾呼,"公开表明"。固然时代不同,也是彭德怀性格使然。

民谣作为议政利器,在两会上体现得尤为明显。2007年两会,中国农业大学资源与环境学院教授、政协委员杨志福向温家宝总理转述反映部分农村基层官员欺上瞒下、截留中央补贴等深刻问题的民谣:"村骗乡,乡骗县,一直骗到国务院。国务院,下文件,一层一层往下念,念完文件进饭店,文件根本不兑现。"民谣念罢,一片叫好,因为说出了百姓心里话。

民以食为天,食以安为先,可是一位代表念了一首民谣:"吃动物怕激素,吃植物怕毒素,喝饮料怕色素,能吃什么,心里没数。"道出了公众内心之忧虑。

"脱贫四五年,一病回从前;得了阑尾炎,白种一年田。"政协委员任玉岭提供此则民谣,看病难、看病贵尽在其中。王充《论衡》云:"知屋漏者在宇下,知政失者在草野"。人大代表和政协委员所说民谣皆来自"草野",道地"原生态",民意蕴其中:生存焦虑,痛恨腐败,不满不公……执政者欲了解民生疾苦,除了听取下级汇报,不妨细听民谣。

是可忍，孰不可忍

释义 如果这个都可以容忍，还有什么不可容忍的呢？意思是绝不能容忍。
出典 《论语·八佾》：孔子谓季氏，"八佾舞于庭，是可忍也，孰不可忍也！"
示例 "～！在此背景下，中国政府顺应民意，果断采取一系列有力措施，维护和伸张中国对钓鱼岛的领土主权，回击日方的挑衅行为，这是完全正当、合法的"（钟声《日本必须承担背信弃义的严重后果》〔国际论坛〕2012年10月22日《人民日报》第2版）。

重组

数可忍，孰不可忍

李瑞环新书《看法与说法》（中国人民大学出版社2013年3月第1版）收有2002年3月5日《看望全国政协中共界委员时的讲话》，讲话中提到："上山下水问渔樵，要知民意听民谣。"历朝历代的统治者都特别重视民谣，特别是童谣。为什么是童谣呢？实际上是成年人编出来让儿童念的，儿童念出来不犯法。皇帝一听见童谣直接奔他来，就下个罪己诏。我们对顺口溜之类的东西也要重视。昨天总书记和我听一个委员讲，现在民间流传一副对子，上联是"上级压下级，层层加码，马到成功"，下联是"下级骗上级，层层加水，水到渠成"，横批是"官出数字，数字出官"。

民间还流传一个段子：一个统计学家，一个地理学家，一个长跑冠军在沙漠迷路了，谁活下来的几率较大，为什么？依常理，应该是地理学家，毕竟他有专业知识，答案却是统计学家，因为沙漠生存最关键因素是水，而统计学家工作业绩水分最大，故存活几率最大。

统计数据造假，地球人都知道。近十年来，几乎每年、每季度，全国各地GDP之和都高于国家统计局的GDP数据，其中虽有重复统计等因素，但最重要的原因还是统计造假；国家统计局有关负责人多次公开坦承，一些地方存在GDP"注水"问题；近年来，屡屡有地方和企业统计造假问题被曝光、被查处……何以统计造假？因为"数字出官"。新加坡国立大学2013年的一项研究，分析了中国283个中小城市的市长和市委书记10年的政绩和升迁情况。结果显示，中国的绿色官员升迁难。如果市委书记和市长任期内的GDP增速比上一任提高0.3%的话，升职概率将高于8%，如果任期内长期把钱花在民生和环保上，那么升官的几率则是负值。基于此，"官出数字"就不难理解了。

智者千虑，必有一失

释义　不管多聪明的人，在很多次的考虑中，也一定会出现个别错误。
出典　汉·司马迁《史记·淮阴侯列传》："臣闻智者千虑，必有一失；愚者千虑，必有一得。"
示例　"'～'，这里的'失'，是在非到盖棺之后，一个人的运命'终是'不可知"（鲁迅《花边文学·运命》）。
重组

智者千语，必有一失

以懂不懂中国为标准来判断，说鲁迅是智者，当无异议。冯雪峰曾告诉毛泽东，有一个日本人说，全中国只有两个半人懂得中国，一个是蒋介石，一个是鲁迅，半个是毛泽东。毛泽东听了哈哈大笑，然后沉思着说："这个日本人不简单，他认为鲁迅懂得中国，这是对的。"

说鲁迅懂中国，懂中国文化是题中应有之义，不过，鲁迅却因对中国汉字失掉了自信力，看法相当偏激。据说，鲁迅先生临终前说过："汉字不灭，中国必亡！"这话显得触目惊心、不可思议。其实鲁迅有过不少类似表达，立场可谓如一。转眼鲁迅逝世七十余年，2013年，从中央到地方，电视台办了几台汉字节目，均风生水起，收视率不低，一时间街谈巷议。这似乎可以证明：智者千语，必有一失。鲁迅是人不是神，汉字自有其魅力与活力。

2006年，广东《新周刊》纪念鲁迅逝世70周年特辑，封面标题为"今天我们想骂的鲁迅都骂过"，连被鲁迅骂过的章克标撰写对联，仍不脱鲁迅诗意："与其横眉冷对，何如笑口常开"。真若"笑口常开"，就是弥勒佛，不是鲁迅了。中关村IT王老五们用"横眉冷对秋波，伏首甘为光棍"语式抒怀，叫人想起那句著名广告语"一直被模仿，但从未被超越"。

以鲁迅为参照，说鲁迅元配妻子朱安是愚者，应无贬义。但就是愚者朱安,不光说话在理,而且办事得体。鲁迅逝世后,朱安与婆婆生活陷入困境。朱安听取周作人建议,一度打算出售鲁迅藏书,以解燃眉之急。许广平与鲁迅友人闻讯,当即设法阻止。朱安对来客说:"你们总说鲁迅遗物要保存,要保存!我也是鲁迅遗物,你们也得保存我呀!"可谓愚者千语,必有一得。鲁迅藏书最终得以妥善保存,自有朱安一份努力。

恋恋不舍

释义　形容非常留恋一种事物,舍不得离开。

出典　汉·司马迁《史记·范睢传》:"然公之所以得无死者,以绨袍恋恋,有故人之间,故释公。"

示例　"他说人间纵使是罪恶的,但因为有这歌声,已够叫他～"(叶圣陶《搭班子》)。

重组

初恋不舍

本世纪初,从南京开始,国内许多城市信息服务类公司相继推出帮人寻找初恋情人业务,一时间生意火爆,议论纷纷。

"问世间,情是何物?直教生死相许。"诗人有诗人疑惑,众人有众人理解,从来不曾有过统一答案。不过,要说爱情是世间最美好情感之一种,大约无人反对。"第一印象永存不灭",有心理学依据;初恋情人大多不是婚姻伴侣,有社会学依据;而人通常被定义为感情动物,怀旧又是人们升华情感途径之一,"寻找初恋情人"作为都市人正在实现中的心理需求,也就不难理解了。当然,心动不如行动,为弥补初恋遗憾,上海金融巨贪刘金宝曾花费 400 万港币供情人整容,复制"同桌的她"。

心理学家、南京中医药大学心理系主任杜文东称寻找初恋情人有五种心态:一是志得意满回顾型;二是生活不顺推诿型;三是生活平静缺憾型;四是年轻反思型;五是山盟海誓型。南京大学社会学系朱力教授认为,"初恋"发生在人生特殊时段,往往因为有所缺失而在自己心目中特别纯洁、珍贵。失散多年的恋人之所以想要再次见面,大半也仅仅是为了畅谈过往,寻求一种温馨美丽的感觉,而不是希望鸳梦重圆。

初恋情人找不找?赞同者认为怀念不如相见;反对者则主张相见不如怀念,美好记忆只能雪藏,老酒最宜窖藏。初恋情人之间,相见不如怀念。怀念没有麻烦。花是未开的娇,人是未婚的好。初恋情人在初恋时,是纯情百分百,浪漫不打折。而今经过记忆筛选、岁月净化、想象包装,初恋情人已经理想化、符号化,成为青春和爱情的载体,"纵使相逢应不识"了。保持初恋情人美好印象之最理想方式,莫过于永不打探、永不追寻。

国无宁日

释义 国家没有太平的时候。

出典 明·冯梦龙《东周列国志》第十一回:"宋大国也,起倾国兵,盛气而来……吾国无宁日矣。"

示例 "战犯不除,~"(毛泽东《南京政府向何处去?》)。

重组

国无生日

似乎是有些年头了,每到十一前后,电台、电视里常会响起人们熟悉的那首歌:"今天是你的生日我的中国/清晨我放飞一群白鸽/……我们祝福你的生日我的中国/我们祝福你的生日我的中国/愿你永远没有忧患永远宁静/我们祝福你的生日我的中国……"作者言之凿凿,歌者深情款款,似无问题,问题在于,"我的中国"真有生日么?真是10月1日这一天么?

从理论上说,祖国生日这一天,大体须有定体则无,可以理解为在"某年某月某一天","我的中国"成立了,至于究竟是"某年某月某一天"?却无法给出一个干支纪年或公元纪年来。不独中国,世界各古国生日都是一笔糊涂账。

众所周知,中华民国以武昌首义纪念日"双十"为国庆,中华人民共和国以"十一"为国庆,纪念日虽不同,但同属于纪念"我的中国"则毫无疑义。我们常以祖国历史悠久而自豪,若一口咬定"我的中国"只有区区几十年历史,岂不成了天大笑话?

1950年的一天,毛泽东正在院子里散步,忽然听到放学回家的女儿李讷在唱歌。他问女儿:"你唱的是什么歌?"李讷说:"我唱的是《没有共产党就没有中国》。"毛泽东问:"你说说,中国共产党是哪年成立的?"李讷答道:"1921年!""那中国历史有多少年了?"李讷想了想回答:"大概有几千年了吧?"毛泽东微笑着说:"对么,中国已经有5 000年的历史,而中国共产党成立才几十年。怎么能说没有共产党就没有中国呢?"毛泽东接着说:"我帮你加上一个'新'字,这首歌就叫《没有共产党就没有新中国》。"这时,秘书田家英也已经来到院子里,他亲眼见到了这一幕。

一字之增,既体现了一种历史唯物主义态度,又尊重了中国已有几千年历史之事实。因此,"我的中国"只有区区几十年历史之类常识性错误,没有理由再犯下去了。

天生尤物

释义 指容貌艳丽的女子。
出典 《左传·昭公二十八年》:"夫有尤物,足以移人。"
示例 "看他谁是蝉踪,自然治态,正是～,世不虚名"(明·梅鼎祚《玉合记·砥节》)。
重组

刀生尤物

从古至今,历朝历代,美女都是稀缺资源,因此,历史上那些著名尤物,就算青史无法据一席之地,野史总会占上几页,好事者津津乐道有凭依,老百姓消愁解闷添话题。彼时彼地,尤物何出,毫无规律,全凭天意,即使标杆在前,"遂令天下父母心,不重生男重生女",除了"羡慕嫉妒恨",也是身不由己,回天乏力。只是到了新世纪,观念既更新,科技更给力,东施变西施,女人有机遇。

同为尤物,过去纯天然,现在凭刀剪,表面看并行不悖,殊途同归。只是美有天意,纯天然顺水顺风,现世安稳;凭刀剪则多灾多难,原形毕露,所有美丽,统统归零。北方小城男子冯健以妻子太丑为由将其告上法庭申请离婚,居然打赢了官司,并获赔75万多元。冯健表示他是在女儿出生后才对妻子的长相产生了质疑——女儿丑得不可思议。面对指责,冯妻承认自己曾花费约62万多元整容。此可谓整容风潮卷天下,赔了婚姻又折金。后来有人调查说此事为假新闻,但因有大量媒体(不乏权威媒体)转载,真影响已然造成,欲彻底消除可没那么容易。

私人定制千般好,暗藏色心谁知晓?哈尔滨女子黄珍,到丈夫任主刀医生的医院做整容手术,要是自己丈夫信不过,还能信得过谁呢?2010年9月,经过一系列手术后,黄珍形象被完全改变。一天黄珍路过丈夫原单位,巧遇丈夫前领导田主任。谁知道田主任一见,就惊奇地喊她"金珍伊!"在解释自己是黄珍后,田主任面色不自然地和她聊天。追问之下,黄珍才知道,原来自己现在跟一个叫金珍伊的女子长得一模一样……而"金珍伊"恰好就是自己丈夫先前的韩国情人。

真相大白,黄珍毅然提出离婚申请,并要求丈夫把自己的脸整回原样。2011年1月,黄珍做了补救手术,结果很不理想,反复修正后彻底失败,3月初,不堪忍受身体与情感双重折磨,黄珍办理了离婚,随后向法院提交了起诉书,将丈夫及其单位告上法庭。

鸡飞蛋打

释义 比喻两头落空,一无所得。
出典 清·蒲松龄《聊斋志异·阿霞》:"人之无良,舍其旧而新是谋,卒之卵覆鸟亦飞,天之所报亦惨矣。"
重组

凤飞蛋打

网络代有红人出,各领风骚一两年。盖凤姐虽属网络红人,毕竟比不得大观园里"凤辣子",大观园里凤姐好歹算个女强人,可网络凤姐能算强人么?评说网络凤姐,是不是往弱者伤口撒盐,老太太挑柿子,做人不厚道?待看到一本《网络新新词典》,内辟"网络红人"章节,以"芙蓉姐姐"开场,以"凤姐"压轴,阿Q心理又占了上风:别人说得,我说不得?于是,心理负担涣然冰释。

凤姐,本名罗玉凤,重庆綦江人,大专学历,身高1.45米。2008年只身到上海打工,在家乐福超市工作,月入千余元,2009年10月,她开始在陆家嘴、南京东路等地派发征婚广告并在电视情感节目上露面,对应征者提出七条要求,如"必须为北大清华硕士毕业"、"必须为经济学专业毕业"、"必须身高176~183厘米。长得越帅越好"……自称懂诗画、会弹琴,精通古汉语,"9岁起博览群书,20岁达到顶峰,智商前300年后300年无人能及"。现主要研读经济类和《知音》、《故事会》等人文社科类书籍。不知其本人是否享受偶像感,很多网友是将其作为"呕像"对待的。2010年5月,一次参加《达人秀》后,凤姐遭一黑衣男子砸鸡蛋:"请无耻的凤姐滚出达人秀"!后来凤姐称为对中国男人负责,曾到韩国整容。2010年年底,凤姐前往美国,当了一名美甲师,翌年声称拿到绿卡。

凤姐到美后大倒苦水,对自己炒作直言不讳。国内看客恍然大悟:凤姐并非真疯,其目的一向明确。不知国内看客会不会顿觉羞愧:本来是来看耍猴的自己却成了猴。

众口铄金

释义 比喻众口一词可以混淆是非。
出典 《国语·周语下》:"众心成城,众口铄金。"
示例 "群言淆乱,异说争鸣;～,积非成是"(鲁迅《三闲集·述香港恭祝圣诞》)。
重组

众口馈金

余读中学时,写作文也曾引用过名人名言。同样是源于老师倡导,范文开道。当然,那名言货真价实、来源可靠。当年名人名言书籍既少,又没有互联网提供检索渠道,通常是阅读中偶遇一句名言,赶忙抄在一个本子上,以备作文时引用。

现在中学生脑袋瓜子可比我们当年活络多了,能引则引,不能引则编。"托尔斯泰曾经说过:诚实而有信,对于一个人乃至一个国家,一个民族来说,都是绝不可或缺的素质。"看了这句话,你能怀疑它的创造者不是列夫·托尔斯泰么?然而这句"伪名言"却实实在在出自一初二学生之口。

南京一位记者在辅导一初中二年级学生写一篇关于诚信的作文时,发现其作文中赫然出现上述一段名言。然而记者印象中,托尔斯泰并没有说过类似的话语。再三询问之下,该中学生终于坦白这句"名人名言"是自己生编硬造出来的。

该中学生还告诉记者,此举在他们班上相当普遍。因为老师要求作文中要多引用一些名人名言,这样会使文章增加说服力。而且作文中出现了这样的"伪名言",老师一般也辨别不出来,即使编造痕迹很明显也从未受到批评。所以现在的中学生都能把名人名言编得炉火纯青,自己的作文想表达什么观点,就会有一个"名人"说得毫厘不爽,奇怪的是,这样的作文往往能够得高分。他还向记者透露了编名言的"诀窍"：要用短句，语法上多用倒装，最好说得不是很通畅，甚至有点语病才不会被怀疑。

　　看来一些传世名言表面上"有鼻子有眼儿"，实际上跟某名人八竿子打不着。如牛顿那句"假如我看得远，是因为我站在巨人的肩膀上"，广为人知。据史学家汪荣祖说，其实这话完全可以溯源到罗马时代一位文法学家蒲里师辛头上。同样一句话，出于名人之口，一句顶一万句；出于凡人之口，一万句不顶一句。马太效应，无处不在；众口馈金，名言不败。

囫囵吞枣

释义 把枣整个咽下去，不加咀嚼，不辨滋味。比喻理解事物含混模糊或学习上不加分析，不求充分理解地笼统接受。

出典 宋·圆悟禅师《碧岩录》卷三："若是知有底人，细嚼来咽；若是不知有底人，一似浑仑吞个枣。"

示例 "一个高中文科的学生与其～或走马观花地背十部诗集，不如仔细地背诵三百首诗"（朱自清《论诗学门径》）。

重组

囫囵吞果

大约从幼儿园起，我们就听过"吃葡萄吐葡萄皮，不吃葡萄不吐葡萄皮"，一直都是当绕口令听的。不过，都市里"全食族"正在兴起，族员们不光"吃葡萄不吐葡萄皮，"连吃香蕉也不剥皮了，其"全食"之举，其意不在于颠覆绕口令，而是为了"与国际接轨"："全食物"作为一种饮食文化理念最早兴起于西方发达国家，并逐步向全世界扩展。很多发达国家的医师、营养学家，都在推行"全食物"概念。

"全食族"相信"全食物，全营养"的观点，认为葡萄皮、葡萄籽、香蕉皮这样的"边角料"富含维生素、矿物质、纤维素和植物生化素，若长期坚持摄取，可抗氧化、消除自由基、延缓衰老。民以食为天，食以安为先。"全食族"如此"全食"安全么？通常农药、化肥一类有害物质，不是果皮里残留最多么？一味"全"而"食"之，到底是吸取营养还是慢性自杀呢？

武警番禺医院营养专家汤恋花认为，"全食族"们所推崇的"果品营养说"，很难跨过"营养吸收"和"食品安全"这两道关卡。

葡萄皮和葡萄籽中所含白藜芦醇，的确具有抗氧化功能，但葡萄籽壳很厚，整颗吃下去并不利于消化吸收。就算将葡萄籽弄碎，依然无法达到消化吸收的标准，最终仍然会随着排泄物排出。因此，为了获取营养而将葡萄连皮带籽吃没有必要。

另外,香蕉皮含粗纤维,有助排泄,但肠胃不好者食用,会出现严重问题。汤恋花表示,食物并非所有营养都在皮与籽里,刻意追求"完整的食物"其实完全没有必要,所谓"吃葡萄不吐葡萄皮",吃香蕉"连皮吃"的"健康养生理念",其实并不科学,不值得效仿。

大 义 灭 亲

释义　为了维护正义,对犯罪的亲属不徇私情,使受到应得的惩罚。
出典　《左传·隐公四年》:"大义灭亲,其是之谓乎。"
示例　"这是一条汉子,~,死活只有一个党"(丁玲《太阳照在桑干河上》二四)。

重组

大 义 存 亲

"大义灭亲"一直是个挺正面的词汇,尽管从字面上看,正义凛然,杀气腾腾。在以阶级斗争为纲的年代,没人觉得"大义存亲"有什么不妥,很少有人去想,把自己的亲戚给灭了,大义何在?如果没有法律强制,还有没有人会做出"大义灭亲"之举?可是在过去相当长一段历史时期内,无论司法实践还是道德意识,大义灭亲都是被肯定、被倡导、被强制的。

2011年8月30日,《中华人民共和国刑事诉讼法修正案(草案)》公布,其中第六十八条规定:增加一条,作为第一百八十七条:"经人民法院依法通知,证人应当出庭作证。证人没有正当理由不按人民法院通知出庭作证的,人民法院可以强制其到庭,但是被告人的配偶、父母、子女除外。"

同时,又在《中华人民共和国刑事诉讼法修正案(草案)》说明中强调:"考虑到强制配偶、父母、子女在法庭上对被告人进行指证,不利于家庭关系的维系,因此,规定被告人的配偶、父母、子女除外。"这就是说,从此咱们是在法律层面大义灭亲的义务就算免除了。

原本的规定是没有正当理由,法院让你到庭作证你就必须到庭,而不管被告席上站的是不是你的直系亲属。《刑事诉讼法修正案(草案)》实施后,拒绝作证最正当的理由就多了一条:"这人是我直系亲属,我可以不作证,从而使他有被定罪的风险。"无须强词,不必夺理,只因法律赋予了相应权利。

显然,这是司法观念的一个进步,虽然晚些,毕竟来了。人生在世,亲情重要,不言自明。若在法庭上证明自己的亲人有罪,必然使亲情受到极大伤害。虽然出庭作证是公民应尽的义务,但这个义务实现的前提,是不造成延伸的伤害。

大义灭亲让人恐惧,大义存亲令人慰藉。既维护正义,又保护亲情,才是理想的、人性的法律。

游蜂戏蝶

释义 飞舞游戏的蝴蝶和蜜蜂。后用以比喻浪荡子弟。
出典 唐·岑参《山房春事二首》:"风恬日暖荡春光,戏蝶游蜂乱人房。"
示例 "～空自忙,岂知美人在西厢"(宋·陆游《驿舍海棠已过有感》)。
重组

游文戏字

随着电视剧《甄嬛传》热播,"甄嬛体"也在网上流传开来,戏虽古装戏,而恶搞"甄嬛体"中那个反转——"说人话"。倒是对现实生活更具嘲讽意义。

当下社会有一个毛病,就是不少人说话、写文章,不习惯"说人话"。流沙河《可笑性很高》短文自述:1988年北京晤苏叔阳,共嘲当今文风之可笑。苏君朗诵论文长句:"审美主体对于作为审美客体的植物生殖器官的外缘进行观感产生生理上并使之上升为精神上的愉悦感。"问我懂不懂。我不懂。苏君曰:"闻花香很愉快,就是这个意思。"我拍案赞叹曰:"有很高的可笑性呀。"苏君大笑,席间喷饭。如果不习惯"说人话"仅仅停留在"可笑"层面,并不可怕,可怕的是法官判案也不"说人话":2009年11月,浙江湖州两名协警在宾馆趁一女子醉酒不省人事之时对其实施强奸,法官考虑到两人属临时性即意犯罪,事前并无商谋,且事后主动自首,并取得了被害人谅解,从轻处罚,判决两被告有期徒刑三年。根据法律,轮奸罪至少要判十年,法官却造出一个"临时性的即意犯罪"新名词,将两名败类从轻发落,游文戏字,亵渎法律。舆论抨击,铺天盖地。

审美观尚白,女子一白遮百丑;众部门务虚,语词一"待"解百忧:穷人不叫穷人,叫待富者;光棍不叫光棍,叫待娶者;剩女不叫剩女,叫待嫁者;孕妇不叫孕妇,叫待产者;醉鬼不叫醉鬼,叫待醒者;贪官不叫贪官,叫待廉者;懒人不叫懒人,叫待勤者;失业不叫失业,叫待业者……

国 计 民 生

释义 国家经济和人民生活。

出典 《荀子·富国》:"如是则上下俱富,交无所藏之,是国计之极也。"
《左传·宣公十二年》:"民生在勤,勤则不匮。"

示例 "这几年她已深切了解,做官的人,对~,或者不甚措意,但于权贵的荣辱得失,十分敏感"(高阳《玉座珠帘》上册)。

重组

诗 计 民 生

自从杜甫感叹"酒债寻常行处有,人生七十古来稀,"这"古稀"之年便成了人们自己期盼寿命的平均值,那么这人生70年,两万余天,是怎样分配的呢?外国人算得比较细致:人生站立时间最长,不知不觉要站30年;睡次之,要卧23年;坐居第三位,耗时17年;走路要花去16年;尽管不劳动者不得食,可人用于工作的时间总共不过10~12年;而在饭桌上吃饭竟要花去6年;小小感冒也要费去500天;男儿有泪不轻弹,流泪费时50天……

印象中唐伯虎是浪荡公子,岂不知此君对时间流逝相当敏感:其《一生歌》云:"一年三百六十日,春夏秋冬各九十。冬寒夏热最难当,寒则如刀热如炙。春三秋九号温和,天气温和风雨多。一年细算良辰少,况且叹逢美景何?美景良辰倘相遇,又有赏心并乐事。/不烧高烛照芳尊,也是虚生在人世。古人有言亦达哉,劝人秉烛夜游来。春宵一刻千金价,我道千金买不回。"其《一世歌》云:人生七十古来稀,前除幼年后除老。中间光景不多时,又有炎霜与烦恼。过了中秋月不明,过了清明花不好。花前月下且高歌,急须满把金樽倒。世上钱多赚不尽,朝里官多做不了。官大钱多心转忧,落得自家头白早。春夏秋冬捻指间,钟送黄昏鸡报晓。请君细点眼前人,一年一度埋荒草。草里高低多少坟,一年一度无人扫。

人生在世,除去年幼、年老、睡梦、烦苦、冬寒、夏热、风雨、无美景、无情趣,还有多少时光可以享受呢?《一世歌》句句是白话,字字戳心窝。悲观是悲观,实在也实在。

时光似箭，日月如梭

释义　形容时光飞逝，时间很快就过去。
出典　《京本通俗小说·碾玉观音》："时光似箭，日月如梭，也有一年之上。"
示例　"不觉～，玉帝化身，在哥阇国为王，享太平天下有十年矣"（明·余象斗《北游记》四回）。

重组

时光似箭，日月如偶

　　20 世纪 50 年代大跃进时，有一句口号广为人知，就是"人有多大胆，地有多大产"。当时人胆子大是够大了，粮食产量却没上去，客观规律从来不以人的意志而改变。当然，这口号也没人提了，提起来也是当做笑谈。不过隐藏在这口号背后的思维，却难说绝迹，比如在白酒业，人有多大胆，时间就有多乱，所谓年份酒，压根跟年份无关。

　　无论产品质量，还是人际关系，其可靠度凭什么来检验？除了时间，还是时间。日常所说"经得起时间考验"。时间做检验员，角色最合理，态度最谨严。一旦视时间为橡皮泥，拿日月当玩偶，其产品必定是外强中干，名不副实。白酒业当家人未必个个是马三立粉丝，却把"逗你玩儿"精神发挥得淋漓尽致：四川泸州老酒酒业有限公司成立 16 年，推出泸州 30 年珍品；贵州省仁怀市茅台镇国礼酒业有限公司成立 22 年，出 30 年陈酿；宿迁市洋河镇御缘酿酒厂成立 11 年，出 20 年陈酿；泸州陈香酒业 2008 年成立，但却推出了泸仓"三十年窖藏"。最可叹服贵州省仁怀市茅台镇茅山酒业有限公司，成立不过而立之年，却推出了茅台镇百年纯粮酒。人生七十古来稀，居然被酒厂轻松跨越。

　　　　年份酒兮年份酒，
　　　　名不副实玩噱头。
　　　　谁拿消费者当猴耍，
　　　　早晚不等栽跟头。

蛊惑人心

释义 指用欺骗引诱等手段迷惑人,搞乱人的思想。

出典 《元史·刑法志》:"诸阴阳家者流,辄为人燃灯祭星,蛊惑人心者,禁之。"

示例 "却胆敢把这个反天逆地、阻碍进化、～的邪说谬论说将出来"(清·岭南羽衣女士《东欧女豪杰》第三回)。

重组

股惑人心

辛苦发展十余年,一夜回到十年前。中国A股市场因2011年的连续跌势而"熊"冠全球。2011年12月22日,上证综指收于2 186.30点,跌幅0.22%。此前的12月13日,沪指最低跌至2245点,持平于2001年6月14日。不少投资者深度套牢。

尽管中国股市"熊"冠全球,毕竟有过牛时光,2006~2007年的中国股市。几乎颠覆了传统理念:老黄历不灵了,天上果然有馅饼掉下来。老话爱说书中自有黄金屋,书中自有颜如玉,书中自有千锺粟,股市告诉股民,只要将"书中"换成"股中",就什么都有了,现实却是,A股十年涨幅为零,发财梦变成了黄粱梦。长歌当哭,要唱只能唱《月亮之上》股票版:"我在遥望/大盘之上/有多少股票在自由地滑翔/昨天已忘/风干了暴涨/我要和你重逢在套牢的路上/资金已被牵引/股落股涨/解套的日子/远在天堂……呕也!呕也!呕也!"

A股大起大落,股民大喜大悲,过去半个多世纪里,对国人心理冲击最大者,除了"文革",就是股市了,不同处在于,"文革"是被动卷入。股市是主动投入。"文革"是人民群众充分发动起来了,股市则是不用发动自己就起来了。2007年上半年,广州一家媒体对社会炒股群体分布作过调查,其中个体劳动者、离退休人员、企事单位员工各占25%左右,其中还有一部分在政府机关上班的兼职炒股人员、大学生、无职业者,甚至还有一小部分出家人员。出家人都来炒股了,红尘中人参与之众可想而知。2008年清明节前夕,深圳有人叫卖印有"天堂股票有限公司"1 000亿元面值的冥币。不知在阴界哪家交易所可以交易,指数是多少?

无巧不成书

释义 比喻事情十分凑巧。
出典 明·冯梦龙《醒世恒言·卖油郎独占花魁》:"自古道:'无巧不成书,'恰好有一人从墙下而过。"
示例 "书里分别的用着'尺度'和'标准'两个词,启发了我,并给了我自己的这本小书的名字。这也算是'~'了"(朱自清《"标准"与尺度·自序》)。
重组

无错不成书

一位出版社退休工人见到自己原单位出版了不少词典,欲索要两本作为孙辈学习工具书,不料质检负责人说,咱们自己出的词典你还敢用?一句话就让老工人改了主意。这位负责人说的是实话:全国已有多名读者给新闻出版署写信,反映该出版集团所属出版社出版物差错太多,新闻出版署已多次通报,敦促改进,可惜改观不大。

民间谚语云:"井里蛤蟆酱里蛆,饭里沙子老规矩。"可能在一些出版社眼里,书有错字就像饭里沙子一样,不可避免,问题在于沙子太多,不敢合牙,饭就没法吃了。以前买书遇到错字太多,哑巴吃黄连,自认倒霉;现在权利意识增强,状告出版社,时有所闻。无锡市崇安区法院透露,一本自称编排严谨、校点精当的正版书却错字连篇,一名无锡读者陈先生两次致信出版社都没得到回音,于是状告出版社及新华书店,希望以此引起出版社和书店对此事的重视。

法院受理该案后,立刻组织双方调解。出版社接到法院传票后与陈先生联系沟通,诚恳接受了他的批评,并主动对他进行了经济补偿。目前所有相关图书均已下架、回收,陈先生也撤回了起诉。

2000年11月,浙江金华市读者汪新章因购买到差错多的图书而状告内蒙古远方出版社索赔,金华市婺城区法院曾作出一审判决,判定由被告远方出版社向原告退还书款、赔偿书价一倍及勘误补偿费660元,并承担部分诉讼费用;销售方金华市新华书店承担连带责任。读者能够拿起法律武器捍卫自己的合法权益,难能可贵。为了净化和繁荣图书市场,应该呼吁广大读者买到质量低劣的书,大胆退书索赔,促进一些出版社重视产品质量。出版社也该精编细校,杜绝不合格书籍进入市场。

杯水车薪

释义 用一杯水去救一车着了火的柴草。比喻力量太小,解决不了问题。

出典 《孟子·告子上》:孟子曰:"仁之胜不仁也.犹水胜火。今之为仁者,犹以一杯械一车薪之火也;不熄,则谓之水不胜火。此又与于不仁之甚者也,亦终必亡而已矣。"

示例 "有新债未动毫分的,除了承许夏鼎三十两外,大有~之状"(清·李绿园《歧路灯》七四回)。

重组

杯水车新

每次路过街头洗车店,见到自来水直接流入下水道,就觉得痛心。毕竟中国是一个干旱缺水严重的国家,人均淡水资源只有2 200立方米,仅为世界平均水平的1/4,在世界上名列121位,是全球13个人均水资源最贫乏的国家之一。

以北京为例,既有年耗百万人用水的高尔夫球场,又有严重耗水的滑雪场。有环保组织统计过,北京500万辆机动车,每年洗车要洗掉3 000万吨水,相当于12个昆明湖。洗车业要想摘掉"耗水大户"帽子,并非无路可走,"微水洗车"就大可推广。

微水洗车源于新加坡。十几年前,新加坡政府为环保节水的需要,强制推行微水洗车,遂使微水洗车技术得以成熟和完善,简单一喷一擦即可。2013年7月22日《人民日报》曾报道过"微水洗车"的具体情形:在上海香樟南苑地下车库,上海美得汽车保洁科技有限公司的李丰华、张欢推着一辆特制小车来到客户的车前,准备洗车。小车长不到一米,前低后高,下层是一个横躺着的"水罐",后接一根黑色细管,管端是一个小喷枪。"水罐"后侧是毛巾专用箱,上下三层,分别放置清洗车身、玻璃、轮毂的毛巾。毛巾箱前一个架子,上面放了5个罐子,分别是内饰专用清洗剂、车身清洗上光剂、玻璃专用清洗剂、皮革去污上光剂、轮胎清洗增黑剂。

　　李丰华拿起车后的小喷枪,对着车身细喷一遍,水雾所及之处,泥垢聚拢浮于表面。"这是我们自制的去泥剂与水的混合物。"雾化后的混合物用量极省,全车喷完,地上一点水渍都没有。"喷完全车,大概只需500毫升的水,相当于一瓶矿泉水的量。"

　　基于缺水国情,既然"杯水车新",何不高歌猛进?

查无实据

释义 查究起来，没有确实的根据或证据。

出典 清·李绿园《歧路灯》第一〇一回："那两个差头，白白的又发了一注子大财，只以'查无实据'禀报县公完事。"

示例 "不过废纸篓如果难以检查，也就成了'事出有因，～'的疑案"（鲁迅《集外集拾遗补编·做"杂文"也不易》）。

重组

查无实语

"1. 此刻打盹，你将做梦；而此刻学习，你将圆梦。/2. 我荒废的今日，正是昨日殒身之人祈求的明日。/3. 觉得为时已晚的时候，恰恰是最早的时候……"这些话说得深刻而有道理，是吧？不深刻有道理怎么会作为"哈佛校训"挂在哈佛大学图书馆的墙壁上？2013年的最后一天，一个响亮的耳光打来——这些哈佛校训是假的。据环球网报道，哈佛大学图书馆官网回复网友提问时表示："关于哈佛大学的校训在网上早已盛传，尤其是在中国，但我可以证明，哈佛任何墙壁上都没有所谓的校训。"

那么，这些所谓的"哈佛校训"究竟来自何处呢？2010年1月15日，《新华每日电讯》以发表长文《杜撰的"哈佛训言"，攒成"优秀畅销"书》，披露这些标语摘自畅销书《哈佛图书馆墙上的训言》，而作者丹尼·冯也承认这些"训言"不属实。该书选题策划刘铁坦言，书是作者根据网上走红的格言加上励志故事整理而成。2008年6月，北京理工大学出版社出版了《哈佛图书馆墙上的训言》一书，可笑的是，这样一本伪书，竟然在中关村图书大厦2008年12月29日至2009年1月4日社科类书籍排行榜中，销售排名第七。后来，《读者》、《解放日报》等媒体又选载了"训言"的部分内容，谎言一旦借助白纸黑字传播于天下，想要彻底澄清就成了竹篮打水，以雪填井。2011年俞敏洪还专门将此文发送给公司所有成员，虽其后他知道此文为假，仍表示"格言本身内容无伤大雅，还是值得大家借鉴"。始作俑者造假在先，出版、报刊又疏于把关，谬种流传。此类心态，无疑为谎言流传提供了助力。

死有余辜

释义 形容罪大恶极,即使处死刑也抵偿不了其罪恶。
出典 东汉·班固《汉书·路温舒传》:"盖奏当之成,虽咎繇听之,犹以为死有余辜。"
示例 "如再观望迁延,以身试法,则是孽由自作,~"(清·林则徐《颁发禁烟治罪新例告示》)。
重组

死有余估

诗人西川在回忆顾城与诗歌时谈道:"有一次我跟诗人欧阳江河一块坐飞机,我睡着了,江河就跟空姐聊天。空姐问你们是干什么的,江河说我们是诗人。江河问空姐,你知道西川吗?空姐说不知道。问你知道海子是谁吗?知道知道,就是那个写'面朝大海春暖花开'的。江河又问,你知道北岛吗?空姐摇头。那你知道顾城吗?空姐说就是那个写'黑夜给了我黑色的眼睛我却用它寻找光明'的。这个空姐非常有文化!她对所有非正常死亡的诗人都知道。这说明诗歌的尴尬,就是你不弄成社会性事件,不变成社会新闻,不进入八卦,哪怕是黑色八卦,别人就关注不到你。"

言之有理。"品嚼诗意·留传经典"——2013 中国当代诗歌精读系列活动在佛山举行,此次活动由佛山电视台主办,程光炜、唐晓渡、张清华、欧阳江河、王家新、臧棣等多位诗人、诗评家齐聚一堂,共同点评和解读当代优秀诗歌文本。期间,海子的诗歌引起热议。2013 年 6 月 30 日《羊城晚报·人文周刊》的专题报道题目就是"海子当年如果没死,一定没有现在这么耀眼"。

或许这就是诗人异于常人处,常人死了就是死了,一了百了,诗人,特别是卧轨自杀的海子,即使死了还要接受读者的估量、评价。诗评家、诗人唐晓渡说:"年轻人会特别迷恋海子,因为他的写作很大程度上带有某种青春写作的色彩。海子当年如果没死,但可以肯定的是,他一定没有现在这么耀眼,他写的诗歌也一定会发生变化。这关系到我们人类非常可笑的地方,就是人死了以后,价值才得到提升。比如凡·高的画,这是人类的荒诞。海子神化并不是海子本意,海子和关于海子的评价是两个概念,将海子神话化,某种程度可能是读者的移情,把他自己不能实现的梦想或幻觉,转移到海子身上。"

恃强凌弱

释义　依仗强大,欺侮弱小。

出典　明·冯梦龙《警世通言》卷三:"那桀纣有何罪过?也无非倚贵欺贱,恃强凌弱,总来不过是使势而已。"

示例　"他们那一套人权、自由、民主,是维护～的强国、富国的利益"(邓小平《坚持社会主义,防止和平演变》)。

重组

恃强称弱

"弱势群体"这一术语本来是国务院朱镕基总理向九届人大五次会议所作的《政府工作报告》率先使用的,时间是2002年3月16日。"弱势群体"是指创造财富、聚敛财富能力较弱,就业竞争能力、基本生活能力较差的人群。具体包含哪类人群不容易说清,好在当年有人搞过一个《中国强势群体排行榜》,用排除法,除去强势的,大约就是弱势了。强势群体包括官员群体、垄断行业、房地产商、股市大鳄、大型外企、稀缺资源掌握者(石磊、洪鹄《中国强势群体排行榜》,2007年11月23日《南都周刊》)。

社会在发展,政府在努力,"弱势群体"范围理应日渐缩小才是。现实则相反,自称"弱势群体"者越来越多:说小商小贩属"弱势群体",我信;河南济源市城管"沦为""弱势群体",因待遇低而集体上访,我不信;因为城管待遇再低,也不会比小贩还低。同样,2009年3月5日,交通运输部海事局常务副局长刘功臣说"现在的公务员是弱势群体",我也不信。毕竟现在公务员考试还是"国考"嘛,每年有上百万高智商的人拼死拼活参考,为的是挤进一个"弱势群体"?鬼才信!信才鬼!

强势弱势,黑白分明。要是警察自叹"弱势",小偷敢称"强势"么?医生自称"弱势",难道病人突变"强势"了么?教师自居"弱势",学生莫非是"强势"不成?

山不转水转。弱势、强势并非一成不变。民谣说"爱怕丢,情怕偷,身居要职怕退休"。退休有什么好怕的?还不是怕从强势变成弱势?"弱势群体"本是特定概念,所以泛化,缘于一些人偷换概念,假弱济私。"弱势群体"一旦泛化,真正的"弱势群体"得不到帮扶,无法变强。其实,"弱势群体"大不了是件迷彩服,有时能干扰一下公众视线,谁要当成防弹衣来穿,到头来免不了一身枪眼。

货真价实

释义 原是旧时商业用语,用以招徕生意。引申为事物实实在在,一点不假。

出典 清·吴趼人《二十年目睹之怪现状》第五回:"他这是招徕生意之一道呢,但不知可有'货真价实,童叟无欺'的字样没有?"

示例 "一个漂亮的和尚在如雨而下的甘蔗梢头中,从戏台逃下,也就是一个~的失败的英雄"(鲁迅《且介亭杂文末编·我的第一个师父》)。

重组

货真价虚

如今人们到商场购物可比过去麻烦多了:过去是为买不到东西发愁,现在是为无法确定价格发愁:现在商场里打折成风,从珠宝首饰、家用电器,到服装鞋帽、图书玩具……几乎无一物不打折,无一款不打折。如果仅仅是几折几折,小学算术就应付过去了,那岂不是低估了商家智商?于是什么折上折、一折起、满200送130……给人感觉是:凡是商品,不打折就不能买。

价格乱象之所以存在,市场不成熟是首要原因。对此,中国人民大学商学院副教授李智表示:"大量售卖交易充分的产品,像食品等明码实价就容易,而家具类,一般人几年十几年才买一次,消费者对其成本知之甚少,市场竞争力不足,给不良商家忽悠的空间就很大了。"目前,我国大部分百货商场实行联营制,百货供应商是金字塔层级:制造商——品牌商——中国总代理或地区总代理——分级代理——商场。层层代理就要层层抽取利润,这加大了明码实价的难度。另外,各个专卖店、商场的进货渠道、经营策略、营销策略不同,都会导致较大的价格差异,明码实价难上加难。

从南京到北京,买的没的卖的精。商家要盈利,明码实价,宰客不随意,商家自然不乐意。

"要想生意兴隆,我告诉你个绝招——货真价实"。1998年春晚,赵丽蓉表演小品《打工奇遇》时泼墨挥毫,写就"货真价实"四个大字。2004年11月,赵丽蓉的亲属将这"四字箴言"捐献给中国药文化研究会,并将被挂进全国"放心药店"中。赵丽蓉的"绝招",又何尝不是广大消费者心声?呼唤有日,兑现无期。

喋喋不休

释义 唠唠叨叨，说个没完没了

出典 《汉书·张释之传》："夫绛侯、东阳侯称为长者，此两人言事曾不能出口，岂效此啬夫喋喋利口捷给哉！"

示例 "廖二嫂还满腹闷气，～"（沙汀《呼嚎》）。

重组

的的不休

台湾诗人、散文家余光中在《论的的不休》文中说："无论在中国大陆或是台湾，一位作家或学者若要使用目前的白话文来写作或是翻译，却又不明简洁之道，就很容易陷入'的的不休'。不错，我是说'的的不休'，而非'喋喋不休'。不过，目前白话文'的的不休'之病，几乎与'喋喋不休'也差不多了。"显然，余光中是根据成语"喋喋不休"重组了一个"的的不休"。

可以佐证余光中这一观点的是，"的"确实在使用频率最高的汉字中占据首席。余光中十分反感"的的不休"，"甚至认为：少用'的'字，是一位作家得救的起点。"梁实秋曾撰文回忆自己一位国文老师徐锦虎先生"教我许多作文的技巧。他告诉我：'作文忌用过多的虚字。'该转的地方，硬转；该接的地方，硬接。文章便显着朴拙而有力。"经验之谈，使梁实秋受益终生。

余光中还引证《儒林外史》十六回一段，123字中一个"的"也没用；《红楼梦》一百十六回一段，112字中用了4个，平均每28字出现一次。而钱钟书《魔鬼夜访钱钟书先生》一段101字中只有4个"的"字，何其芳《雨前》一段123字中却用了16个。"钱文句法短捷，何文句法冗长，这和'的的不休'也有关系。""今古相比，钱钟书的'的的率'仍近于曹雪芹，但是不少新文学的作家，包括何其芳，已经升高数倍，结论是：今人的白话文不但难追古文的凝炼，甚至也不如旧小说的白话文简洁。"

即使不当作家，不思"得救"，行文时少用"的"字，使文章简洁有力，也是好事一桩，一试何妨？

传宗接代

释义 原指生了儿子可以使家世一代一代传下去。继承祖业,延续后代。

出典 清·李宝嘉《官场现形记》第四十九回:"自己辛苦了一辈子,挣了这分大家私,死下来又没有个传宗接代的人,不知当初要留着这些钱何用。"

示例 "我想劝他讨个'小',将来生个儿子也可以~"(巴金《秋》第三七章)。

重组

传穷接代

"不孝有三,无后为大",在国人心目中由来已久,根深蒂固。一个家庭若无子孙后代,便无完满幸福可言。苏东坡"无官一身轻,有子万事足"本属个人感慨,逐渐演变为共同心态。然而时代毕竟不同了:自2010年8月以来,《我不想给月薪2 500元的穷老公生孩子》、《已经生了"穷三代"的"穷二代",你们对得起你们的孩子吗?》……因为家庭经济条件不够优越而表示自己不愿生育下一代的帖子,越来越多地出现在国内各大网络论坛。

拒绝"传穷接代"论一出,网友立刻分为两派:在国内某知名门户网站开展的一项投票调查中,有45%的网络投票者表示,不生育"穷三代"的说法"没错,是生存压力下的无奈之举"。与其继续"传穷接代",还不如别让孩子出生受这个苦。而反对者则表示,做父母的没有权力不让孩子出世,因为孩子毕竟是维系家庭幸福的纽带,也是社会的希望所在。

上海大学教授、上海市社会学学会会长邓伟志认为,如今绝大多数公民的物质生活条件都有了很大程度的改善,但与过去不同的是,现在资讯高度发达,社会心理也比较浮躁和功利,与身边的富裕人群相比,条件一般的青年人在富人生活方式的压力下很容易产生羡慕和自卑感,乃至不想生"穷三代"。

为什么"穷二代"会没有信心,认为自己的孩子不能改变命运?这才是社会要认真思考的问题。我们的社会要实现共同富裕的目标,就应当尽可能地减少贫困的代际传递,尽可能地畅通社会各阶层流动的渠道,让更多的贫困家庭通过努力过上富裕美好的生活。而这有赖于更为合理的社会分配机制(包括二次分配机制),更为公平的社会资源分配机制,以及更公平的个人发展机会。到那时,生孩子会不会"传穷"的顾虑就自然而然消除了。

天网恢恢，疏而不漏

释义 比喻作恶的人终究逃脱不了天法的惩处。
出典 《老子》："天网恢恢，疏而不失。"《魏书·任城王传》："天网恢恢，疏而不漏。"
示例 "善有善报，恶有恶报，～"（明·兰陵笑笑生《金瓶梅词话》第一回）。
重组

天目炯炯，疏而不漏

　　摄像头是好东西还是坏东西？因人而异：对好人来说当然是好东西；2011年8月26日，江苏南通又发生一起"彭宇案"，一位大巴司机在立交桥上发现了一个骑三轮车老太太倒在路上，司机前去搀扶，却被诬为肇事者。幸而大巴上安装有摄像头，录像还了司机清白。对坏人来说，摄像头自然难称好东西：2013年8月，上海高院4名法官集体嫖娼，同样栽在摄像头下。

　　佛经上说举头三尺有神明，神明就是摄像头。喜也罢，恨也罢，爱恨纠结中，过去十多年里，摄像头正以前所未有的速度闯入我们的生活。人生无法彩排，命运总是直播，不再是一句感慨，而成为一种实证。人们开始不得不慢慢习惯于生活在每天都是直播的世界里，我们的举手投足，被悄悄纳入镜头：违章行车不必说，车内亲昵不放过；人在做天在看有新解：天者，摄像头也。

　　中南财经政法大学社会发展研究中心主任乔新生教授认为，借助于电子监控手段强化社会管理具有一定合理性。电子监控，第一，可以大幅度地减少行政执法成本，特别是减少行政执法的人力成本；第二，可以固定证据，从而更好地保护公民的权利；第三，可以在一定程度上防止执法人员滥用权力，损害公众利益。当然，硬币无法单面铸，剑锋全凭双刃出，摄像头提高了公共安全度，也增加了人们心理不适感。没人愿意时时刻刻生活在被监视下，毕竟公共安全是第一位的，为公共安全计，牺牲一点个人隐私也是值得的。

胆 战 心 惊

释义 形容非常害怕。
出典 元·郑光祖《㑇梅香》第三折:"见他时胆战心惊,把似你无人处休眠思梦想。"
示例 "看见这种光怪陆离的政治局面,上海人不能不头晕目眩,～"(欧阳山《苦斗》)。
重组

胆 战 熊 惊

作为中国四大名贵动物药(熊胆、麝香、牛黄、虎骨)之一,熊胆已有上千年药用史。《本草纲目》记载:熊胆味苦、性寒,广泛用于肝胆、心血管、肿瘤、急性传染病的治疗等。古人为取得熊胆,只能将熊杀死。20世纪80年代,朝鲜发明了活熊取胆技术,被引进国内。2012年2月,福建归真堂开放养熊基地,引发人道熊道孰重之争。该不该取缔"活熊取胆",甚至争论到2012年两会上。

长期以来,人类多以"万物之灵长"自居,世间万物,为我所用,理直气壮。近百年来,此种理念,渐失市场。保护动物,关注动物福利,越来越深入人心。本世纪初,新西兰和欧洲一些国家居民上街游行,要求取缔"活熊取胆"的做法。拥有世界最大养熊基地和最多活熊数量的中国,无人抗议,方生争议,终究是桩好事。与一些官员、机构和企业的老总想尽一切办法,掩盖取胆时熊的疼痛表现不同,作家冯骥才、画家韩美林和央视主持人敬一丹等人都表达了针锋相对的意见:"我们不跟企业有任何争执,不争执疼和不疼的问题,因为它是人道和不人道的问题,是现代文明社会能不能接受的问题,是古老文明和现代文明的一个冲突。"己所不欲,勿施于人,是远远不够的,对人和动物施加暴行都是不义的,都是恶行。目睹过活熊取胆的人不会忘记,每次从活熊体上抽取胆汁时,熊都撕肝裂胆地惨叫不止,时间一久,熊每见取汁人走来,都吓得浑身发抖。只有人才有这等本事,这般冷酷,硬逼着熊去扮演鼠的角色。

10月1日是什么日子?国人皆知。3天之后,10月4日,就是"世界动物日",国人有多少人知道?知道后又能做些什么呢?

一 锤 定 音

释义 制造铜锣时最后一锤决定锣的音色。借指凭一句话作出最后决定。
出典 未详。
示例 "一张张笑脸,圆的、长的、苦的、甜的,都来请示,都来要求指点迷津。真神,～,无处不响"(朱可、若丁《深深的绿巷》)。
重组

一 锤 乱 音

盛世收藏,势头正旺。多家电视台开办鉴宝类节目,顺应潮流,服务公众,值得赞赏。不过对待赝品,能否一砸了之,远未达成共识。

2012年10月28日,北京卫视《天下收藏》节目中,持宝人付常勇展示了一对甜白釉压手杯,被当期3位鉴赏家鉴定为现代仿品,主持人王刚挥动瓜棱大锤将其中一只砸毁。付常勇对该结果不服,状告栏目组,2013年10月,此案已审理未判决。

2012年8月20日,首都博物馆和《天下收藏》栏目组联合举办了《"假"如这样——真"假"藏品对比展》,从被砸掉的300多件"赝品"瓷器中选择了30余件精品,同首博的馆藏珍品对比展览。而著名收藏家、中国收藏家协会玉器委员会主任姚政等反复观看展览后表示,该栏目"所砸掉的'赝品'不少是真品,并且不乏珍品"。栏目组制片人则态度明确地表示,"绝不可能砸错!"民间藏家则表态,难以接受专家们对赝品"简单"和"粗暴"的评语。

有网友认为《天下收藏》这个节目受到广泛关注,最大的原因在它所提倡的"去伪存真"。如果你真心喜欢这个宝贝,不在意它的真假,那也就没有必要去节目上做验证。如果是抱着去捡漏儿的想法,心里想着万一是真的去节目,那就应该面对现实。仅凭现场几个专家很短时间的判断,有点不是太靠谱,万一砸错了,即使是最后被鉴定是真的,后悔也来不及呀。个人看法,现在工具这么多,如一致认为不对,用玻璃刀在底部刻画记录就可以了。问题是,不砸,栏目组就挣不到钱;砸坏珍品,藏友告状索赔也难,所以王刚才胆大妄为,恣意胡闹。其实鉴别藏品真伪,是个难题,期望现场一锤定音,压根不靠谱。

  2013年7月底播出的《天下收藏》完成了开播7年以来最大一次"变脸":王刚没有了护宝锤,7年来最著名也最受争议的砸"宝"环节取消,甚至离开了演播室,改为走到古玩市场里,面对面、一对一地为藏友"去伪存真"。

义正词严

释义 道理正当公允,措词严肃。

出典 明·胡应麟《少室山房笔丛·丹铅新录四》:"子玄之论,义正词严,圣人复起,弗能易矣。"

示例 "本大臣、本部堂声罪致讨,~,断断不能再缓矣"(清·林则徐《会谕同知再行谕饬义律缴土交凶稿》)。

重组

义正词温

苏东坡不愧为文学家,就连断案判决书也能写成词,令人叹服。东坡任杭州通判时,灵隐寺了然和尚常到勾栏寻花问柳,迷上了妓女秀奴,最后钱财散尽,秀奴渐渐讨厌起他来。一次了然喝得烂醉,又去找秀奴,吃了闭门羹。于是怒从心头起,恶向胆边生,破门杀了秀奴。归案后,东坡发现和尚的胳膊上还刺了一副"但愿同生极乐园,免如今世苦相思"的对联。问明案情后,东坡怒不可遏,提笔判案,立成《踏莎行》一词,当场以"这回了却相思债"判了和尚个斩立决:

这个秃奴,修行忒煞,云山雾顶空持戒。只因迷恋玉楼人,鹑衣百结浑无奈。毒手伤心,花容粉碎。色空空色今安在,臂间刺道苦相思,这回了却相思债!

要求当今法官,也学苏东坡,将判决书写成词,可操作性半点儿没有。别说法官,就是古典文学教授,让其填词一阙,恐怕也是汗比词先出来。不过,时下一些法院法律判决书,也不是一律义正词严,而是不乏温情色彩:2010年11月,北京丰台法院审理一桩房产纠纷案,判决书写道:"'慈母手中线,游子身上衣。'孝乃大义,耄耋老母已是身患绝症、垂危暮年,所剩时间无几。对六位子女来说,让她安详地走完最后一程,让她临终前看到子女的和睦、亲善,即为大孝。没有一个母亲愿意看到子女因为家产的分配争吵不休、闹上法庭。而她更为担心的是,自己的表态会让子女漠视亲情、矛盾不止。"结果儿子一方对法官说,"您说到我心坎里了,我们确实应该这样做,让母亲不伤心"。女儿一方看见判决书后哭了,说"我们很明白您写的内容,我们一定要照顾好老母亲,请法官放心"。法律是冰冷的,而法律判决书却不妨温情脉脉。因为法律所维护的与传统道德观念所提倡的,理应殊途同归。

两小无猜

释义 男女小时候在一起玩耍,没有猜疑。

出典 唐·李白《长干行》诗:"同居长干里,两小无嫌猜。"

示例 "翁有女,小字江城,与生同甲,时皆八九岁,~,日共嬉戏"(清·蒲松龄《聊斋志异·江城》)。

重组

两小有猜

李白《长干行》诗里说"妾发初覆额,折花门前剧。郎骑竹马来,绕床弄青梅。同居长干里,两小无嫌猜。""长干里"在南京,当年是船民聚居之地。如今男娃女娃,无须"同居长干里",只要同城,就有可能在同一所幼儿园里"两小无嫌猜"。"无猜"到什么程度?好多城市幼儿园连厕所都是共用的,不分男女。

今日幼儿园娃娃,不论性别,语言行为皆高度女性化,早已令人担忧。究其原因,在于老师、管理人员均为女性,耳濡目染,影响不浅。1997年,广州出现了第一批男幼师,轰动一时,首批男幼师中有位谢志成,找工作时被拒绝的理由竟然是"幼儿园里没有男厕所"。对于男女共厕,教师不以为怪,小孩子懂什么,家长也不以为然,理由也是小孩子不懂事。

幼儿园的小孩是真的像老师和家长说的那样不懂事?小孩的性意识真像大人想象的那样薄弱么?未必。北京性健康教育研究会会长、首都师范大学生物系高德伟教授认为,人的性意识是从两三岁开始的。性教育是一种终身教育,两三岁是一个重要时期,青春期是另一个关键时期。我国香港、台湾地区,性教育都是从幼儿园开始,贯穿小学和中学。国际上惯例也是从幼儿时期就开始实行性教育。

既然性教育应该从幼儿开始,男女分厕就理所当然。"男女分厕"更能培养孩子的性别意识,在公共场所尊重孩子的隐私和个性,让他们从小养成一种良好习惯,知道自己是男孩还是女孩。

　　尽管全国范围内男女分厕的幼儿园还不多,但家长倾向于男女分厕者倒是越来越多。一旦达成共识,倒逼产生推动力,幼儿园也当顺应潮流,不负家长期望。

女为悦己者容

释义 女子会为那些通过称赞或欣赏使得自己愉快高兴的人打扮。

出典 《战国策·赵策一》:"豫让遁逃山中曰:嗟乎!士为知己者死,女为悦己者容。吾其报智氏之仇矣。"

示例 "'～'这句话被女权主义者深恶痛绝,她们认为这是男人强加给女人的任务"(老猫《女为悦己者容》,《散文百家》2003年16期)。

重组

女为己容

"士为知己者死,女为悦己者容",首见于《战国策·赵策一》,说明至少在战国时期人们就有这样的理念了。绵延到后世,"为知己者死",难得一遇;"女为悦己者容",屡见不鲜,蔚为大观。所以整容、整形才能成为一种时尚、一股潮流。当然,这种时尚潮流的主体是处于求偶期的女性,"为悦己者容",无非是增加自己在意中人心目中的分量。换句话说,取悦异性是"容"之动力。

难道女性就不能仅仅为自己而容么?当然能,只不过少见而已。10年前(2004年7月13日),央视《社会纪录》频道就介绍过河北石家庄一位75岁老太太接受隆胸手术,引起社会各界强烈反响。老太太对记者说:"我觉得做隆胸手术很正常,我想穿衣服更好看一些,没考虑周围的人怎么看我!"老太太早过了青春期,也过了更年期,高龄隆胸,显然动机中已无性因素,纯粹是"女为己容"了。河北一家报纸首先报道此事时,以"追求夕阳美,75岁老太隆胸"为题,倒是蛮贴切。

美国整容学会主席朱厄尔表示:"往昔的研究只曾指称整容能够增强自信心,鼓舞一个人以开放和积极的心情面对人生,带来利好心理的影响。"研究人员以250名曾在1970～1975年接受整容手术的女性作为研究对象,她们进行手术时的平均年龄是60.4岁。25年后,上述76名曾接受整容手术的女性已经逝世,平均死亡年龄是 81.7 岁。在仍然生存的整容者中,148 人(占总数的 59%)已 84 岁。若与全球女性平均寿命 74 岁相比,曾整容的女性似已延年益寿,较一般平均寿命延长了 10 年。

行尸走肉

释义 比喻不动脑筋,不起作用,糊里糊涂过日子的人。
出典 晋·王嘉《拾遗记》卷六:"夫人好学,虽死若存;不学者,虽存,谓之行尸走肉耳。"
示例 "在他们的心目中,任何貌似强大的侵略者,都只不过是一群徒有虚表的~而已"(峻青《不尽巨涛滚滚来》)。
重组

行尸走骨

　　死人之事常有,饿死人之事不常有,即使在旧社会,如果不是战乱或灾年,人被饿死的可能性不大。世事难料,2010年11月17日,法国著名女模特伊莎贝尔·卡罗,因厌食症引发的一系列身体问题去世,年仅28岁,逝世时她身高1.65米,体重仅32公斤。卡罗固然是因病而死,在某种意义上也可以说是"饿死的"。

　　普通人"饿死",大都是被迫,而卡罗"饿死",却是出于主动。13岁那年,因为家庭变故和追求美丽,卡罗控制饮食,最终患上厌食症。此后15年,她因为饮食紊乱而愈见孱弱,各种疾病缠绕其身。2007年,为了宣传"反厌食症",意大利摄影师托斯卡尼为卡罗拍摄了一组"拒绝厌食症"广告照,张贴在米兰时装周街头。画面上,卡罗正视镜头,全身裸露,所有骨头都呈突出状,与一具骷髅相比,只多一口气而已。尽管明知照片会令人反感甚至厌恶,卡罗还是意图通过自己形如槁木的身躯来警告世人,"超瘦意味着危险,最终会导致死亡"。一语成谶,卡罗成为时尚祭坛牺牲品。卡罗虽然以生命为代价,却不是因厌食症而死第一人。早在卡罗之前,乌拉圭模特拉莫斯也死于厌食症,年仅18岁,而她的姐姐鲁伊塞尔也同样死于厌食症引发的突发性心脏病。

　　时尚审美观认定骨感就是性感,畸形变态,走火入魔:没有最瘦,只有更瘦;瘦则百搭,胖则白搭。韩少功认为追求"骨感"无异于"自残","这种自残曾经表现为摇摇晃晃的小脚,今天则表现为T型舞台上看似奄奄一息的超级模特,表现为她们对生命正常形象的一步步远离。"只要以瘦为美法则不退出时尚江湖,模特儿因厌食症而死就不会画上休止符。

念念有词

释义 旧指和尚念经,现指低声自语或含糊不清地说个不停。

出典 明·冯梦龙《警世通言》卷二八:"禅师勃然大怒,口中念念有词,大喝道:'揭谛何在?快与我擒青鱼怪来,和白蛇现形,听吾发落!'"

示例 "手里捻珠,口内～,往那巽地上吹了一口气,忽的吹降去,便是一狂风"(明·吴承恩《西游记》二八回)。

重组

念念无词

电影、电视中展示僧人道士做法,僧人道士总会不停地默念经咒。念罢,就到了刘谦所言"现在正是见证奇迹的时刻"。领导干部无意做法,可"念念有词"也是其基本功,只不过他们"念念有词"者不是经咒,而是秘书所写各种讲话稿。

2009年6月11日,《人民日报》记者吕绍刚、董阳就文风问题采访我国资深外交家、外交学院原院长吴建民时问:"一位中央领导曾对某些官员在新形势面前'话语平庸'现象进行了概括:'与新社会群体说话,说不上去;与困难群众说话,说不下去;与青年学生说话,说不进去;与老同志说话,给顶了回去。'您认为,当前一些领导干部在写文章和讲话中存在的"八股调",主要表现在哪些方面?"吴建民说:"主要表现在两个方面。一是开起会来讲话拖沓,写的文章冗长、空洞,言之无物。说了上句,就知道下句。听众则听完了后句,就忘了前句,不仅让人觉得味同嚼蜡,还让人抓不到重点。二是文章和讲话没有对象感,脱离实际,'目中无人'。不同的对象,采取一样的口吻,甚至居高临下,颐指气使,完全不理会听众的心理。"

"讲话拖沓",看起来念念有词,实则念念无词。对所谈问题心中无数,只能任凭稿子摆布。照本宣科已惯,口语表达瘫痪,要是遇上王岐山那样的领导,"参加王某人的会,不准念发言稿",如何是好?

鱼目混珠

释义 比喻以假乱真,以次充好。
出典 汉·魏伯阳《参同契》上卷:"鱼目岂为珠?蓬蒿不成槚。"
示例 他道你是～,你该罚他一钟酒(清·魏秀仁《花月痕》)。
重组

鱼目成珠

早在20世纪30年代,徐悲鸿夫妇就曾与造假者任仲年对簿公堂。任仲年在法庭上狡辩说:"画上署名悲鸿,难道就不许我叫任悲鸿吗?""你也悲鸿,我也悲鸿"遂成当时流行语。黄甘草在《南京晚报》发表打油诗云:"你悲鸿我也悲鸿,任氏徐家各不同。子曰后生诚可畏,居然真个有神通!"是非不分。

谁知到了21世纪,造假者连任仲年这番口舌都无须费了。

2010年6月,北京九歌国际拍卖有限公司在春拍中以7 280万元人民币的价格,成功拍出了名为《人体蒋碧薇女士》的"徐悲鸿油画"。该油画的拍卖信息被发布于多家网站,同时配发的还有"徐悲鸿长子徐伯阳与这幅画的合影"以及徐伯阳出示的"背书",背书内容为:"此幅油画(人体)确系先父徐悲鸿的真迹,先父早期作品,为母亲保留之遗作。徐伯阳2007年9月29日。"

天价!这笔钱可以买34辆玛莎拉蒂,或者2 400平方米北京市区商品房,也可以买一幅徐悲鸿油画。2010年9月15日,中央美术学院首届研修班的部分学生联名声称,这幅油画是当年他们的习作。随公开信发布的,还有5幅与《人体蒋碧薇女士》类似的画作。这5幅油画,与拍出7 280万的画作,显然出自同一场景,同一人物,不同的,仅仅是角度。陈丹青表示:这幅画你甚至不能说他是一张伪作,所谓伪作就是我很用心的画出来的像徐悲鸿的画,然后冒充是徐悲鸿,这还好一点,这还很认真的在骗人,这个完全是拿了一张不相干的画说这个是徐悲鸿画的,指鹿为马。

盛世收藏,乱象迭起。已形成"知假卖假,买假认假、等待下家,假买假藏,终有下家"的恶性循环。画家、收藏家罗渊表示,这幅画因为是天价,所以引起极大关注,"天价假画已见惯不怪了,而当造假的疯狂和对造假的麻木和无奈,成为一种社会容忍、接受的文化,才是最恐怖的"。

鱼目已成珠,当惊世界殊?

物以类聚，人以群分

释义 比喻同类的东西常聚在一起，志同道合的人相聚成群，反之就分开。

出典 《周易·系辞上》："物以类聚，人以群分。"

示例 "今天寄到一本《红玫瑰》陈西滢和凌叔华的照片都登上了。胡适之的诗载于《礼拜六》，他们的像见于《红玫瑰》，时光老人的力量，真能逐渐地显出'物以类聚'的真实"（鲁迅《两地书》一二一）。

重组

物以类聚，人以剧分

韩国是个小国，韩剧却不可小觑：从1991年到2013年，韩流已是几度来袭，几乎每年都有二至三部韩剧在中国掀起收视热潮：《爱情是什么》、《冬季恋歌》、《大长今》、《继承者们》、《主君的太阳》……均风靡一时，收视率屡创佳绩。

印象中韩剧家长里短、磨磨叽叽，偏能讨退休老头、老太欢喜。既是个人体验，又有理论支持。韩国首尔大学媒体信息系研究小组曾发表题为《中国电视观众的电视剧消费品位指导》的论文，认为热衷韩剧的中国观众主要为低收入、低学历人群。因为部分韩剧没有复杂的逻辑，便于理解，而高学历、高收入者主要观看美国和日本的电视剧。不过，韩剧《来自星星的你》以10亿次点登顶中国视频网站播出量排行榜，视频网站百度爱奇艺日前公布韩剧《来自星星的你》收视数据，与此前"看韩剧的中国观众都是低学历"的说法不同，数据显示中国"星迷"中63%具备大学以上学历，还有9%拥有博士学位。

不止韩剧观众学历变高，性别也有变化，以往"韩剧是女性观众专属"的论调被颠覆，网络收看该剧的人群中，有超过两成的男性观众。而女性观众也呈现出年轻化的趋势，八成集中在35岁以下。

业内人士认为，韩剧观众越来越年轻，和韩剧借助网络平台播放、通过社交平台传播有关。这也是韩剧日趋时尚化和年轻化的直接反映。《来自星星的你》,则给"教授"这个职业罩上了柔情蜜意的光环,教授一下子由古板、啰唆、严肃的老者形象变成了年轻、性感、神秘的少女偶像。诚如论者常江所言:"无论是否对韩剧'感冒',我们都无法否认在创造新概念和改变原有概念的能力上,韩国流行文化产品有中国流行文化产品不具备的能力。"王岐山说:"韩剧内核和灵魂,恰恰是传统文化的升华。"值得国产电视剧虚心借鉴学习。